The Plague

鼠疫

［法］加缪◎著　杨风帆◎译

天津出版传媒集团
天津人民出版社

图书在版编目（CIP）数据

鼠疫 / (法) 加缪著 ; 杨风帆译. -- 天津 : 天津人民出版社，2016.9（2020.3重印）
ISBN 978-7-201-10820-9

I. ①鼠… Ⅱ. ①加… ②杨… Ⅲ. ①长篇小说—法国—现代 Ⅳ. ①I565.45

中国版本图书馆CIP数据核字（2016）第227333号

鼠疫

SHU YI

出　　版　天津人民出版社
出 版 人　黄　沛
地　　址　天津市和平区西康路35号康岳大厦
邮政编码　300051
邮购电话　（022）23332469
网　　址　http: //www.tjrmcbs.com
电子信箱　tjrmcbs@126.com
责任编辑　刘子伯
印　　刷　北京欣睿虹彩印刷有限公司
经　　销　新华书店
开　　本　880×1230毫米　1/32
印　　张　7
插　　页　8
字　　数　224千字
版次印次　2016年9月第1版　2020年3月第4次印刷
定　　价　28.80元

On the stairs from the basement to the attic lay more than ten dead rats in disorder. (P9)

Every morning it was sunny with blue sky, and the temperature had started to rise, sometimes there were hums of aircrafts coming from the sky—no different from other parts of the world. (P42)

It was cloudy the day before and now it begins to rain heavily.

(P64)

The hotel manager was also blue. (P79)

Rieux drank off the wine in the glass in one gulp. (P115)

In the past, men and women traveling together would think over to deceive the public, but now they hold each other tightly in the street, regardless of what people around think about. (P134)

The second week, Lambert moved into the small house of Spanish style. (P138)

On the cliffs in the distance, a beam of light flickered regularly, even though they couldn't see the position of the light source, but they knew that it is the beacon. (P166)

前言

阿尔贝·加缪（1913—1960），法国声名卓著的小说家、散文家和剧作家，“存在主义”文学大师。1957年因“热情而冷静地阐明了当代向人类良知提出的种种问题”而获诺贝尔文学奖，是有史以来最年轻的诺奖获奖作家之一。

加缪在他的小说、戏剧、随笔和论著中深刻地揭示出人在异己的世界中的孤独、个人与自身的日益异化，以及罪恶和死亡的不可避免，但他在揭示出世界的荒诞的同时却并不绝望和颓丧，他主张要在荒诞中奋起反抗，在绝望中坚持真理和正义，他为世人指出了一条基督教和马克思主义以外的自由人道主义道路。他直面惨淡人生的勇气，他“知其不可而为之”的大无畏精神，使他在第二次世界大战之后，不仅在法国，而且在欧洲并最终在全世界成为他那一代人的代言人和下一代人的精神导师。

《鼠疫》是加缪最重要的代表作之一，被认为是他最有影响力和社会意义的作品。小说讲述的是阿尔及利亚的奥兰发生的一场持续将近一年的鼠疫之灾。突如其来的瘟疫让人不知所措，政客狂妄无知，掩饰诿过，甚至想利用灾难来获取利益；原来过着萎靡不振生活的小人物，凭着黑市门路，为人民带来各种禁品，突然成了城中的风云人物；小百姓恐慌无助、自私贪婪，每天都只是过着颓废的生活。瘟疫城市被重重封锁，无人能够自由进出。被困在城中的人民，朝思暮想着住在城外的亲朋好友。一位到城里公干的记者被迫过着无亲无友的生活，只有寄望参与自愿队消磨时间。主人公里厄医师这时挺身而出救助病人，并与一些同道对瘟疫奋力抗争。然而，他的妻子却远在疗养院，生死未卜。本书淋漓尽致地表现了那些敢于直面惨淡的人生、拥有“知其不可而为之”的大无畏精神的真正勇者不绝望不颓丧，在荒诞中奋起反抗，在绝望中坚持真理和正义的伟大的自由人道主义精神。“鼠疫”曾被代指为当年的法西斯恐怖，后来被越来越多人喻为人类过去曾经面对、现在正在经历，甚至将来仍旧无法幸免的突如其来的各种灾难的象征和缩影。该书在战后的西方社会一经面市就引起巨大轰动，并使作者获得1957年诺贝尔文学奖。

目录 Contents

※ 第一部分

一 …… 1
二 …… 4
三 …… 15
四 …… 20
五 …… 24
六 …… 27
七 …… 31
八 …… 34

※ 第二部分

九 …… 44
十 …… 51
十一 …… 62
十二 …… 68
十三 …… 72
十四 …… 76
十五 …… 84
十六 …… 91
十七 …… 96

※ 第三部分

十八 …… 116

※ 第四部分

十九 …… 128
二十 …… 136
二十一 …… 143
二十二 …… 149
二十三 …… 159
二十四 …… 165
二十五 …… 175

※ 第五部分

二十六 …… 182
二十七 …… 186
二十八 …… 191
二十九 …… 200
三十 …… 205

第一部分

一

这篇纪实小说里的非同寻常的事件发生在20世纪40年代某一年的奥兰市。考虑到事件的特殊性，人们都感到匪夷所思。因为奥兰市给人的印象首先是平凡，它不过是法属阿尔及利亚海岸的一个大港口，一个省的省会[①]所在地而已。

我们得承认这座城市是丑陋的。它有一种自以为是的平静气氛，人们往往得花些时间才能发现使它区别于这个世界上其他商业中心的特质。怎么说才好呢？比如说，一个没有鸽子、没有树或花草、绝对听不到飞鸟扇动翅膀和树叶沙沙声的城市——简言之，一个完全让人提不起劲儿的地方。这里四季的分别几乎只体现在天空里。告诉人们春天到来的是空气里的春意，或小贩从郊区运来的一篮篮鲜花；这是在市场里叫喊的春天。整个夏天，太阳把房屋炙烤得干燥异常，墙上落满灰色的尘土，人们别无选择，只能关起百叶窗躲在室内，在酷暑的日子里只有这样才能生活。秋天一到，绵绵秋雨又造成一片泥泞。只有冬天才能迎来真正宜人的天气。

要熟悉一座城市，也许最简单的途径是了解生活在其中的人们如何工作，如何相爱和死亡。在我们这座小城（人们会感到奇怪，

① 法国的行政区自上而下分为大区、省、地区和县，目前法国本土有96个省。

是不是因为气候的影响），三者都是以大致相似的方式进行的，被以同样狂热而漫不经心的态度来看待。事实是每个人都很无聊，所以都专注于培养自己的嗜好。我们的市民们努力工作，但唯一的目标是发财。他们的主要兴趣在商业上，正如他们所说的，他们生活的主要目的是“做生意”。自然，他们也不回避生活里的简单乐趣，如做爱、海水浴和看电影。只是他们非常明智地把这些消遣安排在周六下午和周日，剩下的时间都用来赚钱，尽可能多地赚钱。到了傍晚，离开办公室后，他们一成不变地按时相聚在咖啡馆，在同一条马路上闲逛，在阳台上呼吸新鲜空气。年轻人的激情猛烈而短暂；年长者的爱好则很少脱离保龄球、宴会和“联谊会”，或一张牌落桌后大笔金钱易手的博彩俱乐部。

无疑有人要说，这些习惯不是我们城里特有的。的确，所有我们同时代的城市都大同小异。人们从早到晚工作，然后在牌桌、咖啡馆或闲聊中挥霍余生，没有比这更平常的了。虽然如此，仍然存在着一些城镇，那里的人们时而幻想不同的生活。总体上，那样并不能改变他们的生活。然而他们有模糊的期盼，那是很好的。但是奥兰似乎是一个没有期盼的城市：换句话说，是个完全现代式的城市。因此，我认为无须详述我们这座城市的爱情。男男女女以他们所谓的“爱的行为”迅速消费彼此，不然就安定下来过温和的婚姻生活。我们很难在两个极端之间发现折中。这一点，也称不上特别。不管在奥兰市还是别的什么地方，因为缺乏时间和思考，人们都只能彼此相爱而不加深思。

我们的城市较为特别的是人们经历死亡的艰难。说“艰难”也许并不适当，“痛苦”会更贴切一些。生病绝对不是愉快的事，比如说在你生病的时候，有城市在那里支持你；你可以勉强撒手西去。病人需要关注，希望有所依靠，这是人之常情。但是奥兰极端的气温，火爆的生意，沉闷的环境，倏然而至的夜晚和各种人生乐趣都需要人有健康的身体。生病的人在那里会感到寂寞。垂死的人被困在无数噬噬冒着热气的墙壁后面，其他人都坐在咖啡馆里，盘桓在电话机旁讨论航运、提单和折扣，想想那是什么感觉！伴随着死亡的必定是令人不堪忍受的痛苦，即使是现代形式的死亡，当你在一个如此干燥的地方，在这样的环境里迎来它的时候。这些略显随意的资料也许能让你对我们这座城市的生活有一个清楚的看法。但是，我们一定不能夸大。事实上，所有这些描述想传达的只是一座城市的外表和生活的平庸。但是一旦形成习惯，在其中生活没有任何困难。既然习惯正是我们的城市所鼓励的，这也没什么不好。从这个角度看，我们必须承认它的生活并不让人特别振奋，但至少可以说平安无事。我们讲话坦诚，为人亲切。工作勤勉的市民也总能赢得来访者相应的尊重。没有树木，缺乏魅力，无精打采，奥兰市却给人以恬静的感觉，在这里待上一会儿，你会舒适地进入梦乡。

要补充一点才显得公正。奥兰市所处的地形很特别。它位于一片光秃秃的高地中央，四周环绕着明亮的山丘，下面是一道形状完美的海湾。我们或许会因为这座城市的设置感到遗憾，它背对海湾，所以不可能看见海，你总是得去找海。奥兰市的日常生活正是如此，所以我们的市民朋友们没有任何理由担心我们所谈论的那一年春天的事件，这是很容易理解的，尽管（像我们随后意识到的那样）那是我们将要记录的灾难的先兆。对一些人来说这些事件似乎非常自然；在另一些人看来则简直不可思议。但是，叙述者不能顾及这些观点的差异。他的任务只是在他了解那些密切影响老百姓生活的真实发生的事件，且那些事件有无数目击者可以作证的时候，对大家说："事情就是这样发生的。"

总之，叙述者（他的身份将在这一过程里为人所知）如果不是因缘际会被密切卷入他打算叙述的那些事件的话，他原本是没有能力从事这样一件工作的。那也正是他充当历史学家角色的理由。自然，一位历史学家，即使是业余的，也总是用资料——直接或间接的资料作为指导的。现在，叙述者本人有三种资料：第一，他本人所见；第二，其他目击者的叙述（感谢他扮演的角色，使他能从这本纪事小说里的所有人物那里获知他们的个人感受）；第三，后来得到的档案。他打算在合适的时候动用这些记录，而且用最好的方

法利用它们。他还打算……

可是，也许到了结束前言和告诫，进入正文的时候了。最初几天的描写要从一些细节开始。

二

贝尔纳·里厄医生4月16日早晨离开诊所的时候，脚下踩到一个软软的东西。那是一只躺在楼梯平台上的死老鼠。他没有多想，把它踢到一边就下了楼。但是当他走到街上的时候，突然想到自家的楼梯口不应该有死老鼠，就掉转头要求大楼的守门人把它清理掉。等注意到老米歇尔对这件事的反应时，他才意识到他的发现不同寻常。就他自己而言，他只是觉得死老鼠的出现非常奇怪，仅此而已；但是守门人却确确实实动了气。他表现得很直接："这里没有老鼠。"医生徒劳地向他保证说的确有一只老鼠，大概是死的，在二楼的楼梯平台上；米歇尔毫不动摇。"这栋楼没有老鼠。"他又说了一遍。那么这只老鼠一定是什么人从外面带进来的。很可能是小毛孩子搞的恶作剧。

那天晚上，里厄医生正站在楼梯口摸钥匙，准备上楼回家，这时他看见一只大老鼠从黑暗的过道里摇摇晃晃地朝他跑过来，动作迟缓，浑身湿漉漉的。它中途停下来，似乎想找回平衡，然后又向前朝医生的方向移动了一下，接着再次停下来，打了个转，发出一声尖细的叫声后躺倒在地上。它微张着嘴，有血从里面流出来。医生盯着它看了片刻，然后迈步上楼。他没有想那只老鼠，那一瞥把他的思想转到一件他记挂了一天的事情上：他病了一年的妻子明天该出发去山区的疗养院了。考虑到她面临的旅途劳顿，他叮嘱妻子好好休息。回家时，妻子正照他说的躺在卧室里。看见他回来，她向他微笑了一下。

"你知道吗，我现在感觉非常好！"她说。医生看着那张在床头灯的亮光下转向他的脸。他妻子30岁，缠绵不去的病痛在她脸上留下了印记。然而里厄凝视她时的想法却是："她看起来多么年轻啊，几乎像个小女孩！"但也许那是因为她的笑容，笑容抹去了别的一切。

"想办法睡一觉，"他劝告说，"护士11点才来，你还得赶中午的火车。"

他温和地在她前额上吻了一下。那笑容伴随他出了门。

第二天，4月17日上午8点，守门人在里厄出门时不由分说地拉着他唠叨起来。某些小流氓，他说，把三只死老鼠扔在了大厅里。它们显然是被弹簧力道很足的捕鼠器捉住的，因为流了很多血。守门人提溜着老鼠在门口已经站了很长时间，用严厉的目光盯着路过的人，寄希望于那些坏蛋会因为窃笑或说怪话而暴露。然而他的守望没有任何结果。

"不过我会把他们全逮住的。"米歇尔信心十足地说。

里厄更加困惑了，他决定从郊区开始出诊，那里住的是他比较贫穷的病人。那些地区的垃圾清理工作进行得比较迟。当他开着车驶过那些笔直、灰尘扑扑的街道时，他留意了一下摆在人行道边缘的垃圾箱。仅仅在一条街上，他就在垃圾箱里的烂菜叶和杂物里数出了12只死老鼠。

他找到了他的第一个病人，那是一个长期哮喘病例，躺在一个卧室兼餐室的房间里，房间俯瞰着大街。病人是个长着一张严厉而粗糙面孔的西班牙老人。他面前的床单上摆着两盘豆子。医生进门的时候，老人正巧犯病，坐在床上后仰着脖子，咝咝喘着气试图恢复呼吸。他的妻子端来了一碗水。

"咳，医生，"在准备注射的时候，他说，"它们出来了，你注意到没有？"

"他指的是老鼠，"他的老婆解释说，"隔壁家男人发现了3只。"

"它们出来了，你在所有的垃圾箱都能看见它们。它们饿！"

里厄很快发觉老鼠在城市中是个大话题。出诊完毕后，他开车回了家。

“有一封你的电报，先生，在楼上。”米歇尔告诉他。

医生问他有没有发现更多的老鼠。“没有，”守门人回答，“没有再出现过。我盯得很紧呢。有我在，那些野小子就不敢来捣乱。”

电报通知里厄他母亲次日来。儿媳要出门，她准备代她照看房子。当医生走进公寓的时候，发现护士已经到了。他看看妻子，她穿着一件订制的长裙，还施了胭脂。他笑看着她。

“好极了，”他说，“你气色不错。”几分钟后，他陪着她上了卧铺车厢。她打量了一下车厢隔间。

“这对我们来说太破费了，不是吗？”

“这是必须的。”里厄回答。

“那个到处在传的老鼠的故事是怎么回事？”

“我解释不了，确实很奇怪，但它会过去的。”

接着他匆匆请求她原谅自己，他认为自己本应该把她照顾得更好一点，但他一直以来都很失职。她摇着头，仿佛想让他别说了。他又补充道：“总之，等你回来的时候，一切都会好起来的。我们会有一个崭新的开始。”

“说得好！”她的双眼闪闪发光，“我们会有一个崭新的开始。”

但她接着扭转过头，似乎在透过车窗看站台上匆匆忙忙的行人。火车头的嗞嗞声响起来。他温和地叫了一声妻子的名字；当她转过头来，他看见她的脸上满是泪痕。

“别这样。”他低声说。眼泪背后，笑容又回来了，但略带几分紧张。她深深吸了一口气。

“出发吧！一切都会好起来的。”他拉拉她的胳膊，然后转身走回站台。现在他只能透过车窗看着她的笑容。

“亲爱的，”他说，“照顾好自己。”但她听不见他说的话。

离开站台的时候。他遇见正牵着儿子的手站在出口附近的治安法官奥顿。医生问他是不是打算离开。

奥顿身材高大，皮肤黝黑，有几分像过去习惯说的“一条好汉”，但脸色总是带着几分阴郁。

“不，”治安法官说，“我来接奥顿夫人[1]，她要来探望我的家人。”火车引擎呼啸起来。

“那些老鼠，呃——”治安法官开口说。里厄沿着火车的方向走了两步，然后又朝出口返回。

“老鼠？”他说，“没什么大不了的。”后来，他对那一刻唯一能回忆起的印象是一个路过的铁路工人，那人手里提着一个满满的装着死老鼠的盒子。

那天下午稍早的时候，门诊刚开，一个年轻男子拜访了里厄。医生记得他上午来过，是一位记者。他叫雷蒙德·朗贝尔。他是个矮个子，宽肩膀，有一张坚定的脸和一双目光敏锐、灵活的眼睛，给人一种能在任何环境下处变不惊的感觉。他穿着一套运动型的外衣，说话开门见山。他任职的一家销量领先的《巴黎日报》社委派他做一个关于阿拉伯人口的生活状况调查，主要是公共卫生方面。

里厄告诉他情况并不好。不过，在进一步回答之前，他想知道这个记者能不能据实报道。

“当然能。”朗贝尔回答。

“我指的是，”里厄说，“你能毫无保留地发表谴责当前状况的新闻吗？”

“毫无保留？呃，不行，我做不到那样。但是情况真的那么糟糕吗？”

“不。”里厄平静地说。还没有那么糟。他问这个问题只是想知道朗贝尔会不会含糊其辞地陈述事实。

“对那些有保留的东西，我的陈述是毫无用处的，”他补充说，“所以我不会提供支持你的信息。”

记者笑了，“你说话简直和圣茹思特一样。”

里厄平静地告诉他，自己对圣茹思特一无所知。他说的只是一个对所处的世界感到恶心和厌倦的人说的话——尽管他喜欢他的同胞——但就他自己而言，他拒绝和不公正及妥协的真相发生任何关系。

---

① 此处应指奥顿先生的母亲。

朗贝尔耸起肩膀，无言地盯着医生看了一会儿。然后说："我想我理解你了。"他从椅子上站了起来，医生送他到了门口。

"你这样说话很好，"他说，"是的，是的，我懂了。"朗贝尔再次说，声音里带着一种似乎是不耐烦的暗示。"很抱歉打扰了你。"

在和他握手的时候，里厄提议，他如果想为他的报纸找一些离奇故事的话，或许他们可以谈谈关于目前城里发现的数量惊人的死老鼠的事。

"啊！"朗贝尔叫道，"我当然感兴趣。"

下午5点，医生出门进行另一轮巡诊时，在楼梯上碰到一个眉毛粗重，法令纹很深，体格健壮的年轻人。他曾在顶层公寓见过这个人一两次，住在上面的是几个男性西班牙舞者。名叫让·塔鲁的年轻人一边抽烟，一边盯着下面一只正在阶梯上垂死挣扎的老鼠。他抬起头。用灰色的眼睛盯着医生看了片刻；然后，他向医生道了日安，表示这件事非常古怪，所有的老鼠都从洞里跑出来死掉了。

"确实，"里厄表示赞同，"让人感觉很不安。"

"有一点，医生，只有一点。我们以前没见过这种事，仅此而已。就我来说我认为这很好玩，是的，太有趣了。"

塔鲁用手指掠掠额头上的头发，重新回头看看那只老鼠（现在已经一动不动了），然后又朝里厄笑着说：

"不过说真的，医生。这是守门人的麻烦，不是吗？"

因为这件事的发生，守门人成了里厄遇见的第二个人。他靠在临街大门的墙壁上，显得很疲惫，脸上也失去了往日的红润。"是的，我知道。"老人在里厄告知他最新的老鼠死亡事件后回答，"我一直三只两只地发现它们。但是街上别的房子里也一样。"他显得沮丧而忧虑。还总是心不在焉地抓挠着脖子。里厄问他感觉怎么样。守门人没有进一步告诉他自己感觉不舒服。尽管身体不适，但在他看来是因为着急上火，这些该死的老鼠把他烦得够呛。等到它们不再跑出来死得到处都是的时候就好了。

第二天早上——时间是4月18日——医生把母亲从车站接回来的

时候，发现老米歇尔还是显得无精打采。从地下室到阁楼的楼梯上横七竖八地躺着十多只死老鼠。街上所有房子的垃圾桶里也都是死老鼠。

医生的母亲对此很平静。“有时候就是这样。”她温和地说。她是个满头银发的小老太太，有一双黑色的、目光柔和的眼睛。“很高兴又能和你在一起，贝尔纳，”她补充说，“总之，这些老鼠改变不了什么。”医生点点头。说实话，母亲一来，似乎一切都显得轻松起来了。

不过，他往市政办公室打了个电话。他认识一个和灭虫有关的部门的负责人，他问那个人有没有听说所有的老鼠都跑出来，并死在露天的地方。是的，梅西埃全知道；事实上，他临近码头的办公室也发现了五十多只。老实说，他也很担心。“医生认为这种情况很严重吗？”他问。里厄给不出肯定的看法，但他认为卫生机构要采取一些行动。

梅西埃同意了，“啊，如果你认为值得这么麻烦的话，我会签发命令的。”

“当然值得。”里厄回答。他的女佣刚刚告诉他，她丈夫工作的一家大工厂已经扫出了几百只死老鼠。

至此我们的市民们开始有了不安的迹象。因为从4月18日开始，工厂和仓库发现了大量已经死掉或者垂死的老鼠，在一些情况下，后者被人们杀死以免除死亡前的痛苦。从远郊到市中心，在医生出诊经过的所有的偏僻小路和大马路上，死老鼠堆满了垃圾桶，或者在排水沟里摆成长长一列。那天的晚报报道了这件事，并询问市议员是否打算采取行动，以及会采取什么紧急措施来解决这件让人深恶痛绝的烦心事。事实上市政当局还没有任何行动计划，但正在开会讨论。随后卫生部门收到了一条命令，每天早上黎明时收集所有的死老鼠，然后装进两辆市政卡车拉到焚化炉进行焚烧。

但是接下来的几天，情况变得更糟糕了。街上的死老鼠越来越多，清理人员卡车上的载荷也与日俱增。到了第四天，老鼠开始成批死亡。它们像潮水一样从地下室、阁楼、下水道涌出来，来到光亮的地方，身体毫无指望地摇摆着，然后做一个像芭蕾舞一样的转体动作，倒毙在惊恐的旁观者脚下。晚上，在人行道和小巷里能听到它们临死前的尖细叫声。到了早晨，排水道里躺满了鼠尸，每只老鼠的尖嘴上都挂着一块血，就像一朵小红花；一些老鼠的尸体已经鼓胀起来，开始腐烂，另一些尸体还是僵硬的，竖着胡须。连繁忙的市中心，住宅的楼梯口和后院里也能看到一堆堆的鼠尸。一些老鼠偷偷死在市政办公室的大厅，在学校操场，甚至在露天咖啡座。我们的市民惊奇地发现像达尔姆斯广场、中心大道、滨海步行街这样繁忙的商业中心都散落着令人恶心的鼠尸。每天早上日出时的例行清理工作完成后，地面上会暂时干净一会儿；然后老鼠又开始大量出现，一直持续一整天。晚上出门的人常常脚下踩到嘎吱作响，还带着暖劲儿的圆滚滚的尸体。就像承载我们房屋的地面正在净化自己的体液，把体内形成的脓疮和脓液抛到体表一样。我们迄今为止如此平静的小镇，此刻像一个非常健康的人突然感到体温飙升，血流像野火一样在血管里流窜不停一样，固有的平静被打破了，这种状况是不容回避的。

事态的发展甚至引起了兰斯多克信息处（对各种话题迅速反应并准确答复的机构）的注意，并在电台上做了一次谈话节目，节目一开始就宣布仅在4月25日一天就搜集和销毁了6231只老鼠。节目本身除了对每天出现在我们眼前的事件做了一次充分而且准确的观察之外，那个惊人的数字也震动了公众的神经。在此之前，人们对这种愚蠢、相当讨厌的现象不过是抱怨而已：但现在他们认识到这个范围无法估量、源头也无法查明的奇怪现象透着一种隐隐的威胁。只有里厄医生的哮喘病人，那个西班牙老人一边搓着手，一边咯咯笑着说：“它们出来了，它们出来了。”话音里带着一种老人的童心。

4月28日，当兰斯多克信息处宣布收集的鼠尸达到8000只时，一股恐慌的情绪席卷了全镇。有人要求采取激烈措施，有人谴责当局不作为，在海滨有房产的人扬言要搬到那里，尽管就季节而言还为时尚早。但当次日信息处宣布异常现象突然中止，卫生机构收集的鼠尸数量微不足道时，每个人都松了一口气。

然而，就在同一天中午，里厄医生在他居住的公寓前停车时，注意到守门人从街道另一头向他走过来。他拖着脚，低着头，四肢奇怪地张开，像发条玩具一样摇摇晃晃地移动着。搀着老人的是医生认识的一位神父，叫帕纳卢，他们见过几次面。后者是一位博学而激进的耶稣会教士，在城里威望很高，甚至在对宗教相当淡漠的圈子里也是如此。里厄等着两人走近。老米歇尔的双眼因为发热放着光，呼吸急促。老人解释说他感到“有点不舒服”，他刚才想到外面走走。但他开始感到全身各处——脖子、腋窝、腹股沟——剧烈疼痛，他不得不往回走，并要求帕纳卢神父搀他一把。

“只是发肿，”他说，“我肯定是把自己弄得太紧张了。”

医生从车窗里探出头，用手在米歇尔的颈窝里摸了摸，那里形成了一个像树瘤一样的硬块。

“马上卧床休息，量一下体温，我下午去看你。”

老人走后，里厄询问帕纳卢神父是什么导致了老鼠的这种狂热行为。

“哦，我认为它们患了一种流行病。”神父的眼睛在他又大又圆的眼镜后面露出笑意。

午饭后，里厄正在第二次阅读妻子从疗养院发回的平安电报时，电话响了。打电话来的是他从前的一个病人，是市政办公室的职员。那人曾经患过长期的主动脉缩窄症，但因为他家境不好，里厄没向他收费。

“谢谢你还记得我，医生。但是这次是另一个人。隔壁家的男人出事了。请你赶快来。”他听起来像喘不过气来一样。

里厄迅速盘算了一下，是的，他可以随后再去看守门人。几分钟后，他赶到了市郊费代尔布街的一栋矮小的老房子前，走到通风良好但气味污浊的楼梯中途，职员约瑟夫·格朗已经匆忙赶下来迎接他了。后者是个50岁左右的男子，瘦高，驼背，窄肩膀，四肢细长，留着泛黄的小胡子。

“他现在好点了，”他告诉里厄，“不过刚才我真觉得他没救了。”他用力擤擤鼻子。在顶楼即三楼，里厄注意到左侧的一扇房门上用红粉笔歪歪扭扭写着几个字：进来吧，我把自己吊死了。

他们进了房间。一根绳子摇摇晃晃地从吊灯上垂下来，下面倒着一张椅子。餐室的桌子被推到了一个角落，不过绳子上什么都没有。

“幸好我及时把他放了下来。”尽管格朗总是用尽可能简单的方式来表达自己，但他在措辞上似乎一直有困难。“我正准备出去时。听见一个声音。看见门上写的字以后，我以为这是个恶作剧。不过，接着我听见了一种奇怪的呻吟；让我感到血都变冷了，就像他们说的那样。”他挠挠头。“那样做一定非常痛苦，我想。我自然冲了进去。”格朗打开一扇门，他们站在一个明亮但非常简朴的卧室门口。屋里一张黄铜床抵墙放着，床上躺着一个胖乎乎的小个子男人，正粗声喘着气。他用充血的眼睛盯着他俩。里厄突然站住。在那个男人呼吸的间隙里，他似乎听见了老鼠的尖叫声。但房间的角落里没有发现任何移动的东西。他走到床边，从那人的情况看，显然他跌落的高度不高，且不太突然。当然，他有些窒息的症状，需要拍个片子，同时医生给他打了一针樟脑磺酸钠，告诉他过几天就会好起来的。

“谢谢你，医生。”那人含混地说。里厄问格朗有没有通知警察，后者低下了头，“呃，事实上，我没有。首先要做的，我想，是……”

“确实，”里厄打断了他，“让我来吧。”但是病人急忙摆着手从床上坐了起来。他感到好多了，他解释说：“真的不用这么麻烦。”

“别担心，”里厄说，“这不过是走个程序。总之，我必须把这件事向警方汇报。”

“噢！”那个人沉重地倒在床上，开始轻轻抽噎起来。

在他们谈话时一直捻着胡须的格朗这时走了过来。

“嗨，科塔尔先生，”他说，“请体谅一下。如果你再自杀的话，人们会指责医生是罪魁祸首。”

科塔尔泪汪汪地向他保证绝对不会；他刚才是鬼迷心窍，现在已经过去了，他只想一个人静一下。里厄写了一张处方。

“很好，”他说，“我们目前先把这件事放下。我一两天内会再来看你一次。但你不要再做任何傻事。”

在楼梯口，他告诉格朗他得做一份报告，但会请警长迟几天来调查。

“但是今晚必须有人看护科塔尔，”他又说，“他有什么亲戚吗？”

“就我所知没有。不过，我完全可以陪着他。我不能说跟他很熟，但人们得帮邻居，对吗？”

在走下楼梯时，里厄朝比较暗的角落瞥了一眼，问格朗在他们这边老鼠是不是已经完全消失了。

格朗不知道。确实，他听过一些关于老鼠的事，但他对这种闲聊完全没有上心。“我还得考虑别的事情。”他补充说。

急着离开的里厄匆匆和他握手道别。他要给妻子写信，此外还想先去看看守门人。

一路上，卖报人正叫嚷着最新的新闻——老鼠消失了。但里厄发现他的病人趴在床沿上，一手捂着肚子，一手按着脖子，正在向污水桶里呕着略带粉色的酸水。呕了一阵后，病人喘着粗气重新躺到床上。他的体温是39.4摄氏度，四肢和颈部的淋巴结肿胀变大，大腿上有两处已经发黑。他正因为体内的疼痛而呻吟。

“就像着了火，”他呜咽着，“王八蛋在里面烧我。”

他因为发热起皮的嘴唇几乎吐不出完整的字词，他用凸起的眼睛凝视着医生，眼里因为疼痛蒙着一层泪水。他的妻子焦虑地看着里厄，但后者一言不发。

“请问，医生，”她说，“这是什么病？”

“可能是——什么可能都有。现在还不能确诊。给他清淡的饮食，让他多喝水。”

病人一直说自己口渴。

一回公寓，里厄就打电话给同事里夏尔，后者是城里最有名的执业医师之一。

“不，”里夏尔说，“我没有发现什么异常。”

“没有局部炎症引起发热的病例吗？”

“稍等！我有两个淋巴发炎的病号。”

“这还不算异常？”

“啊，”里夏尔说，“那取决于你的‘正常’是什么意思。”

总之，那天晚上守门人的体温一直维持在39.4摄氏度，说胡话，嘴里嘟囔着“那些老鼠”。里厄试了固定性脓肿的治疗。在受到松节油的刺激后，老人号叫起来：“那些浑蛋东西！”

但老人的淋巴结仍然在变大，摸上去像嵌在肉体里的硬硬的纤维状物质。老米歇尔已经彻底垮了。

“坐在他身边，”医生对老人的妻子说，“必要的时候叫我。”

第二天，4月30日，天空是蓝色的，起着薄雾。轻风送暖，风里带着远郊的花香。大街上的嘈杂声比往日更响，也更快活一些。因为这天似乎为我们小城里的每个人带来了新的生命许诺，在人们心头压了一周的恐惧阴影已经烟消云散。下楼看守门人的时候，里厄的心情也很乐观；他正为妻子写回的第一封信感到高兴。

老米歇尔的体温降到了37.2摄氏度，此外，尽管仍然显得非常虚弱，但他在微笑。“他好起来了，医生，是不是？”他的妻子问。

“呃，现在这样说还有点早。”

中午的时候，病人的体温突然蹿到了40摄氏度，开始持续乱语和呕吐。老人颈部的淋巴结一碰就疼，脖子强直，似乎正被无形的力量尽可能远地拉离身体一样。他的妻子坐在床脚，手放在床罩上，双脚轻轻地搭在一起。她哀求地盯着里厄。

“听着，”他说，“我们得把他转移到医院，试一种特别疗法，我去打电话叫救护车。”

两个小时后，医生和米歇尔夫人在救护车里俯身看着病人。病人嘴上结了一层厚厚的痂，一边呻吟，一边翻来覆去地说：“那些老鼠，那些该死的老鼠！”他的脸色变成青灰，嘴唇没有一丝血色，他的呼吸短促而无规律。因为淋巴组织肿大，他摊开四肢躺在铺位上，好像是想把自己埋进去，或地底深处一个声音正在召唤他一样，这个不幸的人似乎在某种看不见的压力下窒息了。他的妻子抽噎着，“还有什么希望吗，医生？”

“他死了。”里厄说。

三

人们或许会说，米歇尔的死标志着第一个时期，即那些令人困惑的异象的结束，以及另一个非常难过的时期的开始，在后一个时期里，早些日子的困惑逐渐被惊恐取代。根据后来发生的事件回顾第一个阶段，市民们认为他们绝对想象不到，我们的小镇会被选中成为大批老鼠在光天化日下死亡，或守门人身患怪病不治而死的场所。在这方面他们是错的，他们的看法显然需要修正。尽管如此，如果事情到此为止，习惯的力量无疑会像平常一样获得胜利。但我们社区的其他成员，不全是佣工或穷人，将要走上米歇尔所走的同样的道路。自那以后，恐惧以及伴随着恐惧的认真反思，开始了。

但是，在展开下一步的详细描写之前，讲述者希望提供一些另一个见证人对我们已经描述过的那个阶段的看法。我们在前一阶段已经认识了他，让·塔鲁，他是在几周前来到奥兰的，住在市中心的一家大饭店。显然，他有和生意无关的私人收入。不过，尽管他逐渐变成了我们中间的一位熟悉的人物，但是谁都不知道他来自哪里以及来到奥兰的原因。初春的时候，人们常常在公众场合见到他，而且几乎每天都能看到他在这个或那个海滩，显然他热爱游泳。他有一副好脾气，总是面带笑容。他似乎对所有正常的娱乐活动都感兴趣，但又不沉迷其中。事实上，他为人所知的唯一嗜好是结交城里为数不少的西班牙舞者和歌手。他的笔记里包含着对我们经历过的那些奇怪的早期日子的某种记录。但那是一种不寻常的记录，因为写作者好像刻意用了一种疏离的笔调，初看起来，我们几乎会认为塔鲁有一种从望远镜错误的一端观察人和社会的习惯。在那段混乱的时期，他记录了将会被正常的历史学家忽略的历史。自然，我们可以指责他这种性格上的怪癖，指责他缺乏正常的感情。但我们无法否认，这些看似杂乱无章的日记记录的关于那一时期的大量似乎微不足道的细节，还是不失其重要性的，其中的怪事足以使读者不会对此人匆忙下判语。

让·塔鲁最早的记录是从他来到奥兰市开始的。这些记录一开始就表现出发现一座如此丑陋的城市后的一种矛盾的满足感。我们在里面找到了一小段对装饰在市政办公室门前的两尊青铜狮子的描写，还有对于缺少树木，可怕的房屋和城市可笑的布局所做的适当评论。塔鲁用在电车或街道上偶尔听到的对话片段来进行他的描述，从不在里面加入自己的评论——除了有一次提到一个名叫坎普斯的人对话的时候——不过是在稍晚的时候。那是一场发生在两个电车司机之间的谈话。

“你认识坎普斯，是不是？”其中一个人问。

“坎普斯，那个留着黑胡须的高个小伙儿？”

“是他，一个扳道工。”

“是的，我想起来了。”

“对，他死了。”

“哦？什么时候死的？”

“老鼠的事发生以后。”

“不是吧！他是怎么死的？”

“我说不清楚，一种什么热病。当然，绝对不是你想象的那种。他胳膊以下生了脓疮。看来是因为这个死的。”

“可是，他看起来和别人一样健康啊。”

“我不那么想。他过去常常在市乐队吹长号，肺不好。吹长号对肺要求很高。”

“啊，真是肺不好的话，吹那样的大家伙确实没好处。”

在记下这场对话后，塔鲁接着猜测坎普斯为什么在明显不可取的情况下加入乐队，以及他冒着生命危险参加周日上午的乐队游行的动机。

我们发现塔鲁对他窗外一栋房子的阳台上每天出现的场景印象很深。他饭店的房间正对着一条小马路，马路的墙影里总睡着几只猫。每天午饭后不久，当大多数人在家里午睡的时候，一个衣冠楚楚的矮个儿老头就从马路对面的一栋房子里走到阳台上。他一副军人仪表，腰杆笔直，衣着也带着军人风格，一头白发总是梳得一丝不乱。他俯在阳台上，用威严中带着慈爱的声音叫：“猫咪，猫咪!”那些猫眨巴着睡眼看看他，还是一动不动。接着他会把一些纸撕成碎片，让它们落到街道上；那些猫被像白蝴蝶一样飞舞的纸片所吸引，就会跑上来，尝试用爪子抓最后几张纸片。这时老人经过仔细瞄准，用力向小猫啐唾沫，每当一颗液体飞弹击中猎物，老人都会兴高采烈。最后，塔鲁似乎对这座城市的商业特色非常着迷，从它的外表到种种活动，以至欢乐似乎都是被商业考虑所主导的。这种特质——塔鲁在他的日记里用了这个词——得到了塔鲁的热情赞赏。真的，他的每一句欣赏的评语都是以感叹的语气结束的。

在我们的来访者这个时期的记录里，以上列举的是仅有的一些表面上给人以个人评论感觉的段落。其中的严肃和真诚也许会被读者在不经意间漏掉。例如，在讲述过一只死老鼠的出现如何导致饭店收银员在账单上犯了错误之后，塔鲁补充道：“疑问：怎样才能不浪费时间？回答：要时刻充分意识到这一点。通过这些途径可以做到：在牙医接待室里一张不舒服的椅子上坐一天；整个星期天的下午待在阳台上；听用一种你不懂的语言做的讲座；通过最漫长最不舒服的火车路线旅行，而且当然得一路站着：在剧场的票房排队，然后不买坐票；等等，等等。”

紧跟着这些奇怪的思考和表述，我们突然读到了一段对市区电车的详尽描写，电车的构造，它们模糊不清的颜色，它们永远不变的肮脏——然后他用什么也说明不了的“真古怪”一词做了结论。

接下来，让我们介绍一下塔鲁对老鼠现象的描述。

“对面的小个子老兄今天很不开心。猫都不在了，散落在大街上的那些死老鼠也许激起了它们捕猎的天性。总之，它们全都消失了。照我看来，它们是不可能吃死老鼠的。我记得我的猫就对死物不屑一顾。它们也许忙于在地下室狩猎，抛弃了老顽童。他的头发梳得不像平常那样整齐，而且看上去多了几分迟钝，少了几分军人气派。看得出他在担心。过一会儿，他回了房间。但在回屋之前，他漫无目的地啐了一口。

“今天，城里的一辆电车中途停车，因为里面发现了一只死老鼠。（疑问：它是怎么进去的？）有两三个女人立刻下了车。那只老鼠被人丢了出来。车接着开走了。

“饭店的守夜人，一个头脑清醒的人，向我保证说这些老鼠意味着麻烦。‘当老鼠离开一艘船……’我回答说这句话适用于船，但是对于城镇它还没有得到过验证，但他坚持己见。我问他我们可能会遇见哪种‘麻烦’。他回答不了；灾难常常从天而降。但如果有一场地震正在酝酿，他是不会感到意外的。我承认有这种可能性，接着，他问我这种预期是否使我感到惊慌。

“‘我唯一感兴趣的是，’我告诉他，‘获得内心的平静。’

“他完全懂得我的意思。

“我发现一家在饭店吃饭的人很有趣。当父亲的又高又瘦，总是穿着黑衣服，戴着硬领。他谢了顶，头顶两侧各有一丛白头发。他又小又圆的眼睛，窄鼻梁和又直又硬的嘴唇使他看上去像一只有着良好教养的猫头鹰。他总是先来到饭店的大门旁，站在旁边让他的妻子——一个身材娇小，像黑老鼠一样的女人——先进门，然后再带着一对穿得像表演节目的狮子狗一样的儿女一起进来。入座的时候，他也会等妻子先坐下，直到那时，一对狮子狗才能坐到他们的座位上。他对家人不用爱称，对老婆说话客气而冷淡，告诉孩子们他对他们的看法时也总是很生硬。

“‘妮可，你的表现很可耻。’小女孩的眼眶里滚出了泪珠——可想而知。

“今天早上小男孩因为老鼠兴致勃勃，说了一些关于老鼠的话。

“‘菲利普，不能在饭桌上谈论老鼠。以后禁止你用这个词。’

“‘你爸爸说得对。’黑老鼠附和道。

“两只小狮子狗都低头吃饭，猫头鹰生硬而敷衍地点头表示感谢。

“这是一个绝妙的例子，城里的每个人都在谈论老鼠，本地报纸也参与了这个话题。通常多变的城市话题栏目现在成了批评当地政府的专栏。‘我们的政府官员知道这些腐烂的啮齿动物尸体对市民构成了严重的威胁吗？’饭店经理的话题也离不开老鼠。但他有自己的抱怨；三星级饭店的电梯里出现死老鼠，在他看来就像末日来临的景象一样。为了安慰他，我说：‘但是你要知道，每个人的处境都一样。’

“‘就是，’他回答，‘现在我们都和别人一个样了。’

“他是第一个向我说起那种正在引发极大恐慌的奇怪的热病的人。他的一个女佣得了那种病。

“‘但我相信它没有传染性。’他赶忙向我保证。

“我告诉他说，那对我来说都一样。

“‘啊，我明白了，先生。你和我一样，你是个宿命论者。’

“我可没那样说，而且，我不相信宿命。我告诉他……”

从这里开始，塔鲁的日记开始涉及那场引起大规模公众焦虑的热病的细节。在记录了小个子老头在老鼠停止出现后重新找回他的猫，继续刻苦地完善他的唾液飞弹之后，塔鲁在日记里记下了大约12个患了热病的病例，其中多数以死亡告终。

作为下一步叙述的补充，塔鲁对里厄医生的描写也许放在这里正合适。就作者的判断而言，这段描写相当准确。

“从外表看35岁上下，中等身材，宽肩膀，国字脸，黑眼珠，目光沉稳，但下颌突出，有一个挺拔的大鼻子。黑头发，修得非常短。嘴呈弧形，厚厚的嘴唇总是紧闭着。他的肤色是深褐色，胳膊和双手都晒得黝黑，深色的皮肤和他平常的衣着很相配，他让人想到西西里的农民。

“他走路很快。在走下人行道穿越大街的时候仍然步速不减，但走上另一侧的人行道时。多半会轻轻一跃。他总是心不在焉，在开车的时候，常常在转弯后忘记关掉转向灯。习惯不戴帽子，很有学者风度。”

四

塔鲁的描写很准确。里厄对事态发生的严重转变再清楚不过了。在安排对守门人的尸体进行隔离之后，他给里夏尔打了电话，问他对这些腹股沟淋巴结炎的病例有什么看法。

“我也一筹莫展，”里夏尔承认说，“有两例已经死亡，一名在48小时内死亡，另一名是3天内。而且第二名病人在我隔一天复诊时表现出了所有康复的迹象。”

“如果你有别的病例，请通知我。”里厄说。

他又给另外几个同行打了电话。询问的结果是最近几天有二十多个同样类型的病例。几乎全部是致死的。接着他又打给里夏尔，后者是当地医疗协会的主席，里厄提议把新出现的病例收入隔离病房。

“抱歉，”里夏尔说，“可是我无能为力。这样的命令只能由省里发布。况且，你有什么根据来认定有传染的危险呢？”

“没有明确的根据。但是目前表现出来的症状绝对令人担忧。”

然而里夏尔一再说“这样的措施是在他的职权范围之外的”。他能做的是把这件事上报到省里。

但在这些谈话进行的同时，天气变坏起来。老米歇尔死后第二天，天空乌云密布，下起一阵阵倾盆大雨。每场大雨后都伴随着几个小时的溽热。大海也变了模样；在低垂的天幕下，海面不再是平日半透明的深蓝色，而是不时闪动着灼人眼目的铅色和银色的光芒。春季的湿热让每个人都对即将来临的夏季干爽的炎热心生期盼。高台上的小城被周围的山丘环绕着，几乎断开了和海的一切联系，城里笼罩着一种令人无精打采的气氛。被一道道刷成白色的墙壁包围着，走在一排排灰扑扑的店铺之间，或者坐在肮脏的黄色电车上，你会觉得像被天气困住一样。不过，里厄的西班牙老病号是另一种感觉，他非常喜欢这样的天气。

“就像在煮着你一样，”他说，“对哮喘病人正合适。”的确，天气在“煮”着你，但感觉和发热一模一样。确实，整座城都在发热；里厄医生在开车去费代尔布街参加对科塔尔自杀未遂事件的调查程序时，这种感觉始终挥之不去。他知道这种想法毫无来由，就把它归结为自己神经衰弱：此刻他确实满腹忧虑。事实上，他感到自己确实应该放松一下，设法调整调整自己的精神状态。

到达目的地后，他发现警官还没到。格朗在楼梯口迎接他，提议他们先去他家里，开着门等。这位市政职员家有两间屋子，都装饰得很简单，唯一引人注目的是一个上面放着两三本词典的书架，还有一块小黑板，上面只能模糊地看出两个词：“鲜花大道”。

格朗说科塔尔一晚上睡得很踏实。但早上因为头疼醒了过来，情绪很低落。格朗也显得疲劳和心烦，他不停地在房间里走来走去，把桌上的一个装满了稿纸的公文包一会儿打开，一会儿合上。

然而他同时又告诉医生，事实上他对科塔尔不太了解，但是相信他有少量的私人收入。科塔尔是个怪人。很长时间里他们的关系仅止于在楼梯里遇见时互相问候一声。

“我和他只有过两次对话。几天前我回来的时候弄翻了一盒彩色粉笔，就在楼梯口。粉笔是红色和蓝色的。正好科塔尔从房间里出来，就帮我把粉笔拾起来。他问我要彩色粉笔做什么。”

格朗就向他解释说他在复习拉丁文。他读书的时候学过，但现在记忆变得模糊了。

“知道吗医生，有人告诉我拉丁文知识能帮助一个人更好地理解法语词汇的真正含义。”

所以他在黑板上写下拉丁文单词，然后又用蓝粉笔抄下每个词发生变位或变格的部分，用红粉笔抄下从来不发生变化的部分。“我知道科塔尔有没有完全听明白，但他好像很感兴趣，还问我要了一根红粉笔。我真有点吃惊，可是我毕竟猜不到他是这样用的。”

里厄询问他们第二次谈话的主题。但这时警官带着一名书记员赶来了，说想先听听格朗的陈述。医生注意到格朗在提到科塔尔的时候，总是称他“那个不幸的人”，有一次甚至用了“他的残酷决定”这样的说法。在谈到自杀的可能动机时，格朗在措辞时格外纠结。最后用了“一种秘密的悲伤”作结果。警官又问科塔尔是否有什么行为暗示了他的“自杀[①]意图”。

“他昨天敲我的门，”格朗说，“问我借火柴。我给了他一盒。他说他很抱歉打扰我，不过，因为我们是邻居，他希望我不会介意。他保证说会把火柴还我，我让他收下那盒火柴。”

警官问格朗是否注意到科塔尔有什么异常的表现。

“让我感到奇怪的是他似乎总想跟我聊聊。但他应该注意到我正忙着自己的事。”格朗转向里厄，非常难为情地补充道，“一件私人的事。”

警官表示现在他要去见见病号，听听他的说法。里厄认为最好让科塔尔对问讯有所准备。于是他走进那间卧室，发现科塔尔穿着一件灰色的法兰绒睡衣坐在床上，眼睛直勾勾地盯着门，摆出一脸惊恐的表情。

“是警察，对不对？”

“对，”里厄说，“不过别担心。只是例行问讯，然后就不会有人打扰你了。”

科塔尔没说话，里厄开始往门口走回去。刚迈出一步，小个子就叫他回去，一等他走到床边，就抓住了他的双手。

“他们不会对病人动粗，对一个寻过死的人，是吗，医生？”里厄低着头看了他一下，安慰他说不可能发生那种事，他无论如何会在这里保护病人的。科塔尔放松了一些，于是里厄出门叫警官进来。

在宣读过格朗的口供之后，警官要求科塔尔陈述自杀的真实动机。他不敢抬眼看警察，只是回答“一种秘密的悲伤”的说法恰如其分。警官接着严厉地问他是否还想“再试一次”。科塔尔这才显得多了些生气，他说当然不想，他现在只想一个人安静一下。

---

① 此处作者采用了拉丁文。

“请让我指出一点，老兄，”警官生硬地回答，“现在打乱别人的平静的是你。”里厄示意他别说了，于是问讯结束了。

“多好的一个小时被浪费了！”关上门后，警官叹着气说，“你也猜得到，我们要忙的事还真不少，现在每个人都在议论和高烧有关的事。”

然后他问医生是否会对市里造成严重的威胁，里厄表示不好说。

“一定是因为天气，”警官断言，“就是这么回事。”

无疑是因为天气，这一天随着时间的流逝，什么东西摸起来都黏糊糊的，里厄感到自己的焦虑随着每次出诊有增无减。那天晚上，郊区一个老病号的邻居开始呕吐，双手捂着腹股沟，高烧伴随着谵语。淋巴结的肿块比米歇尔还严重。一处肿块开始化脓，不久后就像熟过头的水果一样裂了口子。里厄一回公寓就往本地区的药品库打了电话。他那天的工作记录上只写了一条：“否定回答”。城里各个地方的同样病例已经通过电话向他作了反馈。显然脓肿需要切开。划两个交叉切口，肿块里冒出血和脓的混合物。病人的四肢竭力向外张开，切口流血不止。他们的两腿和腹部生出黑块；有时候肿块会停止化脓，然后又突然再次膨胀起来。病人通常在腐败的恶臭中死去。

对关于老鼠的新闻，不惜版面的本地报纸现在一言不发。因为老鼠死在街上：人死在自己家里。报纸只关心大街上的事。与此同时，政府和行政官员正在碰头商议。既然每个医生都只遇到两三个病例，就没人会考虑采取行动。但这只是个数字累加的问题，一旦加起来，总数是令人吃惊的。仅仅几天工夫，病人的数量就有了突飞猛进的增长，所有这种奇怪疾病的观察者都开始明白这是一种已经开始流行的传染病。当卡斯特尔，里厄的一位比他老得多的同事来拜访他时，就是这样的情形。

“自然，”他对里厄说，“你知道这是什么病。”

“我正在等尸体检验的结果。”

“哈，我知道。但我不需要什么尸体检验。我职业生涯的大部分时间在中国。20年前我在巴黎也见过一些病例。只是那时候没人敢直呼这种病的名字。当然，惯常的禁忌罢了；一定不能惊动公众，可是这样做是没用的。那时候，就像我一位同事所说的，‘不可思议。人人都知道它在西欧已经绝迹了’。是的，每个人都知道——除了死人。好了，里厄，你和我一样知道这是怎么回事。”

里厄沉思着。他透过手术室的窗户，眺望着天际环抱半圆形海湾的峭壁。天是蓝色的，但被朦胧的暮色抹上了一种沉闷的光泽。“是的，卡斯特尔，”他回答，“很难相信，但一切都证明这是一场瘟疫。”卡斯特尔起身开始朝门口走。

“你明白，”老医生说，“他们会告诉我们什么？这种病很久以前就从温带国家绝迹了。”

“‘绝迹’？这个词是啥意思？”里厄耸耸肩，“是的，别忘了，几乎20年前巴黎就发生过。”

“对，希望这次最终不会比那时候更糟。但这可真让人难以相信啊。”

五

“鼠疫”这个词终于被第一次轻声说出。在这个阶段的叙述里，贝尔纳·里厄医生正站在窗口，也许可以允许作者为医生的犹豫不决和惊讶做一番辩护。因为差异很小，他的反应可以说和我们的绝大多数市民是一样的。人人都明白瘟疫有在世上复发的途径；然而我们很难相信灾祸会凭空落在自己头上。历史上瘟疫和战争都曾多次发生，然而在瘟疫和战争发生时人们也同样惊讶。事实上，和我们的市民朋友们一样，里厄也感到猝不及防，在事实面前我们应该原谅他的犹豫；也要同样理解他在恐惧和信心冲突下的矛盾心理。战争爆发的时候，人们说：“这太愚蠢了；不会持久的。”然而尽管战争可能“很愚蠢”，却并不因此停止。愚蠢有办法为所欲为，只要我们不那么自以为是就该明白。

在这方面，我们的市民们和其他每个人一样，都只关注自己的世界。换句话说，他们是人道主义者：他们不相信瘟疫。瘟疫是一种和人类无关的东西；因此我们告诉自己瘟疫不过是想象中的妖怪，一场醒来就会消逝的噩梦。然而它往往不会消逝，而是一个噩梦后面接着另一个噩梦，逝去的反而是人类，而且首先是人道主义者，因为他们没有采取预防的手段。我们的市民们并不比其他人更应该受责备；他们忘记了应该谦逊，是的，他们以为一切仍有可能；这种心态使他们认为瘟疫是不可能发生的。他们继续做生意，继续安排旅行，继续自行其是。他们怎么会关心像瘟疫这样，能够否定未来，取消旅行，压制人与人交流的事情呢。他们幻想着自由，然而只要有瘟疫，谁都得不到自由。

事实上，即使在里厄承认他朋友的公司有一小部分分散在城里各个地方的病人，在毫无预警的情况下死于鼠疫之后，危险仍然像做梦一样不真实。原因很简单，如果一个人是医生，他倾向于对疾病有自己的看法，并且有着比一般人更强的想象力。隔窗朝城里看去，小城的外表依然如故，但医生对未来产生了隐隐的疑虑，一种模糊的不安。

他试着回忆起曾经读过的关于那种疾病的资料。各种各样的数字从他记忆里浮现出来，他回忆起历史上曾经发生过的造成了上亿人死亡的大约三十次鼠疫爆发。可是一亿人死亡是什么概念呢？当一个人在战争中服役一段时间以后，就很难对死人有什么概念了。除非你真正看到他的死亡，否则一个死人没有任何意义，散播在漫长历史里的一亿具尸体不过是想象中的阵阵轻烟罢了。医生想到君士坦丁堡的那场鼠疫大爆发，根据普罗科匹厄斯①的记载，仅一天就造成了一万人死亡。一万人大约是一个大型电影院观众的5倍。是的，鼠疫爆发的情景正是如此。如果你想对此有一个清晰的概念，你可以在5家电影院的出口把观众们召集起来，带他们去一座城市广场，让他们一堆堆死去。然后你至少还可以在无名无姓者的尸体堆

① 拜占庭帝国的一位历史学家。

里增添几个熟悉的面孔。但这自然是无法实现的；此外，有谁能记得一万张脸呢？总之，那些老历史学家如普罗科匹厄斯所留下的数字是不可靠的；这是常识。根据历史记载，70年前，在中国广东，鼠疫传播给居民之前有4万只老鼠死亡。但是，同样的，广东的传染病也没有可靠的统计死亡老鼠数字的方法。他们所能做的只是进行非常粗略的估计，显然带有相当大的误差。

“让我想想，”医生自言自语地说，“假设一只老鼠长9英寸，4万只老鼠首尾相连排成一条直线，那么长度是……”

他猛地站起身。他太放纵自己的想象了——眼下是最不应该这样的。少数病例，他告诉自己，是不足以造成大规模传染的；只需采取严格的预防措施即可。首先，他必须专注于已经观察到的事实：身体僵直和极度虚弱，腹股沟淋巴结炎，极度干渴，谵语，体表黑斑，体内肿块，那么，最后……结论是，一些词语回到医生的脑海里；症状吻合，他的医学手册的结语里给出的症状描述是：“脉搏变得紊乱，重脉，无规则，轻微移动即可造成死亡后果。”是的，结论是，病人命悬一线，四分之三（他记得确切的数字）的病人因为耐不住性子移动身体造成死亡。

医生仍然眺望着窗外。窗外是凉爽的春日天空的平静光辉；而室内则回响着一个词：鼠疫。这个词进入医生的脑海并不仅仅因为科学的选择，也因为眼看着这座灰色和黄色的城市时想到的一系列虚幻的可能性。此刻，小城正释放着这刻特有的温和的活动所发出的声音；一种嗡嗡声而不是喧闹声，一座快乐小城的声音，总之，如果说快乐和无趣可以并存的话，那就是我们这座城市的写照。这种如此悠闲和轻率的平静似乎可以毫不费力地揭穿那些古老的鼠疫图片的谎言：雅典，一座臭气熏天，甚至被飞鸟遗弃的停尸所；中国堆满垂死病人的城市；马赛的犯人把腐烂的尸体堆进深坑；普罗旺斯筑起阻挡凶猛疫风的长城；君士坦丁堡传染病院泥土地上潮湿发霉的小床，病人被从床上用钩子勾起来；14世纪黑死病爆发时，随处可见的戴口罩的医生；米兰坟地上末日交欢的男男女女；一车车载着死尸驶过伦敦食尸鬼出没的黑暗，随时随地充斥于耳的人类痛苦的呻吟。不，上述一切遥远的恐怖都不足以扰动这个春日午后的平静。看不见的城市电车叮叮当当地从窗外驶过，生动地反驳着残酷和痛苦。只有被掩盖在棋盘一样的肮脏屋顶后的大海的低语，在倾诉着这个世界的危险和不安。凝视着海湾的方向，里厄医生回忆起了卢克莱修[①]所描述的罗马人在海岸点燃的葬火。死去的人入夜后被带往那里，因为火堆没有足够的空间，活着的人为了给自己死去的亲人争得一片空间用火把大打出手；他们宁可进行流血冲突也不愿把亲人的尸体抛进大海。一幅画面出现在他眼前，葬火的红光映着昏暗而平静的大海，争斗的火把在把旋转的火花抛向黑暗，恶臭的浓烟飘向默默无言的天空……

但是理性压过了浮想联翩的不祥之兆。没错，“鼠疫”这个词已经说出了口，同时也有一两个病人不幸被疾病夺去了生命。然而疫情的蔓延仍然是能够被阻止的。只要看透该看透的东西，驱散无关的干扰，采取必要的措施。然后疫情就会结束，因为它是无法接受的，或者说人们是从错误的方向看待它的。如果疫情结束，这个可能性很大，那么一切都将好起来。如果没有，人们也无论如何能够弄清它是什么，以及用什么步骤对付它和最终制服它。

医生打开窗子，城市的喧闹声立刻响亮起来。附近一家工厂机器锯的单调的嗞嗞声断断续续地传来。里厄振作起精神。只有日常工作才是确定的。其他的一切是不可靠的，那些琐碎的或偶然事件；你不能把时间浪费在那些事情上，要紧的是把工作做好。

六

医生沉思到这里，有人通知约瑟夫·格朗来拜访他。格朗在市政办公室当办事员，但职责很多，他间或受雇于统计部门编制出

① 古罗马哲学家及诗人。

生、婚姻和死亡数字。因此最近几天统计死亡人数的差事就落到了他身上。他为人热心，所以自告奋勇为医生带来一份最新的死亡数据。格朗由邻居科塔尔陪着，手里挥着一张纸。

“数字在上升，医生。48小时内死亡11例。”

里厄和科塔尔握了手，问他感觉怎么样。格朗解释说科塔尔决定来向医生致谢，并为他带来的麻烦道歉，但里厄只顾皱着眉头盯着那张纸上的数字。

“啊，”他说，“也许我们最好下决心正视这种疾病。到目前为止我们一直在浪费时间。听我说，我要去化验室，想跟我一起去吗？”

“正是，正是，”格朗一边说一边跟着医生下楼，“我也认为不能怕事，不过这是什么病呢？”

“我不能说，总之就已知的情况看，你不会患上的。”

“您瞧，”格朗微笑着说，“这样做毕竟没那么容易！”他们朝达尔姆斯广场方向动身了。科塔尔依然保持沉默。街上的人流开始拥挤起来。我们的小城的短暂的黄昏已经开始让位于黑夜，第一颗星星在轮廓依然清晰的地平线上闪烁起来。一会儿工夫后，所有的街灯亮了起来，天空模糊，大街上的声音似乎也升高了一度。

“抱歉，”格朗在达尔姆斯广场拐角处说，“我得去赶车了。我的夜晚是神圣的。正如我们那边的老话：今天的事绝不拖到明天——”

里厄已经注意到了格朗说话喜欢引用一些“他们那边”（他来自蒙特利马尔）的说法的习惯，然后跟着一些诸如“迷失在梦里”或“美得像一幅画”之类的文绉绉的说法。

“原来如此，”科塔尔说，“晚饭后你别想把他从窝里拉出来。”

里厄问格朗是否在为市政机构加班。格朗说不是，他在做自己的事。

“真的？”里厄追问下去，“你干得还行吧？”

“考虑到已经搞了好多年，要是说不行的话我会觉得很奇怪。

尽管从某种意义上说进步不大。”

“能问一下——”医生停顿了一下，“——你从事的是什么行业吗？”

格朗伸手拉拉帽子，把帽檐拉到两只大大的招风耳上，含含糊糊地说了些让人听得不明不白的话，里厄似乎听出他的工作和“人格成长”有关。然后格朗匆忙转身，心急火燎地迈着碎步，在马恩大街两侧的无花果树下走远了。

来到化验室大门前，科塔尔对医生说很想拜访他并请教一些问题。里厄一边在口袋里摸那张记录着数据的纸，一边告诉他最好在门诊时间打电话；接着他又改变了主意，说他次日要到他们的住所附近，可以傍晚时去拜访他。

离开科塔尔后，里厄又想起格朗，试图想象他在一场鼠疫爆发后的情景——不像现在这次，这次也许最终不会很严重，而是像过去的那种大范围的爆发。“他是那种总是能在这种情况下安然无恙的人。”里厄记得曾经在什么地方读到过，鼠疫会放过体质孱弱的人，而是从身体强壮的人中间挑选牺牲者。他一边想，一边隐隐觉得格朗在某种程度上称得上是个“神秘人”。是的，初看起来，格朗的外表和行为上都是一个卑微的地方政府职员。他又瘦又高，他总喜欢穿刻意挑选的尺码过大的衣服里面，似乎以为这样可以穿得长久些。他下牙床的牙齿大体还在，但上牙床的牙齿已经没了。于是他笑的时候，上嘴唇抬起——下嘴唇几乎不动——他的嘴看上去就像脸上的一个小黑洞。他还有着像害羞的年轻神父一样的步态，走路喜欢溜墙根，像老鼠一样进门，身上带着一股淡淡的香烟和地下室房间的气味；简言之，他有着所有不引人注目的属性。是的，除了趴在办公桌上，认真修改市区浴室的收费表或整理初级秘书提交的关于垃圾收集税的汇报材料的本职工作之外，描写他的形象的确不太容易。即使你不知道他的工作，也会感觉他生来就是领62法郎30生丁的日薪，在市政部门从事不起眼但又不可或缺工作的临时性助理人员。事实上，这正是他每个月在市政办公室人员登记表职位栏目上填写的内容。22年前——在得到大学入学资格后，他因为缺钱不能继续深造——于是得到了这个临时职位，并在别人的诱导下怀着被迅速“承认”的憧憬，他大概说过，只要能证实他处理市政当局安排的一些棘手任务的能力。一旦得到“承认”，他们曾经向他保证过，他就笃定能被提拔到一个确保他过上舒适生活的等级。当然，并非他有很大的抱负；他可以发誓，他说这番话时带着讽刺的微笑。他最大的期望是通过勤恳工作获得有保障的物质生活。他接受那个提供给他的职位，是出自可敬的动机，甚至可以说是一种对理想的坚持。

但这种“临时”状态变成了无止境的等待，物价飞涨，但格朗的薪水经过几次法定加薪后还是少得可怜。他曾经向里厄倾诉过，但似乎没人注意他的境况。这就是格朗的天性，或者至少可以说是一种天性的体现。他当然可以提出正式要求，如果这不是他的权利——他对此不太确定——至少他得到过承诺。可是一则对他做过承诺的部门领导已经过世一些时间了，二则格朗也不记得那些承诺的确切条款。最后，真正让人头疼的是，约瑟夫·格朗不知道怎么开口。

正如里厄注意到的那样，这一特点是理解我们这位值得尊敬的市民朋友的关键。因为这个原因，他一直写不出一份心里盘算已久的措辞温和的抗议书，或为形势所迫采取一些措施。在他看来，他羞于提到“权利”——说起这个词他总是很迟疑——对“承诺”这个词也一样——这些词意味着他在要求自己应得的利益，因此和他从事的卑微职位显得很不相称。另外，他拒绝使用诸如“你的仁慈”“感激”，甚至“乞求”之类的词，在他看来，这些词有损他的个人尊严。于是，因为他在言语上的无能为力，他继续履行那些不起眼的，薪水微薄的职责，直到一大把年纪。还有，他还对里厄说过，在有了一些经验后，他已经认识到只要量入为出，他总能靠着那份微薄的薪水维持生活。这样一来，他证实了我们的市长——本市的一位工业巨子——常说的一种观点里的智慧。这位市长强烈坚持说，归根结底（他强调了这种慎重的表达方式，的确使他赢得了辩论）没有理由认为本市有因饥饿而死的人。无论如何，约瑟夫·格朗的这种简朴的，虽说称不上苦行僧生活的生活方式，归根结底，反证了任何与饥饿有关的顾虑。他继续推敲着他的措辞。

在某种意义上，完全可以说他的生活方式是值得效仿的。他有坚持自己美好情操的勇气，这无论在本市还是别的地方都是不多见的。他透露的有关个人生活的片段，证明了一种在我们这个时代无人敢于承认其存在的善行和爱的能力。他理直气壮地承认他深爱自己的姐姐和侄子，他们是他唯一在世的近亲。他每隔一年去法周探望他们一次。他也直言不讳自己对父母的想念，他在很小的时候就失去了双亲，一想起他们就很伤心。他也毫不隐瞒对于家乡教堂钟声的特殊感情，每天下午一到5点，悦耳的钟声就会准时响起。然而要表达出这些情感，既要平实，又要简单，他要付出可怕的努力才行。这种措辞的困难已经成了他生活里的一个很大的苦恼。

“噢，医生，”他会大声说，“我是多么希望学会如何表达自己呀！”他每次和里厄会面都会提起这个话题。

那天晚上，看着格朗离开的身影，医生突然明白了格朗试图表达的意思；他显然正在写作一本书之类的东西。在去化验室的路上，这个有趣的想法使他感到安心。他虽然知道这很荒唐，但他无法相信一场大规模的瘟疫会降临在一个拥有格朗这样一边干着卑微的工作，一边发展着无害的怪癖的人的城市里。或者更准确地说，他不能相信这样的怪癖存在于被鼠疫袭击的社会，所以他断定鼠疫不可能在我们的市民朋友里传播开来。

七

第二天，凭借一种很多人认为不明智的固执劲儿，里厄说服省里在省政府办公室召开卫生委员会。

“市民们正变得越来越紧张，那是事实，”里夏尔医生承认，

“当然，各种奇奇怪怪的谣言也到处都是。省长对我说，‘迅速采取行动，但是不要引起注意’。他个人认为这是一场误报。”

里厄顺道捎卡斯特尔去省政府。

“你知道吗，”卡斯特尔在车里对他说，“我们整个地区连一克血清都没有？”

“知道，我给药品站打过电话。站长很震惊。那得从巴黎调运呢。”

“但愿他们能尽快去办。”

“我昨天发了电报。”里厄说。

省长亲切地向他们致意，但看得出他很紧张。

“让我们开始吧，先生们，”他说，“需要我介绍一下情况吗？”

里夏尔认为没有必要。他和他的同事们都是知情人。唯一的问题是应该采取什么措施。

“关键在于，”卡斯特尔近乎粗暴地插嘴说，“要知道这是不是鼠疫。”

两三个在场的医生表示抗议，其他医生则显得欲言又止。省长吓了一跳，赶忙朝门口看了一眼，以确保门口没人无意中听到这句惊人的话。里夏尔说，他认为最重要的是不必大惊小怪，现在可以认定要对付的是一种伴随腹股沟并发症的特殊类型的热病；无论从医学观点，还是根据生活常识来看，过早下结论都是不明智的。老卡斯特尔安静地捻着黄胡须，用明亮的灰眼睛盯着里厄。然后，在友好地环顾委员会成员一周后，他说他很清楚这就是鼠疫，而且毋庸讳言，他也知道假如正式承认的话。当局将被迫采取非常激烈的措施。当然，这就是他的同事们不愿面对事实的原因，如果能让他们安心，他情愿说这不是鼠疫。省长显得很生气，说无论如何这种论点在他看来是不可靠的。

“重要的不是可靠与否，”卡斯特尔回答，“而是能不能让人慎重考虑。”接着，他询问迄今为止尚未发言的里厄的看法。

“我们把它当成一种伴随呕吐和腹股沟淋巴炎的伤寒性发热来治疗，”里厄说，“我已经对淋巴炎病变部位切片，并对脓液进行了分析；我们的化验员认为他检验出了鼠疫杆菌。但我要补充一下，这是一种特殊的变体，不太符合有关鼠疫杆菌的经典描述。”

里夏尔指出这证明持观望态度是有道理的；不管怎样，等待已经进行多日的一系列分析的统计结果是明智的做法。

“可是，”里厄指出，“当一种细菌3天内能让脾脏胀大3倍。能让肠系膜淋巴结肿大到橘子大小，并且使组织病变成稀粥一样的物质的时候。持观望态度至少可以说是不明智的。传染源正在持续扩展。以疾病传播的速度来看，如果我们不及时制止的话，它很可能两个月后造成一半的市民死亡。所以你叫它什么无关紧要。重要的是要防止它杀死一半的市民。”

里夏尔说过于悲观是错误的，此外，这种疾病的传染性尚未证实；真的，他的病人的亲属，和病人同居一室也没有患病。

“但是其他人的亲属死了，”里厄表示，“显然传染从来不是绝对的；否则你会看到一个持续的数学级数，而且死亡率会出现突发性的激增。这不是悲不悲观的问题，而是是否应该采取预防措施的问题。”

然而里夏尔先入为主地做出了总结。他指出，如果传染病不自行停止传播，那就有必要根据法律规定采取严格的预防措施。但是，要采取措施的话，就有必要正式承认瘟疫已经爆发。但目前尚未绝对确定，因此不赞成采取任何草率的行动。

里厄坚持己见。“法律规定的措施是否严厉不重要，重要的是是否需要利用它们来阻止半数人口的死亡。其余只是行政作为的问题，不用我说你也知道。我们的法律授权地方行政长官签署必要的命令，对此类突发事件有应对的措施。”

“确实，”省长说，“但是我需要你们专家的论断，来确定这种传染病是鼠疫。”

“如果我们不做论断，”里厄说，“就可能出现一半人口死亡的危险。”

里夏尔有些不耐烦地插话说：“事实是我们的同事相信这是鼠疫；他对综合症状的描述证明了这一点。”

里厄说他描述的不是“综合症状”，仅是他的亲眼所见。他看见的是腹股沟淋巴结炎症，伴随谵语的高烧，48小时内致人死命。如果宣布这场传染病会在不采取严格预防措施的情况下自然结束，里夏尔医生敢承担责任吗？

里夏尔犹豫了一下，然后盯着里厄。“请坦白回答我。你绝对相信这是一场鼠疫吗？”

“这个问题问错了。问题不在我用什么词，而在于我们要抓紧时间。”

“你的看法，我是这样理解的，”省长说，“即使这不是鼠疫，我们也要立即执行法律规定的鼠疫状态下的预防措施？”

“如果一定说我有个看法，那我的看法就是这样。”

医生们交谈了片刻。里夏尔充当了他们的代言人：“就谈到这里。我们把这种病当成鼠疫一样行动起来，我们承担责任。”

这个说法得到了一致认同。

“你们用什么说法我不在乎。”里厄说，“我的意见是，我们不能掉以轻心，不要认为不可能有一半人死掉；因为到那时这件事可能会变成事实。”

里厄在气愤和抗议声中离开了会议室。几分钟后，在他开车进入一条弥漫着煎鱼和尿臊味的背街时，看见一个腹股沟间鲜血淋漓，因为痛苦而尖叫着的妇女朝他张着双臂。

八

会议后第一天，热病又出现了另一个小小的进展。它甚至上了报纸，但是很不显眼；只是简单地提及。不过接下来的一天，里厄注意到了城里张贴出来的小小的官方告示，尽管都贴在一些吸引不了多少注意的地方。在那些告示里很难发现当局有任何正视事实的迹象。告示上的举措称不上严厉，而且给人造成了不惊动公众做出很多让步的感觉。其中以黑体字宣布奥兰市发现了几个恶性发热病例；现在还无法断定这种热病是否具有传染性。该病的症状还没有达到真正令人担忧的程度，政府希望市民们对这种情况保持镇定。为慎重起见，省府还是决定采取一些预防措施。如果这些措施制订完备且得到正确的实行，将会把传染的风险扼杀在萌芽状态。有鉴于此，市长相信辖区的每位市民都能由衷地支持他的个人努力。

告示上列举了当局采取的一套通用程序。其中包括向下水道喷射毒气进行系统化灭鼠，严格监督水源质量。建议市民保持极端的清洁卫生，要求任何发现身上有跳蚤的人去市卫生所。同时要求经医生诊断有发热病人的家庭的户主即刻上报，并允许对病人在医院的特殊病房进行隔离。告示上解释，这些病房是专门配备来为病人提供及时治疗，最大可能地确保病人康复用的。此外，还有一些补充规定，要求对病房和病人乘坐过的车辆进行强制性消毒。最后，省长本人还建议所有曾经和病人接触过的人向卫生检查员咨询并严格遵循他的指示。

里厄猛地从布告前转身，开始往诊所走。格朗正在那里等他，一见他进门，就夸张地扬起了双臂。

“是的，”里厄说，“我知道。数字正在上升。”前一天汇报的死亡人数是10个。他告诉格朗说可能晚上去见他，因为他已经承诺去拜访科塔尔。

“好主意，”格朗说，“您这样会对他有好处的。说老实话，我发觉他的变化很大。”

“在哪方面？”

“他变得友善多了。”

“他以前不友善吗？”

格朗似乎若有所思。他不能说科塔尔过去不友善；这个词不合适。但科塔尔是个沉默、神神秘秘的人，有点让格朗想到一头野猪。他的卧室，廉价餐馆的饭食，一些相当神秘的人际来往——科塔尔过去的生活就是这样。他自称是推销葡萄酒和白酒的旅行推销员。时不时会有两三个人来拜访他，大概是客户。有时候晚上他会去街对面看电影。说到这里，格朗提到了他注意到的一个细节——

科塔尔似乎偏爱黑帮电影。虽然不能说他不信任遇见的任何人，但这个人给他的最大的印象是不合群。

但是现在，格朗说的是他完全变了。

“我不知道该怎么说，但我有种感觉，他正试着让自己被各种各样的人接纳，做每个人的好朋友。现在他常常找我说话，提议我们一起出门，我没法拒绝。另外，我对他也感兴趣，当然，我救过他的命。”

自杀事件发生后，就没有人再访问过科塔尔了。无论在大街上还是在店铺里，他总是努力和人交朋友。他对杂货店主和和气气；对一位烟草商的唠叨也表现出了无人能及的耐心。

“这个特别的烟草商——顺便说一下，是一位女士，”格朗解释道，“是个让人腻烦透顶的人。我对科塔尔这样说过，但他说我对她有成见，还说她有很多优点，只是需要去发现。”有两三次科塔尔邀请格朗和他一起去市里的豪华饭店和咖啡馆，他最近也开始光顾那些地方。

“那些地方气氛不错，”他解释道，“人也很好。”

格朗注意到那些员工们待科塔尔很殷勤，当他看到后者给小费的手笔时，很快明白了其中奥妙。科塔尔似乎非常享受人家回报他的慷慨时所表现出的友善。有一天当一位领班护送他出门并为他披外套的时候，科塔尔对格朗说：“他是个好人，而且是个好证人。”

“证人？我没听明白。”

科塔尔犹豫了一下，然后回答：“呃，证明我其实不是坏人。”但他的心情有起有伏。一天，当杂货店老板显得不够友善的时候，他气恼万分。

“他站在别人一边，这头猪！”

“站在什么人一边？”

“很多该死的人。”

格朗还亲眼看见了发生在烟草店的奇怪的一幕。当时正谈得火热，那个站柜台的女人开始发表她对一起在阿尔及尔人中间造成了一些风波的谋杀案的看法。在那个案子里，一个年轻的商业雇员在海滩上杀死了一个阿尔及尔人。

“我一直说，”那女人说，“要是他们把那些渣滓都关进大牢，正派人就能松口气了。”

她被科塔尔后来的反应吓了一跳——后者一句话没说就从店里冲了出去。格朗和她从后面盯着他，都呆住了。

随后，格朗又向医生讲述了科塔尔在性格上的另一些变化。科塔尔过去常常发表一些自由主义的看法，比如在经济问题上用的宠物格言，“大鱼吃小鱼”就是明证。但是现在他买的唯一一份奥兰的报纸是保守派的，而且在公开场合大声阅读，让人怀疑他是有意的。还有件事也同样奇怪，在他离开病床之前不久，请格朗办了一件事；格朗说要去邮局，科塔尔托他帮忙给一个住在外地的姐姐汇100法郎，还提到每个月都会给她汇同样数额的钱。然后，就在格朗出门的时候，他又叫他回来。

“不，给她汇200法郎吧，给她一个惊喜。她认为我从来不关心她。可实际上我是全心全意对她的。”

不久后，他还和格朗进行过一次奇怪的对话。他缠着格朗告诉他每晚所做的那些有几分神秘的工作到底是什么。

“我知道！”科塔尔大叫，“你在写一本书，对不对？”

“差不多可以这样说，但不像写书那么简单。”

“啊！”科塔尔叹息着说，“我真希望自己也有写作的本事。”

看到格朗有些吃惊，科塔尔有几分难为情地解释说，成为一个作家肯定可以在很多事情上容易一些。

“为什么？”格朗问。

“为什么，因为大家都知道，作家比平常人有更多的权利。人们更尊重他们。”

就在官方布告贴出来的那天上午，里厄对格朗说：“好像老鼠的事把他的脑子搅乱了，就像对其他很多人造成的影响一样。我觉得就是这样，要不然就是他担心‘热病’。”

“我想不是，医生。假如你想知道我的看法，他——”

他不得不暂停下来；窗外有灭鼠车经过，发出机关枪一样嗒嗒响的排气声。里厄也沉默着等到外面的车走远，才饶有兴趣地问格朗的看法是什么。

“他是个良心上有很大负担的人。”格朗严肃地说。

医生耸耸肩。正如那个警官所说的，他还有其他重要的事情要做。

那天下午里厄和卡斯特尔进行了另外一场谈话。血清仍然没有送来。

“总之，”里厄说，“我不知道血清能有多大用处。这种杆菌很奇怪。”

“这个，”卡斯特尔说，“我和你的看法不一样。这些小畜生总是显得很独特，但是在根本上还是一样的。”

“那是你的理论。实际上，我们对这个题目几乎一无所知。”

“是的，这是我的理论。但是，在某种意义上，它是适用于每个人的。”

整整一天，只要一想到瘟疫的迹象变得越来越明显，医生就感到一种轻微眩晕的感觉。最后他意识到这是害怕！他两度走进拥挤的咖啡馆。像科塔尔一样，他感到了一种对于友好接触，人类温情的需要。这是愚蠢的本能，里厄告诉自己；可是，这个想法却让他想起了对那个旅行推销员的承诺。

那天傍晚，当医生走进科塔尔的房间时，后者正站在餐桌旁。桌布上摊开放着一本侦探小说。但夜色临近，在越来越暗的光线下是很难阅读的。所以在听到门铃之前，科塔尔更像是坐在桌旁沉思。里厄问他觉得怎么样。科塔尔坐下来，没好气地回答说他感觉好极了，还补充说要是能不被人打扰的话，他会感觉更好。里厄劝告他，人不能老一个人待着。

“我不是那个意思。只是我在想，对你感兴趣的人只会给你惹麻烦。”

里厄没接话。

科塔尔接着说：“注意，这说的不是我自己。只是我在读这本侦探小说。书里讲的是一个可怜的人在一个美好的早晨突然被逮捕的事。人们一直对他有兴趣，但他一无所知。他们在办公室里议论他，在索引卡片上输入他的名字。这样的情况，你认为公平吗？你认为人们有权这样对待一个人吗？”

“那要视情况而定。”里厄说，“在某种意义上我同意你的看法，谁都没有权利，但是这些都是题外话。对你来说最重要的是多出去活动。老待在家里不好。”

科塔尔似乎有些气恼，说正相反，他经常外出。而且如果需要的话，街上所有的人都能为他作证。他也认识很多市里其他地方的人。

“你认识里戈先生吗，那个建筑师？他是我的一个朋友。”

房间里几乎完全暗下来了。大街上声音越来越吵，当街灯一齐亮起来时，外面的一阵低沉的欢呼声似乎在迎接这一时刻。里厄走到外面的阳台上，科塔尔也跟了出来。正如我们这座城市每天的傍晚一样，微风从远处的街区里吹来一阵低语声，烤肉味，随着从店铺和办公室里涌出来的吵吵嚷嚷的年轻人，街道上洋溢着一种自由自在的欢快气氛。夜幕降临，远远停舶在海上的看不见的轮船上传来的声音，大街上人群快乐的喧闹声，在过去，每天的这个时候这在里厄看来都有着一种特别的魅力。然而今天他心事重重，眼前的一切似乎都充满了危机。

“开灯吧？”回到房间，他提议说。电灯打开后，科塔尔眨巴着眼睛凝视着他。

“告诉我，医生。假如我病了，你愿意安排我住进你的医院病房吗？”

“为什么不呢？”

接着科塔尔又问是否有人曾经在医院或疗养院被捕。里厄说有过这种事，但全取决于病人的情况。

“你知道，医生，”科塔尔说，“我是最信任你的。”他问医生能否载他一程，因为他想去市里。

市中心的街道上，人已经少下来了，灯光也变得稀疏。儿童们正在门口嬉戏。在科塔尔的要求下，医生在其中一伙小孩旁边把车停下来。他们在玩跳格子游戏，吵吵闹闹的。其中一个梳着整齐而光滑的分头，面孔肮脏的男孩用明亮的眼睛无礼地盯着里厄。医生移开了目光。科塔尔站在人行道上摇摇头。然后，他心神不定地往身后看了看，然后用嘶哑而不自然的声音问。

“每个人都在说传染病。真有这回事吗，医生？”

“人的嘴闲不住，”里厄说，“你还能指望听到什么呢？”

“你说得对。所以要是死了10个人，他们就会认为天塌了。但我们需要的不是这个。”

发动机空转着。里厄的手放在手刹上。这时他又转头看了看那个还在以一种奇怪的严肃劲儿盯着他的那个男孩。突然，男孩出人意料地咧着嘴笑了。

“是吗？那么我们需要什么？”里厄一边向男孩回以微笑，一边问。

科塔尔在转身要走的时候忽然紧紧攥住车门，用愤怒而激昂的声音大喊了一声：“一场地震！大地震！”

没有发生地震。接下来的一天里，里厄驾车跑遍了城里的每个角落，和病人及病人的家属交谈。里厄从来不知道自己的职业会带来如此大的烦恼。从前他的病人很配合他的工作；他们乐于把他们自己托付给他。而现在医生发觉他们在保持距离，带着一种令人困惑的敌意隐瞒自己的病情。这是一种他不习惯的抗争。那天晚上10点的时候，他把车停在老哮喘病人门外——他当天最后一个访问对象——然后吃力地从座位里爬出来。他盘桓了一会儿，在漆黑的街上仰望着天上一明一灭的群星。

里厄进门的时候，老人正坐在床上平时的位置上，把干豆子从一个盘子里数到另一个盘子里，一见客人他就满脸堆笑。

“啊，医生？那是伤寒，对不对？”

“你究竟从哪里冒出这个想法的？”

“报纸，电台上也说了。”

“不，这不是伤寒。”

“不管怎么样，”老人咯咯笑着说，“那些大人物在说大话。他们紧张了，是不是？”

“一个字都别信。”医生说。

他给老人做过检查，在那间昏暗的小餐室里坐下来。是的，尽管嘴没说。他害怕。他知道仅在这片郊区就有8至10个不幸的人，正因为腹股沟淋巴炎蜷缩在病床上，等着他明天早上诊治。其中只有两三个对肿块进行切口的病人有了好转，大部分都得住院，他了解贫穷的人对医院是什么感觉。“我不想让他们在他身上做试验。”其中一个病人的妻子说。但是他不会被当成试验品；他会死，就是这样。那些现在执行的措施是不适当的，事实是这样可悲的清晰。至于那“特别配备”的病房，他知道是怎么回事：两间别的病人已经被匆忙转移出去的附属病房，窗户被封得密不透风，环绕大楼外面设置一条防疫线。唯一的指望是疾病的爆发会自然停止；当局目前采取的措施无疑是不可能扑灭疫情的。

尽管如此，那天晚上的官方通报的口气仍然乐观。第二天，兰斯多克信息处宣布地方采取的举措得到了普遍认同，已经有30个病人上报。

卡斯特尔打电话给里厄：“特殊病房里有多少张床位？”

“80个。”

“城里肯定有不止30个病例吧？”

“别忘了还有两种情况：害怕的，没有时间的，后者占多数。”

“我明白了。他们检查尸体埋葬吗？”

“不。我通过电话告诉里夏尔需要采取积极措施，不能只停留在口头上；我们得设置一道对付这种病的真正屏障，否则还不如什么事都不干。”

“是吗？他怎么说？”

“办不到，他没有权限。照我看，情况要变糟。”

正是如此。三天内，两处特配病房都满了。按照里夏尔的说法，正在讨论征用一所学校来设置一个附属医院。与此同时，里厄继续为病人开刀处理脓肿，并等候抗鼠疫血清的到来。卡斯特尔则回到旧书堆里，把大部分时间花费在公共图书馆。

“那些老鼠死于鼠疫，”他得出结论说，“或者某种极端类似的疾病。而且它们在城里散播了无数只跳蚤，如果不及时处理，疾病将会以几何级数扩散。”

里厄沉默不语。

大约在这个时候，天气开始好转，太阳晒干了雨水留下的最后一些泥泞。每天早晨都是蓝天白日，温度也开始上升，时而天空传来飞机的嗡嗡声——都和世界上的其他地方没什么两样。然而这四天里热病出现了四个惊人的飞跃：16例死亡，24例，28例，32例。第四天，附属医院在一所小学成立的消息发布了。此前还设法用说笑来掩盖内心忧虑的市民们现在变得缄默，表情阴郁。

里厄决定给省长打电话。

“这些措施是远远不够的。”

“是的，”省长回答，“我看了统计数字，正如你所言。太让人担忧了。”

“不止让人担忧；数字是确定性的。”

“我会要求政府下命令。”

当里厄再次去见卡斯特尔时，省长所说的话让后者火冒三丈。

“命令！”他轻蔑地说，“一句空话顶什么用！”

“有疫苗的消息吗？”

“这个星期到。”

省长通过里夏尔请里厄起草一份备忘录，发给殖民地中央政府请求下命令。里厄在里面附了一份临床诊断书和传染病统计资料。在汇报40人死亡的那一天，省长负起责任，宣布了严格的新规定。强制要求上报发热病例并严格对病人执行隔离；病人的住处要关闭并进行消毒：居住在同一所房屋的人要进行隔离检疫；下葬要在地方政府的指导下进行——用一种随后会加以描述的方式。第二天，血清由飞机送达。这批血清只够眼前应急，不足以应付传染病的扩散。在回复给里厄的电报里，通知他紧急储备已经耗尽，但正在筹备新的供应。

与此同时，春天的脚步正从所有偏远的区域向市区走来。成千上万朵玫瑰枯萎在市场和街道两旁花商的篮子里，空气里充溢着它们甜腻的香气。表面上，这一年的春天和往年没什么两样。电车在高峰期总是挤满了人，在一天的其他时间则空空荡荡又脏又乱。塔鲁继续观察那个小个子老头，小个子老头照旧朝猫儿吐口水。格朗每天傍晚匆忙回家干他神秘的文学工作。科塔尔接着过他平时散漫的生活。而治安法官奥顿先生则继续检阅他的兽群。

老西班牙人还在把豆子从一个盘里往另一个盘里数，有时候你会遇见记者朗贝尔，他似乎对看见的一切都兴趣盎然。

到了傍晚，人们照例拥挤在大街上，或者在电影院前排成长队。而且，传染病似乎成了强弩之末；有几天公布的死亡人数只有10例左右。然后，几乎在突然之间，数字又一次直线上升起来。在死亡人数上升到30例那天，省长交给里厄医生一份电报，说：

“他们终于慌了。”电报上写的是：“宣布鼠疫爆发，封闭城市。”

第二部分

九

从现在开始，可以说鼠疫已经成了我们每个人的心头病。在这之前，尽管他们都会因为身边发生的怪事而感到吃惊，但只要有可能，每个市民都会像往常一样各忙各的事情。而且无疑他们会一直这样持续下去。但是一旦城市的大门关闭，我们中间的每个人都会意识到，所有人，包括讲述者本人，都面临着同样的处境，而且每个人都得设法适应新的生活环境。于是，比方说，一种通常是分别的爱人才有的痛苦的个人感情突然成了城里人的共同感受，包括恐惧，对即将面临的长期放逐生活的恐惧。

事实上，封闭城门最令人震惊的一个影响是这种令人猝不及防的隔离感。

那些母亲和孩子，恋人，丈夫和妻子们，他们在车站的月台上互相吻别的时候，满心认为几天后，至多几个星期后就能再次相见，人类盲目信念的作弄使他们根本想不到这次离别会打乱他们的日常生活。所有这些人都发现自己在没有丝毫预警的情况下被隔离起来，不仅不能相见，连互相联络也不再可能。实际上封城已经在官方通告前几个小时就已经开始，而且很自然，个人困难是不予考虑的。也许我们可以这样说，这场天灾的第一个后果是迫使我们的市民们作为个体像没有个人感情一样行事。发布禁令当天，省长办公室被一群持同样有说服力但又同样不可能被考虑的理由的人围了起来。的确，要用上几天时间我们才能认识到自己被完全困了起来：那些类似“特殊安排”“通融”“优先”之类的词都已经失去了意义。

甚至连写信这样渺小的乐趣也远离了我们。规定是这样的：不仅市里不能和世界上的其他地方通过正常联络方式交流，而且——根据第二条通告——一切通信都是禁止的，以免信件上可能的感染源被扩散到城外。最早的几天，一些幸运的少数人设法说服守门的岗哨，得以把信件送到了外部世界。但这只是在封城后的最初几天，岗哨能够体谅这种人之常情的时候。后来，这些岗哨充分认识到了事态的严重性，他们板着脸拒绝承担那些无法预计的可能的后果。一开始往其他城市打电话还是允许的，但随之导致了电话亭人满为患和线路的严重延迟，于是有几天连打电话也遭到了禁止，从那以后，只有死亡、嫁娶、出生等“紧急事件”才能使用电话联络。于是我们只好回到了电报时代。

以友谊、亲情或肉体的爱联系在一起的人们现在只能搜肠刮肚，以一封不超过10个词的电报来维系他们过去的交流。这样一来，实际上能够在电报上使用的词语很快就耗尽了，长期共同生活的情感，抑或深情的思念，很快缩减为诸如“我好，想你，爱你”之类的套话的交流。

然而。我们中间的少数人一直坚持写信，并耗费大量时间来制订和外部世界联络的计划；但是这些计划几乎总是白费工夫。即使有为数不多的几次成功了，我们也无由得知，因为得不到任何回复。几个星期下来，我们只是反复写着同样内容的一封信，复述着同样的新闻片段和个人请求，结果那些倾注了我们心血的生动词句失去了任何意义。我们还是机械地复制着它们，企图通过这些毫无生气的语句来传递我们对于艰难生活的见解。然而经过漫长的尝试，比较于这些毫无结果，重复再三的独白，这些徒劳的和墙壁的对话，电报里老套的交流也开始显得可以接受起来。

又过了几天，当出城的渺茫希望破灭后，人们开始询问什么时候允许鼠疫爆发前出城的人回来。经过几天的考虑后，当局同意了。但是他们指出，回城的人不许再出城；一旦回到城里，无论发生什么情况，他们都必须留下来。一些家庭——事实上为数不多——拒绝接受事态的严重性而且急于和外出的亲人团聚，不顾一切地发电报给他们，让他们趁这个机会返回。但是，受困于鼠疫的人们很快发现这将使他们的亲人面临可怕的危险，于是又悲伤地决定承担离别的痛苦。在鼠疫发展到高峰的时候，我们只看到了一个自然感情以一种特别痛苦的形式克服死亡恐惧的例子。这个例子并不像我们料想的那样是两个热恋的年轻人，为了接近彼此宁可忍受难以预料的痛苦。这两个人是老卡斯特尔医生和他的妻子，他们已经成婚多年。卡斯特尔夫人是在疫情初起时去邻市的。他们算不上模范夫妻；相反，作者有资格在这里说，夫妇双方多半都不太确定是否对他们的婚姻满意。但这场无情的、势必旷日持久的分离使他们认识到不能分开生活，既然如此，那么鼠疫的威胁就不重要了。

这是一个特例。对大多数人而言，离别显然要持续到疫情结束。至于我们每个人自以为很熟悉的在生活中占支配地位的情感（正如我们前面已经提到过的，奥兰人的感情很简单），出现了新的变化。曾经完全信任妻子的丈夫们吃惊地发现了自己的嫉妒；情人也有同样的体验。曾经以把自己描述为花花公子为荣的男人变成了道德楷模。和父母居住在一起，平日对他们不加关心的子女满心悔恨地发现了父母脸上平时没有注意的一道道皱纹。这种极端的、刻骨铭心的剥夺和对未来的茫然使我们猝不及防；我们对于终日折磨着我们的现状无能为力。事实上，我们的痛苦是双重的：首先是我们自身的痛苦，然后是思念不在身边的儿子、母亲、妻子或情人的痛苦。

在别的情况下，我们的市民们也许已经找到了其他途径，来增加他们的活动和过更社会化的生活。但是鼠疫迫使他们过静止的生活，把他们的活动限制在市里某个令人乏味的地方，让他们日复一日地在思念中寻找慰藉。因为当他们漫无目的地闲逛的时候，由于这座城市的小，他总是回到同样的街道上，而这些街道常常是在快乐的日子里和现在不在身边的人曾经走过的地方。

所以鼠疫给我们的城市带来的首先是被流放的感觉。讲述者相信这个说法适用于每个人，这个感觉不仅他有，他的很多朋友也向他承认过。这种确定无疑的放逐感，这种空虚的感觉始终包裹着我们，使我们失去理性，不是盼望时光倒流就是希望时间的步伐变快，而记忆和现实的无情变换又像火一样刺痛我们。有时我们沉浸在幻想里，想象我们正等待门铃响起，某人归来；楼梯上传来熟悉的脚步声；尽管我们设法忘掉此刻已经不再有火车运行，刻意选择在平常晚班火车经过，游客夜归的时候待在家里等待。但这种自我欺骗的游戏，由于显而易见的原因，是不能继续下去的。面对现实的那一刻总会到来，当你意识到火车不会再来，那种隔离感注定会回来，我们没有别的选择，只好和未来的日子妥协。简而言之，当我们回到囚室一样的家的时候，留给我们的只有过去，即使有人寄希望于未来，他们也会很快放弃那种想法，现实的创伤会很快打碎他们的梦。

值得注意的是，我们的市民很快放弃了一种预料中会形成的，即试图估算他们的放逐期能够持续多久的习惯，即使在公开场合也是如此。原因是这样的：当最悲观的人把这个时期估计为，比如说，6个月的时候；当他们提前做好了忍受6个月痛苦的准备，艰难地鼓起全部的勇气，准备耗尽最后的力量熬过漫长而痛苦的日子——当他们做好准备后，一些他们遇见的朋友，报纸上的一篇文章，一种模糊的怀疑，或者某种一闪而过的远见都将表明，毕竟，没有理由说明疫情不会比6个月更长，为什么不可能是一年，或者更长的时间呢?

他们的勇气、毅力和忍耐就在这样的想法下突然崩溃了，突然使他们感到自己再也爬不起来。因此他们强迫自己不去考虑那个不确定的日期，也不再考虑未来，而是把眼睛盯着自己脚下的路。但这种小心翼翼回避困境、拒绝抗争的做法也收效不大。因为，在回避他们认为无法承受的巨变的时候，他们也逃离了救赎的机会；而通过想象重聚的景象，他们可以暂时忘掉鼠疫。于是，在这些高峰和低谷间他们选择了一条中间路线，他们在生活中漂过而不是生活其中，在没有目标的时光和毫无结果的回忆里，像本可以获得实质的游荡的影子一样，选择了立足在他们不幸的土壤里。

因此，他们也认识了所有囚犯和流放者的根深蒂固的悲哀，那就是生活在毫无用处的回忆里。即使他们无时无刻不思念的过去，也只有苦涩的味道。因为他们本可以把那些令人遗憾的和亲人来不及做的事情一起加进记忆里，如果他们等待的亲人归来，那些事情也许已经完成了；正像在所有的活动里一样，即使是他们作为囚徒生活里相对快乐的活动，他们也一直徒劳地希望不在场的亲人加入。因此他们的生活里总是有一些缺失的东西。对过去的敌视，对现状的不耐烦，对未来的逃避，我们像那些被迫在铁窗背后生活的人，心怀愤懑。然而逃脱的唯一办法是在想象里让火车再次开动起来，用虚构出来的门铃的叮咚声来填满寂静，然而实际上门铃顽固地保持着缄默。

尽管如此，如果说这是一场流放的话，对我们中的大多数而言，是被流放在自己家里的。尽管讲述者体验的仅仅是一般形式的流放，他无法忽略另外一些情况，如记者朗贝尔和其他很多人，将不得不经历一种更让人难以忍受的隔离。他们作为旅行者被鼠疫阻拦在这里，他们被隔断了和亲人及家庭的联系。从一般意义的放逐而言，他们是最痛苦的；和我们一样，他们也有着时间催生的烦恼，但他们也有着空间带来的痛苦；这种痛苦时刻纠缠着他们，他们不时撞到这个巨大而奇异的传染病院的高墙上，这些墙壁隔开了他们和失去的家园。毫无疑问，这些人你在任何时候都能在尘土飞扬的城里看到，他们孤独地徘徊着，默默思念着只有他们才熟悉的他们更快乐的家乡的黄昏和黎明。稍纵即逝的想象，像飞舞的燕子一样扰乱人心的消息，清晨时的露珠，或者阳光偶尔在空荡荡的大街上造成的奇怪的闪光，所有的一切都能成为他们苦恼的来源。至于那个总是能够提供逃避一切途径的外部世界，想了也徒增烦恼。他们沉溺在想象出来的逼真幻影里，两三座小山，一棵最爱的树木，一个女人的微笑，为他们构成了无可取代的世界。

最后，我们要特别讲讲离别情侣的情况，这个题目也许是最令人感兴趣的，而且，讲述人也许最有资格发言。对被迫离别的情侣而言，这场瘟疫是另一种感情的折磨，其中最明显的感情或许是懊悔。当前的处境使他们以一种狂热的客观来观察他们的感情。而且，在这种情况下，他们很难忽视自己的缺点。首先，他们因为无法想象不在身边的人的状况而烦恼。他们开始哀叹自己对对方生活方式的无知，然后又责备自己过去竟然对此毫不关心，并因此想到，当两人不在一起的时候，考虑爱人的日常活动可能是一件无所谓的事，而且只会徒增烦恼。一旦想到这一点，他们就能够追溯他们的恋爱过程并发现其中的不足。放在平时，我们都自觉或不自觉地知道，世上没有不能变得更完美的爱情。尽管如此，我们都或多或少轻易地屈从于一个事实，即我们的爱情永远达不到平均水平以上。然而回忆是不容易妥协的。

这场从外部降临全城的灾难不仅给我们带来了不应有的痛苦，也造成了我们自身的痛苦，并使我们把挫折当成了生活的常态。这就是鼠疫转移人们的注意力并混淆是非的恶作剧之一。

因此我们每个人都必须独自面对冷漠的苍天，满足于过一天算一天的生活。这种被抛弃的感觉也许能够及时给人们的性格里加入一些好脾气，然而，人性遭到的破坏已经使其失去了意义。比如说，我们的一些市民开始服从于一种古怪的奴隶心态，这种心态使他们听凭阳光和降雨的支配。看着他们，你会感觉这是他们有生以来第一次变得对天气这样敏感。一线阳光就能使他们面对世界喜形于色，而雨天又给他们的脸色和心情蒙上一层阴影。几个星期前，他们还没有这种对天气的荒唐反应，因为他们不曾一个人面对过生活；在某种程度上，在他们的小世界里，天塌了是有人顶着的。但从现在开始，一切都变了样；他们似乎只能听凭命运的作弄——换言之，他们的痛苦，他们的希望，都由不得自己。

而且，在这种极端孤独的情况下，谁也不能指望邻居的帮助；每个人都必须独自忍受自己的烦恼。如果有偶然的机会，我们中间的一个人试着向别人说了心里话，或者吐露了自己的一些想法，那么无论得到的回答是什么，十有八九是会令他伤心的。然后他会发现他和那人谈不到一起去。因为当他倾诉自己长期埋藏在心里的个人痛苦，以及在爱情和悔恨之火中慢慢成形的感受时，这些东西对他的倾诉对象却毫无意义，后者认为那是司空见惯的感情，是批量生产在市场上交易的悲伤。无论是友好还是恶意，回答通常是不得要领的，而交流的尝试也不得不放弃。至少对那些无法忍受寂寞的人而言，这是千真万确的。由于别人无法找到那些真正有表现力的词汇，他们只好退而求其次，聊聊流行话题，平淡无奇的老生常谈，趣闻逸事及日报上的新闻。所以在这种情况下，即使最真挚的悲伤也要用日常交谈的套话来勉强应付。只能借助这种表达方式，鼠疫的囚徒们才能确保看守的同情和听众的兴趣。

不过，最重要的是，无论他们的痛苦多么强烈，无论他们的心情多么沉重，因为内心的空虚，在鼠疫爆发的早期阶段，仍然可以认为这些流放者是得到了特别赦免的。因为正当城里的居民们开始恐慌的时候，他们的心思还完全放在那些他们渴望再次相会的人身上。这种爱的利己主义使他们没有受到群体恐慌的影响，而且，如果他们想到鼠疫，那只是在鼠疫可能造成永远分离的危险的时候。所以虽然身处疫区中心，他们却保持着一种难得的漠不关心的态度。他们的绝望心情使他们免受恐慌，因此他们的不幸也有好的一面。比如说，如果他们中的一个碰巧被疾病带走，几乎在他还没有意识到的情况下就发生了。从和幽灵般的记忆漫长而无声的交流中，突然被拉进永恒的寂静，不再有任何痛苦。这是幸运，还是不幸？

十

在我们的市民们正设法适应着突然实行的隔离的时候，鼠疫正在给各处关卡派去岗哨，使开往奥兰的轮船掉头。自从施行封城政策以来，没有任何交通工具进过城。从那天以后，人们会产生一种印象，即所有的汽车都在城里兜圈子。假如从林荫大道的最高处俯瞰港口，也会看到一幅奇怪的景象。迄今为止，使它成为海岸线上一个主要港口的贸易往来已经突然停止，繁华不再。只有寥寥几艘接受检疫的船停泊在海湾里。但是码头上闲置的无精打采的吊车，歪倒在地上的翻斗车，无人照管的一堆堆麻袋和木桶——都无声地证明了连商业也被鼠疫剥夺了生命。

尽管面对着如此不寻常的景象，我们的市民们还是感到难以理解自身的处境。有些感觉是每个人都深有感触的，比如恐惧和分别的痛苦，然而个人利益也仍然在他们的思想中占据着首要的地位。迄今为止人们还不明白鼠疫究竟意味着什么。大部分人只是发觉他们日常生活的秩序被打乱，利益受到了影响。他们既担心，又生气，但这些情绪不是能够用来对付鼠疫的。比方说，他们的第一反应是去谩骂政府。省里通过新闻机构对这些批评——难道不能修改一下这些严格的规定吗？反击多少有点出人意料。原本各家报纸和兰斯多克信息局都是得不到任何官方的疫情统计数字的。现在省里每天都把这些数据发给媒体，要求它们每周发布一次。

公众对这一举措的反应也比预料中迟缓。鼠疫爆发第三周造成302例死亡的干巴巴的声明没有触动他们的想象力。首先，这302例死亡也许并非全部是鼠疫造成的。其次，城里没有一个人了解市里平时每周的死亡人数。本城的居民共约二十万。因此无从得知当前的死亡率是否真的那么反常。事实上，这种统计数字虽然平时无人关心，然而其重要性又是不言而喻的。因为公众缺乏比较的标准。只有随着时间的流逝，当死亡率上升到无法忽视的程度时，人们的看法才能贴近现实。接下来的第四周有321人死亡，第五周有355人。这些数字足够说明问题了。但还不足以说服我们的市民，他们尽管人心惶惶，但还固执地认为这只是一场意外事件，尽管非常讨厌，但终究是暂时性的。

所以他们照常在大街上徜徉，在露天咖啡座喝咖啡。一般而言，他们不缺乏勇气，传播的笑话远多于耶利米哀歌[①]，而且高高兴兴地接受了这些暂时的不便。总之，他们保住了自己的脸面。然而到了月底，在稍后会谈到的祈祷周到来的时候，更严重的情况改变了城里的方方面面。首先，省里采取了一些控制交通和粮食供应的措施。汽油实行配给，食品销售也受到了一些限制，还规定缩减电力的使用。只有生活必需品可以通过陆路或空运进入奥兰。道路上的车辆逐渐稀疏下来，直到路上几乎看不到任何私人车辆；奢侈品商店第二天就停止了营业，其他商店也开始贴出了“无货”的通知，而门外则挤满了等着采购的人群。

奥兰市呈现出一幅奇异的景象。大街上行人更多了，因为很多商店和大批办公室关闭，大量无所事事的人挤满了街头和咖啡馆。因为目前他们还算不上失业；只是在休假。所以，在天气晴好的日子，接近下午3点的时候，城里就像在举行公共庆祝活动一样，商店都关了门，公共交通也停了下来，把街道让给狂欢的人们。

---

① 《旧约·圣经》的一章，讲述上帝降罚的耶路撒冷城人民的悲哀。

电影院受益于这种情况，赚钱不费吹灰之力。他们唯一的难题是缺乏新电影，因为这个地区的影片流通已经被迫中止。两星期后，电影院之间不得不开始互相交换影片。再过一段时间后，就只能翻来覆去地播放同一套影片。尽管如此，他们的票房却不见减少。

至于咖啡馆，要感谢这座城市引以为傲的葡萄酒和烈酒贸易所积累的大量库存，所有的咖啡馆都同样能满足顾客的需求。而且，说老实话，酗酒的情况很严重。有一家咖啡馆贴出了一条绝妙的标语："防止感染的最佳途径是一瓶好酒"，这条标语强调了酒精能够预防传染性疾病的流行观点。于是每天晚上两点时分，都有很多烂醉如泥的人被酒肆赶出来，一边在大街上摇摇晃晃地走，一边乐观地大呼小叫。

然而在某种意义上，所有这些变化显得如此不真实，而且又出现得如此突然，令人很难相信它们会持续下去。所以，我们还是把注意力集中到我们个人的感受上来。

城市关闭后第二天，里厄医生离开医院的时候在街上遇见了科塔尔，后者喜气洋洋。里厄向他表示祝贺，说他气色很好。

"是的，"科塔尔说，"我感觉不错。一辈子都没这样好过。医生，告诉我。这场该死的鼠疫，它是怎么啦？开始变严重了，是吗？"

看见医生点头，他又兴致勃勃地说："那就没理由停下来。从城里的情况上看，要乱套了。"

他们一起走在一条小路上，科塔尔讲了他们街上一个感染鼠疫的杂货店老板的事，那个人抱着以后赚大钱的想法囤积了很多罐头。当救护人员赶到的时候，他的床底下放了好几十罐肉罐头。"他在医院里死了。瘟疫里面是没钱可赚的，那是肯定的。"科塔尔有一大堆和疫情有关的故事，也不知道是真是假。其中一个说的是一个出现了所有的症状并发着高烧的男人，这个人跑上大街，冲向他遇见的第一个女人，然后死死抱住，嘴里大叫着他“得上了”。

科塔尔的评论是“他真行！”。但他的下一句话出卖了他幸灾乐祸的假象。

“总之，不久以后我们都会发疯的，除非我错了。”

当天下午，格朗终于向里厄说了心里话。因为注意到桌子上里厄夫人的照片，他询问地看着医生。里厄告诉他他妻子正在离城里有段距离的疗养院接受治疗。

“在某种意义上，”格朗说，“那是幸运的。”

格朗表示同意，不过他又补充说，最好他妻子能就此康复。

“是的，”格朗说，“我理解。”

于是，从里厄认识他以来，格朗第一次变得健谈起来。尽管还会在词语的选择上卡壳，但是他几乎总是能成功地找到适合的词语；真的，就像他深思熟虑多年才开口一样。他告诉里厄，当他十几岁的时候，他娶过一个附近贫穷家庭的非常年轻的女子。实际上，正是为了结婚他才放弃学业并接受了现在的工作。他和让娜都不曾离开过他们那片地区。在追求她的那段时间里，他常常去她家里看她，而她的家人总是取笑她的这个腼腆而沉默的仰慕者。他爸爸是个铁路工人，不上班的时候，大部分时候坐在靠窗的角落，把一双大手摊放在大腿上，默默地盯着过路人。他的老婆则终日忙于家务。让娜时常帮忙。让娜身材瘦小，每当过马路的时候格朗总为她担心，因为在她纤弱身躯的衬托下，那些车辆都显得那么庞大。后来，在圣诞节前不久的一天，他们俩一起出门散步，停下来欣赏一家商店装饰精美的橱窗。在入迷地凝视了一会儿后，让娜转向他。“哎呀，是不是很可爱？”他握住了她的手腕。就这样，他们确定了终身。

后面的故事在格朗看来非常简单。和很多结合的普通夫妇没什么两样。你结了婚，你的爱持续更长的一段时间，你工作。然后过于努力的工作使你遗忘了爱。因为格朗受雇的办公室的领导没有遵守诺言，让娜也不得不在外面工作。在这里，我们得用上一点想象力才能理解格朗试图表达的东西。在很大程度上是因为疲惫，他逐渐失去了对自己的控制能力，变得越来越沉默寡言，无力保持和爱妻之间的感情的活力。劳累过度的丈夫，贫穷的生活，未来生活希望的逐步丧失，一个个沉默无言的夜晚——爱情在这样的环境下有多少生存的机会？也许让娜已经受够了。但她坚持了下来；当然，人们也许总能忍受长期的痛苦而不自知，就这样过了一年又一年。后来有一天，她离开了他。自然，她不是一个人走的。"我很爱你，但是现在我太累了。我走了会痛苦，但一个人重新开始不需要很多快乐。"她在信里是这样说的。

格朗也不好受。而且如里厄所说，他也许也有了一个新的开始。然而并非如此，他失去了生活的信念。他无法停止对她的思念。他想给她写一封信来为自己辩解。

"但是很难，"他告诉里厄，"多年来我一直在考虑。当我们相爱的时候，我们不用语言就能懂得彼此的心意。但是人们不会永远相爱。我一直希望能找出一些词语来把她留在我身边——但我做不到。"他从口袋里拿出一块看起来像格子布抹布一样的东西，响亮地擤了擤鼻子。然后又擦擦胡须。里厄默默地凝视着他。

"原谅我，医生，"格朗匆忙补充说，"但是——我该怎么说呢——我认为你是值得信任的。所以才把这些事情告诉你。然后呢，你看，我总算讲完了。"很明显，格朗的思想和鼠疫完全是背道而驰的两个范畴。

那天晚上里厄给妻子发了一封电报，告诉她城里已经封闭，嘱咐她一定照顾好自己，另外自己一直想念着她。

有天晚上，在他离开医院的时候——时间大约是封城后的第三个星期——发现一个年轻人正在外面等他。

"您记得我，对吗？"

里厄相信自己记得，但一时却想不起来。

“这场麻烦刚刚开始的时候，我拜访过您。”年轻人说，“为了了解阿拉伯裔社区的生活状况。我叫雷蒙德·朗贝尔。”

“啊，是的。现在你可以为你们的报纸写一篇大新闻了。”

这一次，朗贝尔给人的感觉不如他们初次见面时那么自信，他说他的目的不是这个。他想求医生帮点忙。

“我得向您道歉，”他说，“但在这里的确人生地不熟，我们报纸在这里的代表处完全是个摆设。”

里厄说他得去一趟市中心的药房，提议他们一起步行去那里。他们途中要穿过黑人区的狭窄街道。暮色初起，但是往常这个时候非常热闹的城里却静得出奇。只能听到几声军号声在空气里回荡，在薄暮中显得异常嘹亮；无论如何，军队还和往常一模一样。他们一走进那些由蓝色、淡紫色和黄色墙壁围起来的陡峭的窄巷，朗贝尔就开始滔滔不绝地说起来，好像无法控制自己的情绪一样。他把妻子丢在了巴黎，他说。说真的，她其实还算不上他的老婆，但是没什么不同。城里一实行隔离他就给她发了一封电报。那一次他表达的意思是这种状态完全是暂时的，后来他一直想设法给她寄一封信，但邮局拒绝了他，本地的同事也帮不上忙，省长办公室的一个职员甚至当面嘲笑他。后来他只好排队等了几个小时，才得以发了一封电报：一切都好，希望很快和你相见。

但是第二天早上，他一睁开眼就想到，毕竟根本没法知道这种情况会持续多长时间。所以他决定马上离开奥兰。多亏他的职业身份，在托了一些关系后，他才受到省长办公室的一位高官的接见。他解释说他来奥兰纯属意外，他和这里一点关系都没有，完全没有理由留在这里；按照当前的情况，他当然有权利离开，即使出城后要接受一段时间的隔离检疫也没关系。那位官员对他说，很理解他的处境，但不能做例外处理。不过，他会看看能否能帮上什么忙，尽管他对结果不抱希望，因为当局对现状采取了一种非常严肃的态度。

“可是，真该死，”朗贝尔大叫起来，“我不属于这里！”

“确实。无论如何，但愿这场瘟疫能早日结束。”为了安慰朗贝尔，那位官员指出，作为记者，他在奥兰市有一个绝好的新闻题材；真的，只要认真想想，无论什么事，不管有多让人讨厌，都有着光明的一面。

但朗贝尔气恼地耸耸肩，径自出了门。

他们已经到了市中心。

“这真是太他妈傻了，是不是，医生？事实上我到这个世界上不是为了写新闻稿。而很可能是为了和一个女人一起生活的。那也是合情合理的，对不对？”

里厄谨慎地表示他的话不无道理。

中央大道不像平常那样拥挤。附近为数不多的几个人都忙着往远处的家里赶。每个人的脸上都看不到任何笑意。里厄猜想这是兰斯多克最新发布的消息带来的结果。再过24小时，我们的市民们将再次充满希望。但在他们听到新消息的那天，那些统计数字在每个人的记忆里都留下了深刻的印象。

“其实，”朗贝尔突然说，“她和我在一起的时间不长，但我们情投意合。”看到里厄没说话，他又接着说：“我看得出你讨厌我。对不起，我只想知道，你能不能给我出一张证明，说明我没有得这种该死的病，或许能让我办事容易一点。”

里厄点点头。一个小男孩撞到他腿上跌倒了，他把他扶了起来。

继续往前走，他们到了达尔姆斯广场。棕榈树和无花果树的树叶上蒙了一层灰尘，垂头丧气地环绕着一尊共和雕像，后者也蒙了一层灰尘和污迹。他们在雕像旁停了下来。里厄把双脚在石板上跺了两下，抖掉鞋子上附着的一层白色尘土。记者把帽子推到后脑勺上，衬衣领从松垮垮的领带上翻出来，脸上胡子拉碴，表情阴郁而倔强，一副认为自己受到深深伤害的表情。

“请不要怀疑，我理解你的感受，”里厄说，“但是你必须得明白，你的论据是站不住脚的。我不能给你那张证明，因为我不知道你是否患了病；就算我愿意，我怎么能肯定你在离开我的门诊和赶到省政府办公室期间不会感染上呢？何况即使我——”

“即使你怎么样？”

“即使我给你一张证明，那也无济于事。”

“为什么？”

“因为城里和你处境相同的人成千上万，无论如何是不能允许他们离开的。”

“他们没有患鼠疫也不行。”

“那不是个充分的理由。我知道这种情况很荒谬，但既然我们都被卷了进来，我们得接受现实。”

“但我不属于这里。”

“很不幸，从现在开始，你和其他每个人一样都属于这里。”

朗贝尔微微提高了声音。“可是，该死的，医生，难道你不明白这是人之常情吗？难道你认识不到这种隔离对彼此相爱的人意味着什么吗？”

里厄沉默了一会儿，然后说他完全理解。他衷心希望朗贝尔能够获准出城回到爱人身边，也希望所有相爱而受阻隔的人重聚。但是法律就是法律，鼠疫已经爆发，他只能坚持原则。

“不，”朗贝尔愤愤地说，“你不会理解的。你说的是理性的语言，不是心里话；你生活在抽象的世界里。”

医生仰头看了看共和雕像，然后说他不懂自己用的是不是理性的语言，但他所说的事实是每个人都看得到的——两者是不是一回事不重要。

记者正正领带。

“好，我明白了，我不能指望得到你的帮助。很好，不过——”他挑战似的抬高了声音，“我会离开这个城市的。”

医生再次说他非常理解，但这一切都和他没关系。

“对不起，但是这和你确实有关系。”朗贝尔又一次抬高了声音，“我找你是因为有人告诉我你是那份法令的主要推动人。所以我以为在这件事上你无论如何能网开一面。但是你根本不在乎；你从来不为任何人考虑，你根本不把那些被拆散的人当回事。”

里厄承认在某种意义上这是实情，他宁可不去考虑这一类的事情。

“啊，我现在明白了！”朗贝尔大声说，“你很快就要跟我谈论公众利益了。但是公众利益是我们每个人个体利益的总和。”

医生好像突然从梦里醒过来一样。他说：“啊，话虽没错，但并不是这样简单。急于下结论是不行的，你知道。不过你没有理由生气。如果你能找到办法脱离困境，我会非常高兴。只是，我的职业身份不允许我做你要求的事。”

朗贝尔烦躁地摇摇头。

“是的，是的，我不该生气。另外我已经占用了你太多的时间。”里厄要求朗贝尔把他的逃脱方案的进展情况告诉他，并请他不要因为自己的不近人情而怀恨在心。他相信，他补充道，他们还是有一些共同看法的。朗贝尔被搞糊涂了。

然后，“是的，”他沉默片刻后说，“我也认为可能是这样——关于你说的那些话。”他停顿了一下，“可是，我不能同意你的做法。”

他把帽檐拉到眼睛上面，快步走开了。里厄看见他走进了塔鲁住的那家旅馆。

片刻后，医生微微点了点头，仿佛同意了内心的某种想法。是的，记者追求幸福是对的。但是他指责他，里厄，生活在抽象的世界里，难道也是对的吗？当鼠疫在城市里肆虐，一个星期内夺走500条生命的时候，“抽象”这个词能用来描述这些天他在医院所过的生活吗？是的，有几分抽象，遭遇这样的灾难，的确让人有脱离现实的感觉。然而当抽象要来杀你的时候，你必须行动起来。就里厄所知，这并不难理解。比如说，管理这个附属医院（他担任负责人）——现在有三座这样的医院——就不是一件轻松的工作。

他已经让人准备了一间通往手术室的接待室，用作接待送来的病人。地板被挖掉，换成浅浅的一池来苏水，在正中间用砖垒成一个平台。新入院的病人被放到平台上后，迅速脱掉衣服，衣服丢进消毒水里。病人经过洗浴消毒、擦干身体后套上粗糙的病号服，被带给里厄检查，接着被送入病房。这座用征用来的校舍改造成的医院，现在拥有500个床位，而且几乎所有的床位被占用了。

里厄亲自监督着病人入院之后，又为他们注射血清，开刀处理脓疮。然后重新查看一遍统计数字。下午他又马不停蹄地回去看门诊，晚上又继续进行巡诊，深更半夜才能回家。前一天晚上，他母亲在把媳妇的电报递给他的时候，说他的手在发抖。

“是，”他说，“不过这只是因为太专注了，我的情绪会稳定下来的，你放心。”

他有一副结实的身体，所以至今还没有真正地感到疲劳。然而每天的巡诊已经开始给他的耐性造成了极大的压力。传染病一旦确诊，病人必须立刻转移。然后真的开始“抽象”以及一场和病人家庭的争夺。因为他们知道除非康复或死亡，否则他们和得病的亲人就永无再见之日。“发发慈悲吧，医生！”这是塔鲁旅馆女佣的妈妈洛雷太太向他发出的哀求。一个多余的哀求，慈悲心他是有的，可是有什么用呢？他必须打电话，很快救护车拉着警报从街上开过来（开始邻居还打开窗户看看，接着他们就迅速关了窗户）。然后开始上演第二场冲突，眼泪和恳求——一言以蔽之，抽象。在那些火炉一样热，折磨人神经的病房里总是上演着一幕幕令人疯狂的惨剧。但是结果总是一样的。病人被带走，里厄也可以离开了。

在最初的几天他只是打电话，然后不等救护车赶来就匆匆离开去看下一个病人。但往往他前脚离开，后脚病人家就锁了门，上了杠，宁可接触鼠疫也不愿和他们已经确认病情的亲人分开。于是叱责，尖叫，砸门，先是警察，后来又上军队；病人最终被强行带走。因此在最早的几个星期里，里厄不得不留在病人身边，一直等到救护车赶来。后来，当每位医生都配备一名警察志愿者陪同的时候，里厄才能腾出手多看几个病人。可是，一开始的时候，每天晚上都像那天他给洛雷太太的女儿看病的情景一样。他被领进一间装饰着纸扇子和人造花的小公寓房间里。那位母亲带着犹豫的微笑迎接了他。

“噢，我真希望这不是每个人都在谈论的那种热病。”

掀开床单和睡衣，他默默地盯着女孩大腿和腹部的红斑，肿胀的淋巴结。只看了一眼，那位母亲就开始无法控制地尖声痛哭起来。每天晚上母亲们看到那些出现在四肢和腹部的致命红斑时的号啕大哭；每天晚上紧紧抓住里厄胳膊的不同的手，一连串无用的话，许诺和眼泪；每天晚上被救护车的警报声引发的像各种各样的悲哀一样徒劳的场景。除了一遍遍重复的这样的情景，他这些天指望不到别的什么了。是的，鼠疫就像大道理一样，是一成不变的，唯一改变的方面是他自己。站在共和雕像脚下的那个夜晚，盯着朗贝尔刚刚走进的旅馆大门，里厄感到一种荒凉冷漠的感觉正在逐步侵蚀着他的心。

几个星期令人疲倦的生活过后，经过所有这些市民们涌上街头，在大街小巷漫无目的地闲逛的夜晚之后，里厄意识到他不再需要硬起心肠来克制他的同情心。当同情心没用的时候，人们要抛弃它。在这样的环境下，里厄的心已经慢慢自己封闭起来，他感觉到一种安慰，他在几乎无法忍受的负担下的唯一的安慰。这样，他明白，会使他的任务轻松一些，因此他感到高兴。当他深夜两点回到家里的时候，他母亲被他脸上的茫然表情惊呆了，同时也为他的过度操劳感到担心。为了对抗抽象的事物，在你的性格里必须有一些同样的东西。

但是怎么能指望朗贝尔理解这些呢？对他来说，那些看不见的、抽象的事物全是妨碍他幸福的东西。的确，里厄不得不承认记者在某种意义上是对的。但他也知道，那些抽象有时比幸福强大得多。那么，在这种情况下就必须认真对待。这也正是朗贝尔将要经历的过程，正如很久以后，当朗贝尔向他吐露了更多的关于他自己的事情之后，他会了解到的那样。因此他才得以在一个不同的水平上，参与了这场在每个人的幸福和作为抽象敌人的鼠疫之间进行的枯燥乏味的战争——这场战争在很长时间里构成了我们这座城市的全部生活。

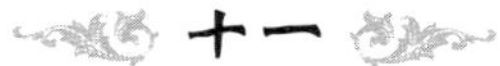

十一

但是，一些人眼里遥不可及的抽象，在另一些人看来是事实。鼠疫爆发以来的第一个月在沮丧的气氛中结束了，伴随着疫情的猛烈发作和帕纳卢神父主持的一场激动人心的布道会。帕纳卢神父曾经在老米歇尔发病初期摇摇晃晃往家走时伸出过援手。他因为对奥兰地理学会做出的频繁贡献出了名；这些贡献主要和古代碑文有关，他是该领域的一名专家。他的名气还借助一系列关于当代个人主义的演讲传播到了更广泛的非专业人士群体里。在这些演讲里，他表明自己是一个最严格、最纯粹、对现代放纵行为和过去的蒙昧主义敬而远之的基督教教义的坚定拥护者。在这些场合，他不怕用逆耳忠言来打击他的听众，因此成了当地的名人。

临近月末，本市的教会决心采用适合他们的方法和鼠疫展开一场战争，组织了一场“祈祷周”活动。这场公众展示虔诚的活动将于周日以一场纪念死于瘟疫的圣人罗奇的大弥撒告终，帕纳卢神父应邀进行布道宣讲。这位热情、脾气火暴的神父为此中断了为他赢得了很高地位的关于圣奥古斯汀和非洲教会的研究工作，全心全意地进行了两周的准备。这场布道在开始前就成了街谈巷议的话题，在这个意义上，可以说它是这一历史时期的一个重要的日子。

大量市民参加了“祈祷周”活动，但是不能据此认为奥兰的市民们平时对宗教特别虔诚，比如说，在星期日早上，海水浴对人们的吸引力经常大过去教堂做礼拜。也不能认为他们蒙受神的感召内心突然发生了转变。原因主要有两个，首先因为封城，海滨在封锁区以外，海水浴变得不可能。另外，他们当前的心情很特别，虽然在心底里远未认识到目前面临的极大威胁，但是因为明显的原因，他们不由自主地感到有些事的确不一样了。虽然如此，很多人仍然希望疫情会很快结束，他和他们的家人能够幸免于难。所以他们感到目前没有义务改变他们的任何生活习惯。鼠疫在他们看来是一个不期而至的过客，有一天会像它的突然出现一样消失。他们惊慌，但远远不是绝望，他们还没有到把鼠疫当成存在的一部分。简单地说，他们在等候事态转变。

在看待宗教——包括其他很多问题——的时候，鼠疫给他们带来一种介于漠不关心和热情之间的态度；给这种态度取一个名字的话，也许最好用“客观”。就里厄医生所听到的，很多参加“祈祷周”活动的人都会这样说，“不管怎么说，这又没什么坏处”。就连塔鲁，在日记上记录了中国人用敲锣打鼓的方式驱赶瘟神的例子之后，也评论说，实际上，没有任何途径能够证明敲锣打鼓是否比防疫措施更有效。他又补充了一点，为了确定这一点，我们首先得确定瘟神是否真实存在，而我们在这个问题上的无知使我们形成的任何观点都是毫无意义的。

总之，在整个“祈祷周”期间，大教堂几乎总是挤满了人。开始的两三天很多人待在外面，站在门廊前花园里的棕榈树和石榴树荫下。隔着一段距离听潮水一样的祈祷声和充斥于临近街道的回音。可是一旦有人做了榜样，他们就开始进入大教堂，胆怯地加入了祈祷。在周日布道会那天，为数众多的会众挤满了教堂中殿。连台阶和教堂围地也挤满了人。前一天已经阴云密布的天空此刻下起了大雨。站在露天地里的人撑开了伞。大教堂内的空气里充满浓重的焚香和湿衣服的气息，帕纳卢神父走上了讲道台。

他中等身高，体格健壮。当他用一双大手抓着木栏靠在讲道台边上时，人们看到的是一个黑色的、粗壮的躯干，上面是红润的脸颊和一副钢框眼镜。他声音雄浑，富有感染力，站在远处的人也听得清清楚楚。宣讲一开始，他就用清晰有力的声音说：“大难已经降临到你们头上，我的同胞们，而且，我的同胞们，你们罪有应得！”话音落下，教堂内外一阵骚动。

以严格的逻辑来看，神父接下来的演讲和这个引人注目的开场白没有衔接。只是随着演讲的进行，借助于巧妙的演讲技巧，人们才明白这句像劈面一拳一样的话正是他这场演讲的主旨。说完这句话后，他立刻引用了《圣经》中《出埃及记》记录埃及瘟疫的一段文字，然后说：

“这种灾难第一次在历史上出现，是用来杀死上帝的敌人。法老反抗上帝的旨意，瘟疫打败了他。主降灾给那些盲目自大和胆敢反抗他的人，有史以来一直如此。好好考虑一下，我的朋友们，然后跪下来吧。”

大雨越下越猛，这番话从只听得见雨点敲打着窗户的圣坛上说出来，带着如此令人信服的力量，于是在短暂的犹豫后，一些信众从椅子上往前一滑，跪了下去。另一些人感到最好也效仿他们的做法，于是一个跟着一个，直到从大教堂的一端到另一端，每个在场的人都跪了下去。除了雨声和椅子伴随着移动偶尔发出的嘎吱声，教堂里听不到任何声音。这时帕纳卢神父站起来，深深吸了口气，用越来越激昂的声音接着说。

“如果瘟疫今天降临到你们中间，那是因为到了需要停下来思考的时候。正派人无需害怕，但坏人有充分的理由瑟瑟发抖。因为瘟疫是上帝的连枷，世界是他的打谷场，他不断挥动连枷，直至麦粒从谷壳里脱离。谷壳会比麦粒多，因此被筛选出的总是少数。然而这种灾难并非上帝的意愿。很久以来，我们这个世界纵容邪恶，很久以来，我们仰仗主的慈悲和宽恕。悔悟就足够了，人们想：我们可以为所欲为。当那一天到来的时候，他肯定会幡然悔悟，对以前的罪过深恶痛绝。在那一天到来之前，最简单的办法是屈从现状；余下的交给仁慈的主安排。长期以来，上帝以怜悯的眼光俯视这座城市；但他厌倦了等待，他内心的希望在等待中耗尽，现在他不再眷顾我们。失去主的眷顾，我们就行走在黑暗里，生活在瘟疫的浓重阴影下。”

会场里有人轻轻哼了一声，就像一匹烦躁不安的马。

神父略停了一下，接着用低沉的声音说：

“我们在《金色传说》里读到，在翁贝托一世的时候，意大利爆发了一场鼠疫。疫情最严重的地方是罗马和帕维亚。严重到活下来的人不足以埋葬死人的程度。一位善良的天使现身在众人面前，命令一位手执巨大猎矛的邪恶天使，让他用长矛敲打房屋；对一栋房屋敲打几次，就有几个人死亡。”

说到这里，帕纳卢神父朝走廊的方向伸开两条短胳膊，仿佛指着飘摇雨幕后面的什么东西一样。

“兄弟们，”他大声叫道，“那场致命的狩猎已经开始，正在折磨着我们的街道。看，他就在那里，那个散播瘟疫的天使，像路西法一样俊美，像魔鬼一样散发着光芒！他正悬浮在你们的屋顶上方，右手握着巨矛，准备敲下去，左手伸出去指着这一座或那一座你们的房屋。也许此时此刻他的手指正指着你的家门，那柄红色的矛敲打在门扇上，鼠疫正进入你家，在你的卧室里潜伏下来等你回去。耐心而警醒，像命中注定一样无可逃避。只要它扑向你，没有什么世俗的力量，甚至——请记好我的话——包括连人类科学吹嘘出来的力量——也不能够扭转你们的命运。就像在血淋淋的打谷场上被颠选的谷物，你们将随着谷壳一起遭到抛弃。”

这时神父又重新强调了连枷这个符号的象征意义。他让听众们想到一根呼啸在城市上空的粗大的木棒，随机地落下来，然后带着一片血雨重新抬起，在地面上留下尸体和苦难，“为收获真理的播种期做准备”。

说完这段长长的话后，帕纳卢神父暂停了一下；他的头发垂落到额头上，他的身体因为双手在讲道台上的动作而颤抖。当他再次开口时，他的声音更低沉了一些，因为谴责而略显颤抖。

“是的，该认真思考一下了。你们天真地认为只要礼拜日来朝拜天父就够了，在工作日可以自由自在。你们偏信一些简单的形式，相信弯弯膝盖就能让他赦免你们罪恶的冷漠。但天父是不容轻慢的。这种短暂的接触无法满足天父对爱的渴求。他希望见你们的时间更长一些，次数更频繁一些；这是他爱你们的方式，事实上，这是唯一的方式。这就是为什么，在他厌倦等候你们来到他身边的时候，他给你们这次朝拜的机会；就像从古到今他访问所有那些冒犯他的城市一样。你们已经得到了教训，同样得到教训的还包括该隐和他的后代，所多玛和蛾摩拉两座城的人，约伯和法老王，也包括所有铁心反对他的人。既然城市的大门把你们和瘟疫同困在一起，像他们一样，你们现在对于人类和所有上帝的造物都有了新的看法。那么，你们终究明白，这一刻要求你们把思想回归到事物的本源上来。”

一股潮湿的风吹进中殿，烛火一阵摇曳和闪烁。在一片蜡烛烟，咳嗽声和喷嚏声里，帕纳卢神父不露声色地回到了演讲的主题，接着用一种平静，几乎不含任何感情的声音说：“我知道，你们很多人在猜测我的用意是什么。我希望引导你们走向真理，教你们喜悦，是的，喜悦——尽管我向你们说了刚才那番话。但当一只友善的手或寥寥几句建议就能使你们踏上正途的时候，那些话已经成为过去。今天，真理就是命令。那支红色长矛坚定地指着一条狭窄的小路，还有一条仅有的救赎之路。因此，我的兄弟们，最终你们会明白，上帝的仁慈规定万物有善与恶两面；愤怒与同情；瘟疫和你们的救赎。同一场瘟疫毁掉了你们的工作，也为你们指明了道路。

“很多世纪以前，阿比西尼亚的基督徒把鼠疫看成上帝赐予的获得永生的方式。尚未得病的人把自己裹在死人用过的床单里以求必死。我向你们保证，这种狂热追求救赎的方式不值得表扬。这种行为显得过于草率，甚至过于蛮横，我们只能表示谴责。谁都不能强迫上帝或在注定的时间里操之过急，从实践上看，任何旨在加速上帝规定的秩序的做法都是徒劳的，而且距离异端只有一步之遥。尽管这些阿比西尼亚人的做法狂热，过犹不及，但我们仍然能够从中得到有益的启示。在我们开明的眼光看来，这个故事大体是不可思议的，但仍然能使我们在人类苦难的黑暗之中看到一点闪亮的永恒之光。而且这道光也照亮了通往救赎的黑暗道路。它显示了上帝永无止境地把邪恶转变为善良的意志。今天，它再一次引领我们穿过充满恐惧和痛苦的幽暗山谷，通往神圣的和平及一切生命的源泉。我的朋友们，这就是我带给你们的无限安慰，当你们离开这座屋子的时候，上帝给你们的不仅有愤怒的话语，也有让你们心灵宽慰的福音。”

每个人都以为布道已经结束了。外面的雨已经停了，带着雨意的阳光给教堂广场洒下一片金色。街上传来模糊的人声，车辆低沉的嗡嗡声，苏醒的城市开始喧闹起来。在一阵突如其来的窸窣声里，会众们小心翼翼地收拾起他们的物品来。然而，神父还有几句话要说。他告诉他们，在说明这场上帝降下的瘟疫是为了惩罚他们的罪恶之后，他无意用什么漂亮话作结语。考虑到这一场合的悲剧性，那样做是不合适的。他希望而且相信他们在主的指引下认清了自己的处境。但是。在离场之前，他希望同他们分享一些他在一本记录马赛的黑死病的历史书里读到的资料。在那本书里，作者马蒂厄·马雷有很多抱怨；他称自己被投入地狱，在既无助又无望的黑暗中饱受折磨。啊，马蒂厄·马雷是瞎了眼！帕纳卢神父从来没有像今天一样深切感受到天主赐予的帮助和希望。尽管我们对这些黑暗的日子怀有恐惧，尽管深陷痛苦中的男人和女人仍在呻吟，他希望我们的市民朋友们向上天做真正的基督徒的祈祷，爱的祈祷。把其他一切托付给主。

十二

很难说这场布道是否影响了我们的市民。治安法官奥顿言之凿凿地向里厄说，他认为神父的论据是“绝对无法反驳”的。但并非每个人都持这样绝对的观点。对一些人而言，这场布道只是告诉他们，他们因为未知的罪被判了刑期未定的刑罚罢了。而当很多人适应了监禁，像以往一样过起单调乏味的日子的时候，却有另一些人造起反来，一心只想摆脱这座牢房。

一开始，和外界隔绝的事实还能多少被人接受，就像人们能够忍受只影响他们少数生活习惯的暂时性不便一样。但是，突然发觉他们被禁锢在蓝蓝的天幕下，开始被盛夏的烈焰烤得吱吱作响的时候，他们隐隐感觉当前事态的变化威胁了他们的整个生活。到了傍晚，凉风唤醒了他们的精力，这种被像罪犯一样被禁闭起来的感觉有时候会驱使他们做出莽撞的事来。

值得关注的是，这可能是偶然的巧合，布道的这个周日标志着某种类似恐慌的情绪蔓延全市的开始，这种情绪的影响如此之深，令人感到只有在此刻，我们的市民才真正认识到他们的处境。从这个角度看，城里的气氛多少发生了一些变化。不过，究竟是气氛的变化还是他们内心的变化，这是一个问题。

布道会过后几天，里厄在去一个偏僻街区的途中，和格朗谈论着这个变化。在黑暗中他不小心碰到了一个人，那人站在人行道中间，左摇右晃，没有跨步的意思。与此同时，开始亮得越来越晚的街灯突然大放光明，里厄和格朗身后的一盏灯正照在那人的脸上。他闭着眼，无声地嬉笑着，抽动的脸上淌着大颗大颗的汗水。

“哪里跑出来的疯子。”格朗说。

里厄注意到格朗在瑟瑟发抖，于是伸手拉住他。

“如果情况这样持续下去，”里厄说，“整座城会变成一座疯人院。”

他感到有几分虚脱，嗓子很干。

“我们去喝一杯。”

他们拐进一家小咖啡馆。咖啡馆里只有吧台上亮着一盏灯，沉重的气氛里带着一点奇怪的粉红色调。不知道什么原因，每个人都用很低的声音交谈。

格朗的表现让医生惊讶，他要了一小杯不掺杂的烈酒，端起来一饮而尽。“真够劲儿！”他说。过了一会儿，他提议出去走走。

出门到了街上，在里厄看来，那个晚上似乎充满了窃窃私语声。在夜灯上方黑暗处的什么地方有沙沙的声音，让他想到帕纳卢说的那把不停拍打着沉闷空气的看不见的连枷。

“幸好，幸好。”格朗嘟囔了两声，然后又停了下来。

医生问他想说什么。

“幸好，我有我的工作。”

“啊，是呀，”里厄说，“终究是件好事。”他不去管那空中怪异的呼啸声，问格朗是否有什么进展。

“是的，我认为有进展。”

“你还有很多事情要做吗？”

格朗恢复了他平时的样子，声音也因为酒意显得兴奋起来。

“我不知道。但这不重要，医生。我可以向你保证，这不重要。”

周围黑得看不清楚，但里厄感到他正挥舞着手臂。他似乎准备说些什么，然后他开了口，滔滔不绝地说起来。

“我真正希望的，医生，是这样。当我的手稿送到出版商手里的那一天，我希望他在读完之后站起来，向他的员工说：‘先生们，脱帽致敬！’”

里厄目瞪口呆，而且，更让他吃惊的是，他看到身边的人用一个大幅度挥手的动作摘下帽子举在头上，另一只手向前平伸出去。头顶奇怪的沙沙声似乎更响了。

“所以你明白吗，”格朗补充说，“一定要做到无可挑剔。”

尽管对文学领域一窍不通，但里厄怀疑事情不会这样单纯——比如说，出版商在办公室里不会一直戴着帽子。可是，谁会知道呢？所以里厄决定保持沉默。在他决定对此充耳不闻的时候，上面那种奇怪的沙沙声，那鼠疫的低语声还在他耳边萦绕不去。他们已经到了格朗的住所附近，因为这里地势有点高，凉爽的晚风拂过他们的面颊，也带走了城里的嘈杂声。

格朗还在不停地说，但里厄不能完全听明白这位可敬的人所说的话。只隐约听出来他的那本作品已经写了很多很多页，而他为了完善这部作品费尽了心血。“有时候，仅仅为了一个词就要花几个晚上，或者几个星期，想想看！有时候只是为了一个连接词！”

格朗突然停下来，抓住医生。他牙齿不全的嘴里说出来的话磕磕绊绊。

“我想让你明白，医生。在‘然而’和‘而且’之间选择很容易。在‘而且’和‘然后’之间做选择就有点难了。但是最难也许是决定一个地方该不该用‘而且’。”

“对，”里厄说，“我明白你的意思。”

他说完后接着往前走。格朗显得有点窘，紧走几步追了上来。

“对不起，”他笨拙地说，“我不知道今天晚上是怎么了。”

里厄鼓励地拍拍他的肩，说愿意帮助他，并对他所说的很感兴趣。这话让格朗安了心，等他们到了格朗的住处后，他犹豫了一下，提议医生进去坐一下。里厄同意了。

他们进了起居室，格朗请医生在书桌旁坐下来。书桌上散落着一张张写着蝇头小字、带有修改痕迹的纸张。

“对，就是那个。”格朗迎着里厄探询的目光说，“你不想喝点什么吗？我有一些葡萄酒。”

里厄谢绝了。他弯下腰看那些手稿。

“不，别看，”格朗说，“这是我的开篇，它让我很烦恼，无穷无尽的烦恼。”

他也注视着书桌上的稿子，他的手似乎不由自主地被其中的一张吸引住，最终把它抽出来，举起来放在电灯光下。那张纸在他手里摇晃着，里厄注意到他的额头上沁出了一层细汗。

“坐下来，”他说，“给我读读。”

“好。”他的眼睛和笑容里带着一种羞怯的感激，“我想我也希望你听一下。”

他盯着那页手稿看了片刻，然后坐下来。与此同时，里厄正倾听着街上传来的奇怪的嗡嗡声，仿佛在回应鼠疫的沙沙声一样。在那一刻，他对于脚下绵延出去的城市，这个幽闭的与世隔绝的受害的世界，以及被黑暗掩盖下的受难者的呻吟有着一种不可思议的敏锐感觉。接着，格朗低沉沙哑然而吐字清晰的声音传到了他的耳朵里。

“5月一个天气晴朗的早晨，人们也许见过一位优雅的年轻女子，骑着一匹俊美的栗色牝马在布洛涅森林鲜花盛开的大道上飞驰。”

格朗停住了，脚下城市里模糊的低语声重新响了起来。过了一会儿，格朗放下他仍在凝视的那张纸，抬起了头。

“你觉得怎么样？”

里厄回答说这个开头已经勾起了他的好奇心；他愿意听听下面的部分。但格朗却说他完全弄错了。他显得很激动，用手掌拍着桌子上的稿子。

“这只是一份草稿。只要我成功地描绘出头脑里看到的那幅画面，只要我的遣词造句契合这种节奏——马蹄嗒嗒，1—2—3，1—2—3，明白我的意思吗？剩下的就会容易得多，而且，更重要的是，只有从最初一些句子里得出的印象才有可能让他们说：‘脱帽致敬！’”

但在那之前，格朗承认，还有很多困难的工作要做。他绝不会把这些句子以现在的形式付印。因为尽管它们有时候会让他感到满意，但他充分意识到它们还没有完全达到他的目的。而且，在某种程度上，它们在语气上的虚浮，也许并不明显，但可以识别地接近于庸常之作。他说的大约就是这个意思。也就在这个时候，窗户下面的街道上传来有人跑动的声音。

里厄站了起来。

“等着看我的作品吧，”格朗说着，一边往窗外看，一边补充说，“等这一切结束的时候。”

可是紧接着慌乱的脚步声又响了起来。里厄已经走到楼梯中途，等他走下楼梯来到大街上时，两个男人和他擦肩而过。他们似乎正要赶往某一个城门。事实上，伴随着炎热和瘟疫，我们的一些市民朋友正在失去理智；已经出现了一些通过暴力行为和试图夜间避过哨兵逃往外部世界的尝试。

十三

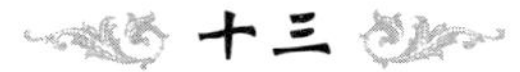

另一些人，比如朗贝尔，也在设法逃脱这种日益令人恐慌的气氛，但有着更多的技巧和毅力，如果谈不上更成功的话。

在一段时间里，朗贝尔继续辗转在官场上。照他的说法，他一直认为坚持不懈是必然能够获胜的，而且，说起来，他的职业也要求在紧急情况下随机应变。所以他那天走开后，拜访了各种各样的官员和其他一些平时讲话很有分量的人物。但是，在这样的情形下，那些影响力是无济于事的。他们多半是一些在出口、银行业、水果和葡萄酒贸易有关的一切事情上能够提供专业意见的人，是一些在处理和保险、解释错误的合同条款之类的事情上游刃有余的人；也具有较高的资历和明显的善意。事实上，这也正是最打动人的一点——他们值得称道的善意。但在鼠疫的事情上，他们的能力几乎为零。

但是，只要有机会，朗贝尔都会抓住时机申诉自己的理由。他陈述的要点总是不变的几条：他是我们这座城市的陌生人，按照当前情况，他的处境需要特别考虑。通常听他讲话的人都承认他的要求很好理解，但接着又会表示还有很多处境相同的人，所以他的情况不如他想象的那样特别。对这种答复，朗贝尔回答说这毕竟不影响他的论据。然后别人又告诉他这确实会对当局已经很困难的处境造成影响，当局拒绝显示任何偏袒，否则会造成恶劣的“先例”。

在和里厄的谈话中，朗贝尔把他接触的人分成了几类。那些采用上述说辞的人被他称作“老顽固”。除此之外还有“辅导员”，他们安慰他说目前这种状态是不可能持久的，而后，在被问及明确的建议时，又怪他对暂时的不便大惊小怪，便把他打发出门。还有一些大人物，要求来访者留下一张说明情况的便条，并通知他他们会按照程序处理；一些轻佻的人甚至为他介绍暂宿处或给他出租房屋的地址；官僚商人，让他填写表格，然后丢进文件堆里；劳累过度的官员，把双手举到天上表示无能为力，更不耐烦的人则索性掉头不理；最后，墨守成规的人，这些人目前看来是多数，他们建议朗贝尔去另一个办公室，或者指点他新的接洽方法。

这些无功而返的访问使记者筋疲力尽；但是，好的一面是，他对市政办公机构和省长办公室的内部运作有了深刻的认识。通过在仿皮沙发上一连几个小时的漫长等待，面对着鼓励他投资储蓄债券以免除收入税和殖民军队征兵的招贴；通过在接待办公室看到的那些和文件橱和他们身后书架上蒙了一层灰尘的档案一样空洞无物的面孔。所有这些虚耗的精力的唯一收获，朗贝尔带着一丝苦涩告诉里厄，是让他暂时忘记了自己的窘况。事实上，鼠疫的迅猛传播也被他在无意中忽视了。这也使他的日子过得飞快。鉴于整座城市的境况，也许可以这样说，每过去一天，每个还活着的人距离他们痛苦的结束就近了一天。里厄无法否认这一推断的真实性，但在他看来，这种真实性实在是一种过于空泛的法则。

有那么一次，朗贝尔看到了一线希望。省长办公室送给他一份表格，要求他认真填写所有的留空处。其中包括他的身份、家庭、他目前及从前的收入来源；事实上，他要交出的是一份所谓的简历。他产生了一种感觉，这次调查也许是为了起草一份将被送出城回家的人的名单。从某个办公室的雇员处得到的一些模糊信息加深了他的这个印象。但是随着对这件事的深入了解，最终找到了那个分发这份表格的办公室后，他得知收集这些信息是为特定的意外事件做考虑的。

“什么意外事件？”他问。这时他才知道所谓的意外事件是他得病或死于鼠疫的可能性；这些信息可以让政府通知他的家人，同时也可决定是由市政当局承担医疗费用，还是在适当的时候向死者的家属收取。乍看起来。这件事暗示着他和那位正等待他归来的女子之间的联系还没有完全被切断。但这样想不能带来任何安慰。真正值得关注，且令朗贝尔大为震动的是，处在瘟疫盛行的中心，政府机构能够运行如常，而且主动做了这些并非立竿见影的工作。他们这样做仅仅是因为他们的职责，且常常不为最高当局所知。

接下来的一个时期，对朗贝尔来说既是最轻松的，也是最艰难的。这是一个浑浑噩噩的时期。他跑遍了所有的办公室，做了他能做的每一件事。终于认识到所有的路子都走不通。所以他漫无目的地从一家咖啡馆飘到另一家咖啡馆。早上他坐在咖啡馆的露天咖啡座看报纸，寄希望于发现传染病衰落的迹象。他会盯着路人的脸，看到满脸愁云不展的就厌烦地掉转头，接着看对面街上的商店广告，在看过几遍现在已经买不到的流行饮品的广告后，他就站起身，继续在土黄色的街道上漫无目的地瞎逛。

他就这样消磨着时光，在城里游荡，偶尔在咖啡馆和饭馆买些食物，直到夜幕降临。一天傍晚，里厄见他在一家咖啡馆外徘徊，打不定主意是否进去。最后他决定进去，在房间后部的一张桌子前坐下来。根据命令，咖啡馆店主尽可能地拖延着开灯的时间。昏暗的暮色渗进房间，暗红的夕阳照在墙上的镜子里，大理石桌面在渐深的夜色里泛着白光。坐在空荡荡的咖啡馆里，朗贝尔就像阴影里一个影子，显得既可怜又迷茫。里厄想，这一定是他一天里最孤独的时候。确实，每天的这个时候，正是城里所有的囚徒意识到他们被人遗弃的处境，每个人都在想着一定要做点什么来加速他们的释放的时候。里厄匆匆转身离开了。

朗贝尔在火车站也花了一些时间。站台禁止任何人进入，但又黑又冷、一直开着门的候车室可以从外面进去，在大热天总有乞丐光顾这里。朗贝尔花了很多时间研究列车时刻表，看禁止随地吐痰的禁令和旅客规章。然后他在一个角落坐下来。一个熄火几个月的大铸铁炉子像地标一样立在候车室正中央，被地板上很久以前留下来的8字结图案环绕着。墙上贴着盛情邀请观光者去戛纳或邦多尔过一个无忧无虑假期的招贴画。朗贝尔在那个角落里体味着被剥夺自由的人对自由的苦涩感觉。

他最难过的是，他曾经向里厄描述过的关于巴黎的一切，此刻都不由自主地涌上了心头。古老的石头和河堤的远景，皇宫的鸽群，北站，先贤祠附近幽静的老街，还有很多他从来不知道自己会如此热爱的城里其他的景色。沉浸在对这些景色的回忆里，他打消了采取任何形式行动的热情。里厄确信他把这些景色和对爱情的回忆混在了一起。后来，有一天当朗贝尔告诉他他喜欢深夜4点起床思念他挚爱的巴黎时，医生根据自己的经验，轻而易举地猜出他喜欢在那个时候想念他现在分别的女人。是的，在那个时候，他能够安心地感到她是完全属于他的。因为深夜4点人们很少做别的事情，即使前一个夜晚是不忠的夜晚，这一刻他们也会沉睡。是的，每个人都在沉睡，这种想法让人安心，因为无法安宁的心盼望持久而真实地占据爱人的心。或者，如果关山阻隔，就让爱人进入持续不醒的无梦长眠，直到重聚的那一天。

十四

帕纳卢神父的布道会结束后不久，天气报复性地炎热起来。

星期天那场反常的瓢泼大雨下过后，第二天，夏日的骄阳就在屋顶上闪耀起来。首先一场强劲的热风不知疲倦地刮了一整天，吹干了墙壁。接着阳光开始发威，逼人的热浪和阳光席卷城市，除了有拱廊的街道和室内，其他的一切都暴露在刺目的强光下。

因为热浪的第一次袭击和令人震惊的死亡人数增长同步——一周内达到了接近700人——城里出现了深重的沮丧气氛。在郊区，平坦的街道和一排排房屋之间往常生气勃勃的景象不复再见；在这些地区生活的普通人。过去常常在他们的门阶前度过一天里最有闲暇的时光。但现在每家每户都关着门，甚至连软百叶窗也都放了下来，一个人都看不见，这样就无从得知他们想挡在门外的究竟是炎热还是鼠疫。从一些房屋里可以听见呻吟声。起初发生这种事的时候，人们出于好奇或同情，还常常聚在外面听听。但是在长期的压力下，似乎人心也变硬起来；住在呻吟者附近或途经他们身边的人，只当听到的是寻常话语。

至于城门口的搏斗，警方在这一过程中被迫使用了手枪，一些无法无天的人冲了出去。有些人无疑在和警察的冲突中受了伤，但是在城里，因为炎热和恐惧的影响，一切都遭到了夸大，出现了打死人的说法。不管怎样，有一件事是可以确定的：不满的情绪在蔓延。由于担心出现更糟的情况，地方官员开会讨论了在疫病疯狂流传的情况下，市民们受到刺激变得无法控制后应该采取的措施。报纸上刊出了新的规定，重申了禁止出城的禁令，还警告说，破坏禁令的人将面临长期监禁。

新的巡逻体系建立起来了，空旷而闷热的街道上，随着马蹄踩在鹅卵石地面的声音，一支骑警队将会在一排排门窗紧闭的房屋间巡逻。市里间或能听到一声枪响；这是为了消除可能存在的传染源，一只新近选派出来消灭猫和狗的特别小队在行动。响亮的枪声打破了平静，更增添了城里早已存在的惶惶不安气氛。

天气炎热，连一阵风都没有，在我们陷入困境的市民看来，任何事物，甚至最细微的声音，都有着特别重要的意义。他们第一次注意到了天空千变万化的云，土壤里蒸腾出的标志着每个季节变化的泥土气息。每个人都惊慌地认识到炎热的天气助长疫情的传播，而夏天明显已经来临。傍晚的天空里，褐雨燕的鸣叫声入耳惊心。甚至连天空也失去了六月黄昏应有的辽阔。市场里送来的鲜花由含苞待放变成了完全盛开，早市过后，落满尘土的人行道上散落着践踏过的花瓣。人们清清楚楚地看到春天已经耗尽了自己的力量，在把所有的热情投入到千千万万朵处处盛开的花朵上之后，此刻正在炎热和鼠疫的联合作用下奄奄一息。对我们的市民朋友来说，这夏日的天空。覆盖着厚厚一层尘土，像他们当前的生活一样灰扑扑的街道，和城里每天死亡的上百人有着同样不祥的意味。在过去，无休无止的艳阳意味着午睡及休假的幸福时光，意味着海滨的嬉戏和调情。然而现在他们在这座封闭的城市里空虚度日，失去了度过一个快乐夏季的好心情。鼠疫扼杀了所有的色彩，拒绝了一切乐趣。

这的确是鼠疫带来的大变化之一。在这之前，我们都满怀愉悦地盼望着夏天的到来。那时城里向大海开放了大门，年轻人能自由出入海滨。但这个夏天，近在咫尺的大海变成了禁区；年轻的身体不能尽情嬉戏。在这种情况下我们还能干什么呢？塔鲁又一次对我们那些日子的生活进行了忠实的描绘。不用说，他描述了鼠疫的发展过程，同时也记录了疫情发展的一个新阶段。收音机里不再播报每周的死亡总数，而是每天92例、100例、70例和130例死亡。“报纸和政府在玩数字游戏。他们自以为得计，因为130比起910是个小得多的数字。”他还记录了这一期间引起他注意或打动他的一些事件；比如说，一个住在偏僻街道的女人突然打开头顶的百叶窗，高声尖叫两声，然后又重新把自己关进阴暗的卧室里。他还注意到药店的薄荷糖突然断货了，因为人们有一种流行的信念，嘴里含着薄荷糖能预防传染病。

他继续观察对面阳台上的老人。似乎这场灾难也引发了古老的猎人游戏。一天早上街上响起了枪声，正如塔鲁所记录的，“几颗铅弹”杀掉了大多数猫，吓跑了剩下的几只；总之它们不在附近了。当天那个小老头按时走到阳台上，起初显得很惊讶，接着趴在栏杆上仔细地在角落里找了一下。接着他坐下来，耐心地等着，用右手轻轻拍打着栏杆。过了一会儿，他撕了几张纸，返回了房间，然后又再次走出来。又等了更长的一段时间后，他回了房间，重重地关上了落地窗。那个星期剩下的几天里，他每天重复着同样的步骤，过了一天又一天，那张苍老面孔上的伤心和失望越来越明显。

第八天，塔鲁等了一天也没见他露面；那扇窗户一直紧闭着，屋里人的伤心可想而知。在这段话的结尾，塔鲁总结道，“鼠疫期间，禁止向猫吐痰”。

在另一条记录里，塔鲁提到，晚上回家的时候，总会看见那个夜班警卫在大厅里踱来踱去，像值班的哨兵一样。

这个人一有机会就提醒别人，他的预见应验了。

塔鲁赞同他遇见了一场灾难，但是提醒他预言的是一场地震。对此那个老人回答说：“哈，但愿这是一场地震！一场大地震，你平安无事！你点点多少人死了，多少人活着，这就完了。但这种该死的病——连没得上病的人都不能安生。”

旅馆经理也同样闷闷不乐。一开始，那些无法离开的游客还保留着房间。但是在看到疫情没有缓和的迹象之后，他们就一个接一个地搬到朋友那里了。曾经使客房住满的同样的原因现在造成客房空置。因为城里没有新客人，塔鲁成了还住在这里的仅有的几个房客之一。旅馆经理一有机会就对他说，要不是不想给客人带来不便，他早就把这里关掉了。他还经常让塔鲁估计这场瘟疫会持续多久。“听人说，”塔鲁告诉他，“寒冷的天气会消灭这种类型的病。”那位经理吓了一跳。“可这个地区没有真正的冷天，先生。况且，即使有，也要再等上好几个月。”此外，他相信要过很长一段时间，才会有足够的游客光顾这座城市。事实上，这场瘟疫也毁掉了旅游业。

一段时间不见之后，那位长得像猫头鹰一样的家长，名叫奥东的先生又在饭店露面了。但他这次只带着两只“表演节目的狮子狗”——他的一对儿女。一打听，原来奥东夫人正在隔离检疫；她一直在照顾她的妈妈，后者已经死于鼠疫。

“我不喜欢这一点，”经理说，“不管有没有隔离，她都有嫌疑，他们几个也逃不掉。”

塔鲁指出，如果这样想的话，每个人都有“嫌疑”。但旅馆经理坚持己见，一点也不动摇。

“不，先生。你和我，我们都不可疑，但他们不一样。”

但是奥东先生对这种想法无动于衷，毫不因为鼠疫改变自己的习惯。他带着一贯的威严姿态走进饭店，在孩子面前坐下，不时用一贯措辞讲究而又严厉的语气向他们训话。只有那个小男孩看上去有几分不一样；他和姐姐一样身穿黑衣，但比以前憔悴了一些，看起来像他爸爸缩小了的影子。对奥东先生同样缺乏好感的夜班警卫对塔鲁说。

“衣冠楚楚的绅士想穿得整整齐齐地送命。全套打扮，他入殓都不用做准备了。”

塔鲁也对帕纳卢神父的布道做了一些评论：“我能理解这类热情，而且不感到讨厌。在瘟疫开始和结束的时候，人们总喜欢说些豪言壮语。到了灾难最危急的时候。人们才会在真相面前坚强起来——换句话说，就是闭上嘴巴，所以我们等着瞧吧。”

塔鲁也记录了他和里厄的一席长谈；但他只谈到“效果不错”。他还顺手记下了里厄夫人即医生母亲眼睛的颜色，一种透明的褐色，还做了一番奇怪的评论，说这种展现内心善良的目光总能在瘟疫面前取得胜利。另外他还在里厄的哮喘病人身上花了不少篇幅。

谈话结束后，他跟着医生去看那位老人。老人一边咯咯笑着向塔鲁致意，一边高兴地搓着双手。他像往常一样坐在床上，面前放着两盘干豆子。

“哈，又来了一个！”他一见塔鲁就大声说，“这是个颠倒的世界，医生比病人多。因为像割庄稼一样，是不是，越来越多。那个神父说得对，这是我们自找的。”第二天，塔鲁没有事先通知又去探望了他。

根据塔鲁的记录，我们得知这位老人的职业是干货商，在50岁的时候退了休。他在对床产生依赖后就一直没离开过，但原因不是哮喘，哮喘对他的行动没有影响。他靠一小笔固定收入活到了现在这个年纪，75岁，而且年龄丝毫不影响他的快乐。他不喜欢钟表，而且整个房间里确实一只表都没有。“表是愚蠢的小东西，”他说，“又贵得要命。”他计算时间——也就是说，吃饭的时间——是靠着他的那个盘子。每天早晨醒来，一只盘子里总是盛满豆子。他用同定的速度不断把豆子一粒粒地往另一只盘子里装。于是靠这两个盘子，他就能推断一天的任何时间。“每15盘，”他说，“就到了吃饭的时间，还有什么比这更简单的吗？”

如果他妻子说得没错的话，他在很年轻的时候就表现出了知天命的迹象。什么都不能引起他的兴趣；他的工作、友情、咖啡馆、音乐、女人、旅行——他对一切都不在乎。他从来没有离开过老家，除了有一次被叫到阿尔及尔处理家务事，即使那一次，他也是在火车开出奥兰的第一站就下了车，不能继续冒险了，他搭第一班火车返回了奥兰。

塔鲁对他与世隔绝的生活很感兴趣。老人对他大概解释说，根据宗教的说法，人的前半生是上升的，后半生是下降的。在走下坡路的日子里他没有任何要求，因为这些日子随时可能会被夺走；既然对这些日子无法把握，所以最好的办法恰恰是不去把握。他显然不介意自我否定，几分钟后。他又告诉塔鲁，上帝是不存在的，否则就不需要神父了。不过，从接下来的谈话里，塔鲁意识到老人的人生观和他对教堂无休无止地挨家挨户募捐的不满是有密切关系的。完成老人形象刻画的最后一点是他多次表达的一种愿望，这种愿望似乎在他心里扎下了根：他希望活到非常年迈的时候再死。

“他是一位圣人吗？”塔鲁自问自答，“是的，只要圣德是所有习惯的综合。”

同时塔鲁也对鼠疫盛行的城市里的一天做了一番长长的描述，完整而精确地再现了那个夏天我们的市民朋友的生活。“除了醉鬼，没有一个人笑，但醉鬼笑得多过了头。”然后他又接着写道。

“天亮的时候，清风吹拂着还显得空荡荡的街道。在昨夜的死亡和来日的痛苦挣扎之间，似乎这一刻鼠疫收了手正在稍事休息。所有的店铺都关着门。但有些店铺贴着通知：因鼠疫停止营业，表示不久后其他店开门营业的时候，它们仍然不会开门。睡眼惺忪的报童还没开始喊叫当天的新闻，而是在街角闲逛，像梦游一样，仿佛在像路灯兜售货物。很快，随着早班电车的出现，他们会分散到城里的各个地方，胳膊里的报纸上标着显眼的‘鼠疫’两个大字。鼠疫会持续到秋天吗？B博士说：‘不会。’鼠疫爆发第94天的统计：124例死亡。

“尽管纸张短缺日益严重，迫使一些日报缩减了版面，但一份名叫《鼠疫纪事》的新报纸却应运而生，它的宗旨是‘以审慎客观的态度向市民报道疫情的发展或衰退；向市民提供关于疫情走向的权威观点；欢迎所有希望加入对抗鼠疫的人，无论阶层，在它的专栏上发表文章；鼓舞民众的士气；刊发政府的最新命令；集中所有愿意在当前情况下提供真诚而积极协助的人的力量’。事实上，这家报纸很快把它的专栏全部用来为一种全新的，‘绝对可靠的’抗鼠疫药物做广告。

“到了早晨6点左右，这些报纸被卖给商店外面在开门前一个多小时就排起的长队；而后被卖给郊区开来的电车上挤得满满的乘客。这些电车现在成了唯一的交通工具。因为车踏板上站着人，扶手上也挂满了人，所以开起来很困难。奇怪的是乘客们都设法背对着身边的人，为此把身体扭曲成怪异的姿势——之所以这样做，当然是为了避免传染。在每个车站，每个下车的男男女女都匆忙和别人拉开安全距离。

“第一辆电车驶过之后，城市逐渐苏醒过来，早市的咖啡馆开了门，但你会看到柜台上贴着一系列卡片：咖啡无货，白糖自备，诸如此类。随着店铺开门，街上有了些人气。与此同时，天色开始放亮，虽然时辰尚早，天空已经因为炎热带了一层铅灰的色调。这正是一些无事可做的人在街头闲逛的时候。他们中的大多数似乎决定以这样的盛装出行来对抗鼠疫。白天，大约11点左右，在大街上可以看到年轻男女的某种时装表演，他们会使你在每个灾难的中心地带感受到茁壮生长的求生欲望。如果瘟疫蔓延下去，道德的范畴也将放宽，我们也许能再次看到米兰式的狂欢场面，男男女女聚在坟墓周围纵情跳舞。

“到了中午，所有的饭店在一瞬间人满为患。很快每家饭店门外都站着一些找不到座位的人。天空因为酷热显得浑浊。食客们在大遮阳伞下等座位，和街上的路沿石一样被中午的热焰烤得吱吱作响。饭馆如此拥挤的原因是因为它们解决了很多人的吃饭问题。不过，它们无助于减轻人们对于传染的恐惧。

“不久前一些饭店贴出通知：我们的餐盘、刀和叉保证经过消毒。但是他们逐渐不再这样宣传，因为顾客无论如何都会上门。另外，人们花钱很随便。选择葡萄酒，或者号称葡萄酒的饮料，价格昂贵的上等酒时，表现出一种不管不顾的奢侈气氛。似乎一家饭店出现了类似恐慌的气氛，因为一位顾客突然感到不舒服，脸色煞白，跌跌撞撞地跑到了门外。

“到了下午两点，城里慢慢空下来，这是寂静、阳光、灰尘和鼠疫占据街道的时候。在这段漫长而倦怠的时间里，一波波热浪从高高的灰色房屋的前脸放散出来。下午的时光就这样缓慢地消逝，缓缓融进傍晚，暮色的来临就如一张红色的皱纹纸覆盖在喧闹的城市上。在高温天气开始的几天，不知道什么原因，晚上大街上几乎看不到人影。但现在至少有一丝凉风给人带来轻松的感觉，虽说谈不上什么希望。于是人们都涌上街头，醉心于互相交谈，争论或谈情说爱。然后伴随着落日的最后一抹余晖，成双成对的情侣在城里高声说笑，像无舵的船一样投进悸动的黑暗。一位头戴毡帽，打着领带的热心的福音传道士在人群里走来走去，徒劳而又无休止地呼喊着：‘上帝是最伟大，最善良的，投入他的怀抱吧。’然而正相反，人们匆忙投向的是一些比上帝更具直接利益的琐碎目标。

“在早期的时候，当他们认为这次的传染病和其他的流行病很相像的时候，宗教是能够稳住阵脚的。但是一旦这些人认识到迫在眉睫的危险，他们就会转而考虑及时行乐。所有白天刻在他们脸上的可怕的恐惧，在火热而布满尘土的黄昏都变成了一种使他们热血沸腾的狂热的兴奋和原始的自由感。

“而且，我也和他们一样。不过有什么关系呢？死亡对我这样的人来说什么都不是。结果证明他们这样做没错。”

十五

日记里提到的那次会面是塔鲁向里厄提出的。那天晚上，在塔鲁赶到之前，医生已经盯着他母亲看了一段时间，后者静静地坐在饭厅的一个角落里。家务事做完后，她大部分时间都坐在那张椅子上。她双手放在膝盖上，好像在等着什么一样。里厄不太肯定她等的是自己。然而，等他进屋的时候，母亲的脸上总会出现一些变化。操劳生活造成的沉默顺从似乎在一刹那被喜悦的光照亮起来。然后她又回到了平静中。那天晚上她向外凝视着已经空无一人的街道。街灯减少到只有三分之一亮着，每隔很远才有一盏路灯闪烁在城市浓重的黑暗里。

“只要鼠疫没结束，他们会一直这样减少照明吗？”里厄夫人问。

“恐怕是的。”

“但愿它不要拖到冬天。那就太压抑了。”

“是呀。”里厄说。

他注意到母亲的目光落在他的额头上，这些天连日的担忧和过度劳累已经在那里刻下了痕迹。

“今天情况不太好？”他母亲问。

“哦，和平常一样。”

和平常一样！那就是说从巴黎新运来的血清似乎效果比第一批差，而且死亡率在上升。此外仍不可能对患者家属之外的人进行预防接种；如果普遍使用的话，所需的数量将非常庞大。还有，大部分肿块不溃烂，就像它们遭遇了季节性硬化一样，给病人造成了可怕的痛苦。在过去的24小时里，出现了两例新形式的鼠疫；鼠疫正在转化成肺鼠疫[①]。在当天的一场会议里，疲惫不堪雪上加霜的

① 鼠疫转为肺鼠疫后可以在人与人之间传染。

医生逼迫心力交瘁的省长发布一项预防传染病通过口对口传染的新规定。省长按他们的要求发布了命令，但和以往一样，他们几乎还是在黑暗中摸索。看着母亲，里厄突然产生了一种几乎已经忘掉的感情，看着母亲关切地盯着自己的那双浅棕色眼睛，他好像回到了童年。

“你从来都不害怕吗，妈？”

“哦，到我这个年纪，没剩下多少东西值得害怕了。”

“白天那么长，现在我又几乎不沾家。”

“只要我知道你会回来。你不在这里的时候，我就想你在干什么。她有什么消息吗？”

“有，要是最新的一封电报可信的话，一切都像预期的那样好。不过我知道她那样说是为了防止我担心。”

门铃响了。医生对母亲微笑一下，走过去开门。

在楼道昏暗的灯光下，塔鲁看上去像一头大灰熊。里厄请客人坐在书桌前，自己站在书桌后的一把椅子后面。在他俩之间是房间里唯一的一盏灯，书桌上的一盏台灯。

塔鲁一开口就直奔主题。“我知道，”他说，“我跟你可以坦白讲话。”

里厄点点头。

“再过两个星期，或者最多一个月，”塔鲁接着说，“你在这里也没用了。局势会变得无法控制。”

“我赞同。”

“卫生部门效率低下——人手不足，比如说，你都忙得脚不沾地了。”

里厄承认情况确实如此。

“对了，”塔鲁说，“我听说当局正在考虑实行某种人员征用制度，要求所有身体健康的男性参与和瘟疫做斗争的工作。”

“你的信息没错。但当局其实对此并不看好，省长下不了决心。”

“如果他不敢冒险采用强制措施，为什么不号召志愿者协助？”

“已经试过了。应者寥寥。”

“那是通过官方渠道进行的，没有号召力。他们缺乏想象力。官僚绝对对付不了真正的灾难。他们想出来的补救措施只能应付普通的头疼发热。如果让他们这样搞下去，他们很快就会完蛋，我们也会跟着完蛋。”

“这是很有可能的，”里厄说，“不过，我要告诉你，他们正在考虑利用监狱的犯人做我们所说的‘繁重工作’。”

“我宁愿他们雇用自由人。”

“我也一样，能问问你这样想的原因吗？”

“我讨厌人们被判死刑。”

里厄盯着塔鲁的眼睛，“那——应该怎么办？”

“我想对你说的就是这个。我已经起草了一份招募志愿者援助组织的计划。让我得到实施这份计划的权力，然后我们把官员甩到一边。总之当局现在已经忙得不可开交。我各行各业都有朋友；他们将组成一个启动的核心。我本人当然也会参与。”

“不用说，”里厄说，“我非常乐于接受你的提议。人们普遍缺乏助手，特别是在现在的情况下从事我这样工作的人。我负责让当局批准你的计划。毕竟他们没有选择。但是——”里厄犹豫了一下，“我认为你知道这种工作可能对参与者是致命的。但我必须问你一句，你考虑过这种危险吗？”

塔鲁灰色的眼睛沉静地迎着医生的目光：“你对帕纳卢神父的那场布道演说怎么看，医生？”

塔鲁问话的语气平平淡淡，医生的回答也很平淡。

“我在医院待得太久，不欣赏任何集体惩罚的说法。不过，你也知道，基督徒有时候在谈论这类事情的时候是没有真正去思考的。他们比表面上看起来好。”

“但是，你也像帕纳卢一样，认为鼠疫有好的一面；能让人睁开眼睛，迫使他们思考吗？”

医生不耐烦地摇摇头。“血肉之躯会得的每一种疾病都不例外。对世界上所有罪恶成立的，对鼠疫也同样成立。它帮助人们超越自身。总之都一样，只要你看到鼠疫造成的惨剧，你就会明白只有疯子、懦夫、瞎子才会向它屈膝投降。”

里厄刚刚抬高声音，塔鲁就微笑着向他轻轻做了个手势，好像想让他平静一下。

“对了，”里厄耸耸肩膀，“你还没有回答我的问题。你考虑过吗？”

塔鲁靠在椅背上舒展了一下身体，然后又把头探到灯光下。

“你相信上帝吗，医生？”这个问题也是用平平常常的语气问出来的。但里厄回答这个问题用了更长的时间。

“不相信——但是信不信有什么关系呢？我在黑暗中摸索。挣扎着想弄明白些什么。我很久以前就习惯这样了。”

“那就是你和帕纳卢之间的分歧吗？”

“我不这样想。帕纳卢是个博学的人，一位学者。他还没有接触过死亡，所以他能那样自信地谈论真理。但是每个访问过自己教区的乡村牧师，只要他听到过垂死之人的喘息声，都会和我一样想。他会先设法缓解人类的痛苦，然后再来解释痛苦的好处。”

里厄站起身来，他的脸处于阴影里。

“我们抛开这个话题吧，”他说，“既然你不愿回答。”

塔鲁依然坐在椅子里；他又一次微笑起来。

“假如我用一个问题来回答呢。”

医生也笑了。

“你喜欢故弄玄虚，是不是？好啊，来吧。”

“我的问题是，”塔鲁说，“既然你不相信上帝，为什么又显示出这样的献身精神呢？我怀疑你的答案有助于回答我的问题。”

里厄仍然站在阴影里，他说他已经回答过了：如果他相信有一个全能的上帝，他大可以不再治病救人，把病人交给上帝就是了。但世界上没人相信有这样的上帝；是的，恐怕帕纳卢也不认为自己信仰这样一个上帝。事实证明没有一个人会把自己完全交给上帝。总之，在这一点上里厄认为自己的道路是正确的——和客观事物做斗争。

“这就是你对自己职业的看法？”塔鲁说。

“差不多。”医生又回到灯光下。

塔鲁轻轻吹了声口哨，医生目不转睛地看着他。

“是的，你认为那样想的人自大。但我向你保证正是这一点自大让我坚持下来。我不知道等着我的是什么，或者这一切结束后会怎样。目前我只知道这些；那里有病人，他们需要治疗。或许随后他们能想明白，我也能想明白。但现在需要做的是把他们治好。我尽自己所能保护他们，就这样。”

“你在反抗什么？”

里厄转头看向窗外。地平线上的一道黑线显示着大海的存在。他感到的只有疲惫，然而同时又抗拒着一种突如其来的、想向对方倾诉一番的荒谬冲动；这个人也许是个怪人，但他认为他是自己的同类人。

“我没有什么概念，塔鲁；我向你保证，我没什么概念。在我从事这个职业的时候，可以说我是‘不自觉’的；只是因为我想做，因为它像其他行当一样是一门职业，一门年轻人渴求的职业。或许还因为它对我这样一个工人的儿子来说尤其难得。然后我不得不时常经历人们的死亡。你知道有些拒绝死亡的人吗？你听到过一个垂死的女人用最后一口气发出的‘我不要死’的尖叫吗？啊，我都经历过。后来我明白我永远不可能面对这种情景无动于衷。我那时候还年轻，我对这一切感到愤怒。后来我变得平和多了。只是，我永远做不到眼睁睁地看着人们死去。我想就是这样。然而——”

里厄沉默着，坐了下来。他感到口干舌燥。

“然而？”塔鲁轻声追问。

“然而，”医生重复着，然后又犹豫了一下，看着塔鲁说，“这大概是你这类的人能理解的。然而，既然世界的秩序注定是死亡，如果我们不仰面看着没有任何回应的苍天，拒绝信仰上帝，用我们的力量和死亡做斗争，那样会不会对上帝更好呢？”

塔鲁连连点头。

“是的，不过你的胜利永远不会长久；就是这样。”

里厄的脸色阴沉下来。

“对，我知道。但这不是放弃斗争的理由。”

“不成为理由，我同意。不过，我现在可以想象这场鼠疫对你意味着什么了。”

“是的，一场没有尽头的失败。”

塔鲁凝视着医生看了一会儿，然后起身迈着沉重的脚步往门口走去。里厄跟着他，两人几乎走到并排的时候，正垂头看着地板的塔鲁突然说。

“谁教会了你这一切，医生？”

里厄脱口而答：“苦难。”

里厄打开诊疗室的大门，告诉塔鲁，他也要出门；他有一位郊区的病人要探视。塔鲁提议他们一起去，里厄同意了。在门厅里，他们碰到了里厄夫人，医生向她介绍了塔鲁。

“我的一位朋友。”他说。

“真的，”里厄夫人说，“非常高兴认识你。”

在她离开他们的时候，塔鲁转身目送着她。医生在楼梯口按开关开楼梯灯。但楼梯里仍然漆黑一片。也许是因为实行了新的节约照明措施。真正的原因不得而知；过去这段时间，大街上和私人住宅一样，一切都变得乱七八糟。也许只是因为守门人和城里几乎所有的人一样，不再关心他身边的兄弟们，医生没有继续想下去；因为塔鲁又在背后发话了。

“再多说一句，医生，尽管在你听来有点愚蠢。你是完全正确的。”

医生只是微微耸了耸肩，在黑暗里完全看不见。

“说老实话，我对这一切毫无把握。但是你——你又知道多少呢？”

“啊，”塔鲁相当冷静，“该知道的差不多都知道了。”

里厄站住脚，塔鲁在身后的台阶上滑了一下，抓住他的肩膀才稳住身子。

“你真以为自己对生活的一切都了解吗？”

同样冷静而自信的声音在黑暗里回答。

“是的。”

等到走上街头，他们才意识到时间一定很晚了，恐怕已经到了11点。除了一些模糊的沙沙声之外，城里一片寂静。远处传来一辆救护车隐隐约约的警笛声。他们钻进汽车，里厄发动了引擎。

“明天你必须来医院，”里厄说，“注射疫苗。另外，在开始这场冒险之前，你最好明白活着回来的概率是三分之一。”

“这种估计是不成立的；你和我一样都明白。一百年前鼠疫消灭了波斯的一个城市的全部人口，只有一个例外。而那个唯一的幸存者干的正是为死人清洗尸体的工作，在鼠疫流行期间从未间断。”

“他赢得了那三分之一的机会，没别的原因。”里厄放低了声音，“但你也没错；我们对这个题目近乎一无所知。”

这时他们已经进入市郊。车灯照亮了空荡荡的街道。停下车，里厄站在车头前面，问塔鲁愿不愿意进去。

塔鲁说：“愿意。”天空反射的微光映在他们脸上。

里厄突然爆发出一声短促的大笑，笑声里透露出十足的亲切。

“说吧，塔鲁！究竟是什么促使你参与这件事的？”

“不知道。也许是我的道德准则。”

“你的道德准则？什么准则？”

“设身处地。”

塔鲁转身朝屋子里走去，直到进入老哮喘病人的房间，里厄才再次看到他的脸。

十六

第二天，塔鲁开始行动并组织了第一个义工小组，很快又有很多别的小组也跟着成立起来。

不过，叙述者无意把这些卫生援助组织的重要性拔高到不应有的程度。现在很多市民朋友大概倾向于夸大他们提供的服务。但是叙述者认为，过分夸大值得称道行为的重要性的话，人们也许在不知不觉中鼓励了人性糟糕的一面。因为人们会认为这类行动是作为特例受到关注的，而麻木不仁和漠不关心才是常态。叙述者不同意这样的看法。愚昧无知是人世间罪恶的根源，如果缺乏认知，好心能造成和恶意同样大的危害。总体而言，人类的善是多于恶的；但这不是问题的关键。关键在于人类或多或少是愚昧的。这就是我们称为恶习和美德的东西：最不可救药的恶习是一种认为自己无所不知，因此认为自己有权利杀戮的愚昧。杀人者的灵魂是盲目的；而缺乏透彻的认知，就不可能有真正的善和真正的爱。

因此，应该以称许和客观的眼光看待这些完全在塔鲁的努力下建立的卫生组织。这也是叙述者拒绝用过度美化的辞藻吹捧塔鲁，并认为这种行为只具有一定相对价值的勇气及奉献精神的原因。但他将继续充当记录者，记下市民们面对鼠疫的冲击表现出的痛苦和反抗的感情。

那些加入卫生援助组织的志愿者，他们的工作确实没有那么伟大的价值，因为他们知道这是唯一的出路，而且在那时不做这种选择是不可想象的。这些组织使我们的市民们能够和疾病战斗，并使他们相信瘟疫已经来到我们中间，他们应该齐心协力与之斗争。既然鼠疫以这样的方式变成了一些人的责任，人们也就认识了它的实质：它是所有人的心腹之患。

到目前为止还不错。但我们不会赞扬一个正在教二加二等于四的教师，尽管我们可能会赞扬他选择了一个令人尊敬的职业。这时我们就可以说，塔鲁和其他很多人选择去证明二加二等于四而不是相反是值得赞扬的；但我们要补充一点，他们的这种美德是教师以及和教师拥有同样情感的人所共有的，而且，可以称为人类的荣光。这样的情感比人们想象的多得多——这，至少是讲述者的信念。他也很清楚有人会提出反对的意见，说这些人在拿生命冒险。但是在历史上总会一再出现这样的时刻，敢于说出二加二等于四的人被处以死刑。教师很清楚这一点。但问题的关键不是在做计算的时候考虑得到的是惩罚还是奖赏，而是二加二是不是等于四。对市民中那些在危难关头挺身而出的人来说。重要的是他们中间是否爆发了鼠疫，他们是否必须同鼠疫进行战斗。

在那些天里，很多新涌现出来的说教者在城里散布消极论调，说大家应该听天由命。而塔鲁，里厄和他们的朋友们也许给出的回答不同，但结论只有一个，决不能坐以待毙，必须组织一场战争。最基本的目的是把尽可能多的人从死亡和注定永诀的命运中拯救出来。达到这一目的只有一个途径：同鼠疫作战。这种态度没什么值得敬佩的；它只是一种理性的选择而已。

所以，这是再自然不过的，老卡斯特尔满怀信心地迈着蹒跚的脚步，一心一意在他临时拼凑出来的设备上制备抗鼠疫血清。里厄和他怀着同一个希望，期待一种从本地获取的杆菌中培养出来的疫苗能够比外部运入的疫苗更有效，因为当地的鼠疫杆菌和热带病教科书上定义的普通鼠疫杆菌有微小的差异。此外，卡斯特尔预期在一个短得惊人的周期内收获他的第一批疫苗。

这也是再自然不过的，一点也谈不上英雄的格朗充当了卫生援助小组秘书长的角色。塔鲁组织的卫生援助小组里有一部分在人口稠密地区工作，着眼于改善那里的卫生状况。它们的责任是确保房屋处于良好的卫生状况，并登记未经官方卫生组织消毒的阁楼和地下室。另一些小组的志愿者陪医生们逐户访问，负责疏散受感染的患者，因为缺少司机，还要驾车运送病人和死尸。这一切都要归档和统计，于是格朗就承担了这个任务。

从这个角度来看，叙述者认为格朗比里厄和塔鲁更具有鼓舞这些义务援助小组的沉静勇气。他毫不犹豫地应允下来，只要求给自己分配一些比较轻松的工作：他年龄太大，做别的力有未逮。他可以抽出每晚6点到8点的时间。当里厄感动地向他致谢时，他显得很惊讶。

“为什么，这不难！发生了瘟疫，我们都要站出来，这是显而易见的。啊，我只希望一切都简简单单的！”然后他又扯起他的老一套来。有时候在晚上，当他写完报告，做好统计之后，会和里厄一块儿聊聊。很快塔鲁也加入进来并形成了习惯。格朗跟两位同事聊天的瘾头越来越大。他们也开始对他在鼠疫肆虐的环境中所从事的吃力的文学工作产生了真正的兴趣。确实，他们也从中得到了一种紧张之余的放松。

“你那个‘马背上的年轻女子’进行得怎么样？”塔鲁会问。格朗则总是苦笑着回答：“进展很慢，进展很慢！”一天晚上，格朗宣布他决定弃用“女骑士”前面的形容词“优雅”。从现在开始把它换成“苗条”。“这个词更具体。”他解释道。此后不久，他向两位朋友朗读了那句话的新版本：

“5月一个天气晴朗的早晨，人们也许见过一位苗条的年轻女子，骑着一匹俊美的栗色牝马在布洛涅森林鲜花盛开的大道上走过。”

“你们不认为这样看起来更好一些吗？另外，我写‘5月的一个天气晴朗的早晨’是因用‘在5月份’显得拖慢了节奏，你们懂我的意思吗？”

接着他又对形容词“俊美”不满意起来，在他看来这个词表现力不够，于是开始推敲更能立竿见影地描述那匹他想象中神骏马匹的形容词来。“壮硕”不行；虽然够具体，但听起来有点贬义，且流于鄙俗；“鞍辔鲜明”吸引了他一会儿，但这个词很累赘，多少影响了韵律。一天晚上，他胜利地宣布找到了灵感：“黑色。”他解释道，黑色蕴含了俊美和健壮的意思。

“那不行。”里厄说。

“为什么？”

“因为后面的栗色牝马已经表明了颜色。”

“呃，”格朗显得异常苦恼，“谢谢你，多亏有你在这里帮我！可是你也知道这有多难了。”他感激地说。

“‘雍容’怎么样？”塔鲁提议。

格朗盯着他，沉思了片刻。

“对！”他大叫一声，“太好了。”他慢慢咧开嘴唇，微笑起来。

几天后，他承认“鲜花盛开”这个词让他很苦恼。因为他唯一熟悉的城市是奥兰和蒙特利马尔，他有时候让他的朋友们告诉他，布洛涅森林有什么种类的花，是怎么布置的。事实上里厄和塔鲁都没有那里的林荫道“鲜花盛开”的印象，但格朗在这个问题上的言之凿凿动摇了他们对于记忆的信心。格朗对他们的犹豫感到很困惑。“只有艺术家才懂得运用他们的眼睛。”他断言。但是一天晚上医生发现他非常兴奋。因为他用“洒满鲜花”代替了“鲜花盛开”。他搓着手说：“这样人们不光能看见它们，也能闻见它们！脱帽致敬，先生们！”他得意扬扬地大声朗读着：“5月一个天气晴朗的早晨，人们也许见过一位苗条的年轻女子，骑着一匹雍容的栗色牝马在布洛涅森林洒满鲜花的大道上走过。”

然而大声一读，他又感到句子的节奏有一种令人不快的效果。他仔细揣摩了一会儿，然后垂头丧气地坐下来，向医生告别。他还要回去好好推敲一下。

事后人们才知道，大约在这段时间，他开始在办公室里显示出心不在焉的迹象。这种注意力不集中的情况被看得很严重，因为市政当局不仅因为缺少人手面临极大的压力，还时常接到强制摊派的新任务。他的部门正忙得焦头烂额，而主管一边派给他沉重的工作，一边指出付给他薪水是为了做这些工作的，但他却没有好好完成。“我听说你在卫生援助小组做义工。你在工休时间做，所以跟我没关系。但是在这样糟糕的形势下，最好先把本职工作做好。否则别的一切都是白搭。”

“是的，他说得对。”医生表示赞同。

“但我的脑子静不下来；那句话的结尾一直在困扰我，我一直解决不了。”

那句话令人遗憾的节奏一直在他的耳边跳动，但他找不到改善的办法。而那个他灵光一闪想出来的“洒满鲜花”现在也显得不尽如人意。怎么能把种植在大道两边或者自然生长的鲜花说成“洒满”呢？事实上，在某些晚上，他显得比里厄还疲倦。

是的，这个一直占据着他头脑的徒劳的任务已经使他疲惫不堪；然而他仍然坚持为卫生协助组织做数据统计和撰写报告。每晚他都耐心地更新总数，把它们绘制成图表，绞尽脑汁把这些数据用最精确、最清晰的表格展现出来。他常常跑去一家医院见里厄，在办公室或药房要一张桌子，带着资料坐下来，完全和在市政办公室坐在他的办公桌旁一样。他在带着消毒水和疾病的恶臭的暖洋洋的空气里挥着撰写完毕的纸张使墨水变干。在这样的时候，他显然已经把“女骑士”置之度外，一心一意干手头的工作。

是的，事实上人们愿意身边有一些模范，这样的人他们称为英雄。如果叙述者有必要在故事里树立一个“英雄”的话，那么他必定向读者推荐这个有一颗善良的心和貌似荒谬的理想，无关紧要且不起眼的英雄。这样展现出的真理恰如其分，正像二加二等于四，而英雄主义则应置于高尚的幸福追求之后而不是之前的第二位。这样做也体现了这部纪事的原则，叙述者希望构成它的是一些美好的感情，既非显著的恶，也非舞台表演中那种渲染情绪的丑陋的方式。

这至少是里厄在阅读报纸或听广播里外部世界发给受灾人口的消息和鼓励的看法。除了空运和海运来的援助外，人们在报纸或广播里对这座孤立的城市也不吝同情和赞美之词。而这些冠冕堂皇的陈词滥调总是让他感到不舒服。不用说，他明白这种同情是真心实意的。但这种套话只能表达人类群体之间的团结；对另外的一些情况则是非常不适当的，比如说，对于格朗每天做出的看似渺小的一些努力，而且它们无力描述格朗在瘟疫盛行的环境中所代表的精神。

到了午夜，沉睡中的城市万籁俱寂，医生有时候会在几个小时的短暂睡眠前打开收音机。从地球的各个角落，隔着千万里的陆地和海洋，善良而好心的演说者们试图表达他们感同身受的心情，他们确实说了，但同时也证明每个人都是无力分担他们看不见的痛苦的。“奥兰！奥兰！”呼叫声徒劳地越过海洋，里厄也满怀希望地徒劳地听着；每当一场长篇大论的演说开始，都带来一道横亘在格朗和演说人之间的无法逾越的鸿沟。“奥兰，我们和你同在！”他们充满感情地呼喊。不，医生对自己说，只有爱或携手赴死——“这是唯一的路。他们太遥远了。”

十七

正在瘟疫正聚集全部力量，打算把它们倾斜到城里，使之变成一座废城的时候，我们要记录一些像朗贝尔一样倔强的人，为了找回他们失去的幸福而负隅顽抗，所进行的痛苦而漫长的、形式单调的抗争。这是他们抵抗即将面临的束缚的途径，尽管他们的抵抗不具备其他人那种积极的态度，显得徒劳而没有理性，但仍具有自身的价值，体现了一种不容忽视的不屈不挠的精神。

朗贝尔面对瘟疫绝不言败。一明白过来无法通过合法的途径出城，他就决定另找出路。他首先从咖啡馆的服务员人手。咖啡馆服务员通常了解很多内幕消息。不过他首先探听到的是进行这种逃脱的尝试会面临严重的惩罚。有家咖啡馆甚至把他当成了警察局派出来的密探。直到在里厄家遇见科塔尔，他才找出了点头绪。那天他和里厄又聊起在政府部门碰壁的事，科塔尔听到了那场谈话的尾巴。几天后，科塔尔在街上遇见他，热情地和他打招呼。

“你好，朗贝尔！还没碰到好运气？”

“一无所获。”

“指望官僚商人是没用的。他们不会替人着想。”

“我知道。我正在想别的办法。但实在太困难了。”

“对，”科塔尔回答，“确实是这样。”

不过，他知道一个办法，他向朗贝尔解释说。朗贝尔这段时间在咖啡馆认识了不少朋友，已经知道有一个“组织”在经营着这种生意。他吃惊地了解到，一直花钱大手大脚的科塔尔现在正从事和配给商品有关的走私生意。通过以稳步上涨的价格出售走私香烟和劣酒，他正在积累起一笔小小的财富。

“你有把握吗？”朗贝尔问。

“有。前些天还有人给我提过这种建议。”

“但你没接受。”

“拜托，你不用怀疑。”科塔尔友好地说，“我不接受是因为我不愿意离开。我有我的道理。”他沉默了一会儿，又接着说，“我注意到，你没有问我原因是什么。”

“我认为这和我没关系。”朗贝尔回答。

“是的，在某种程度上，当然是。但是换个角度——好，让我这样说吧：自从发生了鼠疫，我在这里感到越来越得心应手了。”

朗贝尔没有发话。然后问：“那么，怎么和你说的这个组织接触。”

“啊，”科塔尔回答，“不是那么容易。跟我来。”

时间是下午4点。城里的闷热到了顶点。附近一个人都没有，所有的店铺都关着门。科塔尔和朗贝尔无言地走了一段来到拱廊下。这是一天里鼠疫陷入低潮的时候；在酷烈的阳光和瘟疫的笼罩下，城里一片死寂，失去了一切颜色和活动；空气沉闷，说不清是因为灰尘和溽热，还是因为瘟疫的压迫。瘟疫的痕迹需要仔细观察和思考才能察觉，因为只有一些反常的迹象才能揭示它的存在。因此那位和鼠疫关系密切的科塔尔，让朗贝尔注意到了狗的消失。在往常这个时间，常常能看到它们趴在门道的阴影里，一边喘着粗气，一边试图找到一片不存在的阴凉。

他们沿着棕榈道穿过达尔姆斯广场，然后朝下面的港区走去。左边出现了一家漆成绿色、装着伸到人行道上的宽大黄色遮阳棚的咖啡馆。科塔尔和朗贝尔抹着汗走进这家咖啡馆。咖啡馆里有几张同样漆成绿色的小铁桌，还有折叠椅。房间里空荡荡的，空气里嗡嗡地飞着几只苍蝇；吧台上放着一个黄色的笼子，一只耷拉着羽毛的鹦鹉蹲在栖木上。四面的墙上贴着几幅蒙着灰尘和蛛网的军事题材的老照片。桌子上落着干鸟粪，朗贝尔坐的一张也不例外。正在他疑惑这些鸟粪的来历时，随着几声扑打翅膀的声音，一只神气的公鸡从一个黑暗角落里跳了出来。

这时候气温似乎又上升了几度。科塔尔脱下外衣，在桌子上敲了几下。一个个子很矮、戴着一条直挂到脖子上的蓝色围裙的男人从后面的门道里走出来，一边和科塔尔大声打招呼，一边用力把那只公鸡从路上踢开。他走过来，抬高声音在公鸡咯咯的抗议声里问他们要点什么。科塔尔要了葡萄酒，然后问："加西亚在哪儿？"小个子回答说他好几天没在咖啡馆露面了。

"你看他今天晚上会来吗？"

"咳，我又不是他肚里的蛔虫——你知道他一般什么时候来，对不对？"

"对。啊，没什么急事；我只是想让他认识一下我这位朋友。"

小个子把湿手在围裙上擦了擦，"哦，那么这位先生也是做生意的？"

"对。"科塔尔说。

小个子抽了一下鼻子。

"好吧，晚上过来。我派小伙子通知他。"

离开那里后，朗贝尔问他们所说的生意是什么。

"还用问吗。当然是走私。他们通过城门的哨兵把东西运进来。这是赚大钱的事。"

"我明白了，"朗贝尔说，"他们有内应。"

"说对了！"

傍晚，遮阳棚卷了起来，鹦鹉在笼子里嘎嘎直叫，咖啡馆里坐满了穿着衬衣的男人。科塔尔一进门，一个身穿白衬衣，肤色黑红，反戴着草帽的人就站了起来。他有一张晒成褐色的脸，五官匀称，一双小眼睛又黑又亮，牙齿很白，手上戴了两三个戒指。他看上去大约30岁。

"嘿！"他没有理朗贝尔，对科塔尔热情地说，"过来喝一杯。"

三杯酒下肚后。加西亚提议："出去走走怎么样？"

他们朝港口方向走，加西亚问他们找他有什么事。科塔尔解释说事实上不是为了生意，而是想介绍他的朋友——朗贝尔先生——给他，为的是他所说的"逃走"。加西亚一边抽着烟，一边在前面大步走着。他问了一些问题，提到朗贝尔的时候总是说"他"，一副当朗贝尔不存在的样子。

“他为什么想走？”

“他老婆在法国。”

“啊！”过了一会儿他又问，“他是干什么的？”

“他是个记者。”

“是吗，原来如此。记者喜欢乱说话。”

“我告诉过你他是我的朋友。”科塔尔回答。

他们在沉默中走到靠近码头的地方，那里现在已经用栏杆隔开了。然后他们朝一个飘着炸沙丁鱼香味的小酒馆走去。

“说到底，”加西亚终于开了口，“这不是我擅长的事，你们要找拉乌尔。我会和他联系。这件事不容易啊。”

“这样啊？”科塔尔来了兴趣，“他躲起来了，是吗？”

加西亚没说话。在小酒馆门口，他停下来，第一次直接对朗贝尔说。

“后天上午11点，到城内高地海关兵营角上。”

他好像要走，接着又像想起来什么一样。

“这是要有所付出的，你知道。”他用不经意的语气说。

朗贝尔点点头：“当然。”

在回去的路上，朗贝尔向科塔尔致谢。

“不用谢，老朋友。能帮你一把我太高兴了。另外，你是记者，我敢说有朝一日你会替我说句好话的。”

两天后，朗贝尔和科塔尔爬上通往城里较高部分的没有遮蔽的宽阔街道。被海关官员占用的兵营已经有一部分变成了医院。不少人正站在大门外，其中一些希望获准探访病人——自然不可能，这种探访是严格禁止的——另一些人则是来打探消息的。正因为这些原因，所以这里总是有很多人在活动，这大概就是加西亚选择在这里和朗贝尔会面的原因。

“我一直想不通，”科塔尔说，“你为什么这么急着离开。说真的，这里发生的事还是很有意思的。”

“对我来说不是。”朗贝尔回答。

“哦，一个人总是要担风险的，我向你保证。其实都一样，仔细想想，过去横穿马路也要冒风险。”

正在这时，里厄的汽车在他们身边停了下来。塔鲁在开车，里厄似乎快睡着了，他坐起身子为他们做了介绍。

“我们认识，”塔鲁说，“我们住同一个旅馆。”接着他提议载朗贝尔回市中心。

“不了，谢谢。我们在这里有约会。”

里厄看看朗贝尔。

“是的。”朗贝尔说。

“怎么回事？”科塔尔很吃惊，“医生也知道这件事吗？”

“治安法官。”塔鲁警告地朝科塔尔瞟了一眼。

科塔尔的脸色变了。奥顿先生正迈着大步从街对面朝他们走来，步伐轻快，但很威严。走过来后，他脱帽向他们致意。

“早上好，奥顿先生。”塔鲁说。奥顿向车里的两人问好，然后又向后面的朗贝尔和科塔尔轻轻点点头。塔鲁向他介绍过科塔尔和记者。治安法官抬起头看了看天，叹着气说真是个凄惨的时候。

“塔鲁先生，”他说，“听说你正帮忙推行预防措施。那确实太值得赞美了，一个很好的榜样。里厄医生，你认为疫情会变得更糟糕吗？”

里厄回答说只能希望不会变糟，治安法官回答说天意难测，但人一定不能失去希望。

塔鲁问他当前的情况是否加重了他的工作。

“正相反。现在刑事案件变得越来越少。实际上，我现在审讯的几乎全是严重违反新规定的案子。我们的普通法律从来没有像现在这样被人尊重过。”

“那是因为，相比之下，那些法律也显得好起来了。”塔鲁说。

一直抬头看着天，似乎陷入沉思的治安法官突然垂下头，盯着塔鲁。

“那有什么关系？重要的不是法律，是判决。判决是我们必须全盘接受的。”

“那个家伙，”塔鲁在治安法官走远后说，“是我们的头号敌人。”他启动了汽车。

几分钟后，朗贝尔和科塔尔看见加西亚走了过来。他没有显出丝毫认识他们的样子，只是不动声色说了一句：“你还要再等等”。

他们身边没有一个人说话，那些人多数是妇女。几乎每个人都带着包裹；徒劳地希望通过某种办法把东西带给他们生病的亲人，甚至希望后者吃得下他们带来的食物。医院的大门有持枪的哨兵把守，营房和过道之间不时传出怪异的哭叫声。一旦传出这种声音，那些人关切的目光就转往病房的方向。

三个人正看着，一声轻快的“早上好”使他们齐齐转过身来。尽管天气炎热，拉乌尔仍然穿着一套剪裁合体的深色外套，头戴一顶卷边呢帽。他身材高大，体格健壮，脸色很苍白。他说话嘴唇几乎不动，声音迅速而清晰：“我们去市中心，你，加西亚，不用过来。”

加西亚点起一支烟，站在原处等他们走开。拉乌尔走在科塔尔和朗贝尔之间，步子很快。

“加西亚说了你的情况，”他说，“我们可以帮你安排。不过话说在前面，这件事要花你一万法郎。”

朗贝尔说他同意这些条件。

“明天在靠近码头的西班牙饭店和我一起吃午饭。”

朗贝尔答应下来。拉乌尔和他握握手，第一次露出了笑容。他走后，科塔尔说他第二天有安排，不能一起去吃午饭，不过好在朗贝尔一个人也应付得了。

第二天朗贝尔走进那家西班牙饭馆的时候，每个人都扭过头来盯着他。那家饭馆在一条土黄色小街道的地下室里，光线昏暗，像牢房一样。光临那里的都是男性，从外表看，多数是西班牙裔。拉乌尔正坐在房间后面的一张桌子旁。看到他向记者打招呼，而且后者开始朝他走过去后，其他人脸上的好奇烟消云散，都接着埋头吃饭。拉乌尔身边已经坐了一个又高又瘦，胡子拉碴的男人，有一副极宽的肩膀，一张马脸和一头稀稀拉拉的头发。那个人卷着衬衣袖子，露出覆盖着一层黑毛的又瘦又长的胳膊。当朗贝尔被介绍给他的时候，他缓缓点了三次头。他没有说自己的名字，而拉乌尔在提到他的时候，总是用“我们的朋友”来代替。

“我们的朋友认为他能帮助你。他打算——”拉乌尔停了一下，等女招待过来招呼完朗贝尔后，接着说，“他打算给你联系一下我们的两个朋友，他们会把你介绍给一些我们已经买通的哨兵。但那不代表你能够马上离开。你必须等着哨兵决定最佳的时机。对你来说最简单的是和他俩一起待几个晚上；他们住得离城门很近。首先我们在场的这位朋友会给你需要的联系人；然后等一切安排妥当，你把该付的钱付给他。”那位“朋友”大嚼着西红柿和甜椒沙拉，再次点了点头。这时他才开口，带着一点轻微的西班牙口音。他让朗贝尔次日一个人和他会面，时间是上午8点，在大教堂门口。

“还要再等两天。”朗贝尔说。

“这件事没那么容易，”拉乌尔说，“小伙子需要找机会。”

马脸男子又一次缓缓点头表示赞同。三个人有一搭没一搭地找着话题。直到朗贝尔发现这位马脸人是个狂热的足球运动员后，气氛才活跃起来。朗贝尔对足球也很热心。他们讨论起法国杯、英国职业球队的优点、过人技巧。午饭结束的时候，马脸男子心情不错，开始管朗贝尔叫起“老弟”来，还试图使他相信，到目前为止足球场上最具挑战性的位置是中前卫。“你看，老弟，组织传球的是中前卫。那是这种游戏的灵魂所在，不是吗？”朗贝尔表示赞同，尽管他本人总是踢中锋。他们的谈话一直平静地进行着，直到有人打开收音机。在一段令人感伤的音乐播放完之后，播音员宣布前一天死于鼠疫的人数是137人。在场的人都无动于衷。马脸男子耸

耸肩膀站了起来。拉乌尔和朗贝尔也跟着起身。

他们出门的时候，中前卫热情地和朗贝尔握手。

“我叫贡扎莱斯。”他说。

对朗贝尔而言，接下来的两天仿佛没有尽头。他找里厄诉说了最近的进展，然后陪医生走访一位病人。在一个怀疑有人患了鼠疫的人家的门口，他和里厄分开了。那家人的客厅中传出一阵脚步声和说话声；他们已经得到了医生来访的警告。

“希望塔鲁别误事。”里厄喃喃地说。

他显得精疲力尽。

“疫情要失控了吗？”朗贝尔问。

里厄说并非如此，事实上，死亡人数的上升速度已经缓和多了。只是他们还没有对付这种疾病的适当方法。

“我们缺少设备。世界上所有缺乏装备的军队都要用人力来补足。可我们连人手都不够。”

“其他城市没有派医生和受过训练的助手来吗？”

“有，”里厄说，“10名医生和100个助手。听起来很多，但只能勉强应付现在的情况。情况恶化就不够了。”

朗贝尔一直听着屋子里的声音，这时他带着友好的笑容转向里厄。

“对，”他说，“你最好赶快打赢这场仗。”

他的脸上掠过一丝阴影。“你知道，”他低声补充道，“这和我要离开没关系。”

里厄回答说他非常理解，但朗贝尔接着说：

“我不认为我是个懦夫——总之不是一贯如此。我曾经接受过考验。只是有些想法我不能忍受。”

医生看着他的眼睛。

“你会和她再次相见的。”他说。

“也许会。我只是不能忍受这种情况一直持续下去的想法，而她将一直变老。到了30岁人们开始衰老，一个人应该把握人生的一切。但我不知道你是否能理解。”

医生正在回答说他相信能理解，塔鲁来了，而且显得非常兴奋。

“我刚才邀请帕纳卢加入我们。”

“怎么样？”医生问。

“他考虑了一下，然后答应了。”

“那太好了，”医生说，“我很高兴知道他本人比他的布道更好。”

“大部分人都是这样，”塔鲁回答，“只要给他们一个机会。”

他朝里厄笑着挤挤眼。

“那就是我的工作——给人机会。”

“请原谅，”朗贝尔说，“我要走了。”

星期四，朗贝尔在距约定时间5分钟的时候走进了教堂的门廊。这时天气还相对凉爽，天上飘着很快就会被太阳一口吞掉的丝丝白云。草坪上虽然干燥，但仍然带着一点湿气。在东边房屋的阴影下，太阳只晒热了圣女贞德的头盔，还在教堂广场上投下一片孤独的阳光。钟声敲响8下，朗贝尔走上几级台阶。进了空荡荡的门廊。教堂里传来低沉的颂歌声，随之而来的还有一股带着潮气的微弱的焚香气息。接着声音停止了，十几个身穿黑衣的人从教堂里走出来，匆匆赶往市中心。朗贝尔不耐烦起来。另一些黑色的人影爬上台阶进了门廊。朗贝尔正想点上一根烟，忽而想到在这里抽烟也许会招来白眼。

到了8点15分，教堂里响起轻柔的管风琴声。朗贝尔走进门廊。在侧廊微弱的光线下，一开始什么都看不清；过了一会儿他才看清中殿里那些穿黑衣的人影。他们聚在角落里的圣坛前，圣坛上是一尊本地雕刻家匆匆赶制的圣罗奇的雕像。每个人都跪着，看上去比此前更显渺小，一个个黑影比黯淡的光线深不了多少，似乎在缭绕的烟雾里飘浮。在他们上面，一具风琴正弹着变奏曲。

等朗贝尔走出教堂时，正看到贡扎莱斯走下台阶准备回城的背影。

“我以为你已经走了，老弟，”他对记者说，“考虑到已经这么迟了。”

接着他解释说，因为7点50分要在约定的地方和朋友见面，那地方离这里很近，但他等了20分钟也没见到他们。

“肯定被什么事缠住了。你知道，干我们这行有很多麻烦。”

他建议次日同一时间在战争纪念碑再碰一次头。

朗贝尔叹了口气，把帽子往脑袋后面一推。

“别这样泄气，”贡扎莱斯笑起来，“足球是圆的，会不停改变方向，想踢进一个球，要跑，要过人，还要等机会。”

“确实如此，”朗贝尔说，“可是一场球只有一个半小时。”

奥兰的战争纪念碑位于一个能看见海的地方，有一片平坦的空地，接着是一段俯瞰海港的山顶平台。第二天，朗贝尔又是第一个来到这里，通过阅读那些为国捐躯的战士的名单来消磨时间。几分钟后，两个男子缓步走上来，不露痕迹地看了他一眼，然后趴在围栏上向下看着空荡荡、死气沉沉的海港。两人都穿着短袖上衣和蓝裤子，而且身高也几乎一模一样。记者走到一边，坐在一个石凳上从容地打量着他们。他俩显然都是小年轻，不超过20岁。就在这时，他看见贡扎莱斯走了过来。

“那是我们的朋友。”他为迟到道过歉后说。他带着朗贝尔来到两个年轻人身边，介绍说他们分别叫马塞尔和路易。他们俩长得很像，朗贝尔相信他们是兄弟俩。

“好了，”贡扎莱斯说，“现在你们认识了，谈正事吧。”

马塞尔兄弟说他们两天后值班，为期一周；他们得等到晚上才能找机会行动。这里麻烦的地方是除了他俩还有另外两个哨兵，是正规军人。那两个人是不能指望的，最好不让他们知道，毕竟最好不要增加不必要的费用。不过，有些晚上，那两名哨兵会在附近酒吧的密室待几个小时。马塞尔兄弟说最好朗贝尔能待在他们家等通知，那里距离城门步行只要几分钟。那样他可以轻而易举地“逃走”。但是时间紧迫，据说不久后要设立双重岗哨。

朗贝尔同意了，把剩下的几支烟递给兄弟俩。这时，那个没发话的年轻人问贡扎莱斯是否费用已经商定，订金有没有到手。“没有，”贡扎莱斯说，“不用担心，他是我的朋友。费用临走时结算。”下一步的接头安排好了。贡扎莱斯提议次日他们一起在西班牙饭馆吃晚饭。从那里到两个年轻人的住处很近。

“第一天晚上，”他补充说，“我会来陪你的，老朋友。”

第二天在回卧室的途中，朗贝尔在楼梯上遇见塔鲁下楼。

“想跟我一起来吗？”他问，“我正要去见里厄。”

朗贝尔有点犹豫。

“呃，我总是怕打扰他。”

“别担心，他说了很多你的事。”

朗贝尔考虑了一下。

“听我说，”他说，“要是你们晚饭后有空，别管多晚。你们俩一起来旅馆，和我一起到酒吧喝酒？”

“那取决于里厄，”塔鲁显得有些疑惑，“还得看鼠疫的面子。”

不过，那天晚上11点，里厄和塔鲁走进了旅馆狭小的酒吧。酒吧里挤着大约三十多个人，说话的声音一个比一个高。从被瘟疫压迫得声息皆无的城里走进来，两个人都被突然爆发的吵嚷声惊呆了，站在门口不知所措。等看到这里仍在供应烈酒后，两人才明白过来。正坐在酒吧角落一个高脚凳上的朗贝尔招呼他们过去，他清醒地把身边一个聒噪的顾客挤到一旁，给两位朋友腾出空间。

“你们不反对来点带劲儿的吧？”

“不。”塔鲁说，“正相反。”

里厄闻着朗贝尔递给他的杯子里浓烈的苦艾味道。在这样喧嚣的声音里，很难让人听清楚自己在说什么。但朗贝尔似乎关心的只是喝酒。医生不能断定他是不是已经醉了。在吧台周围一个半圆形的空间之外，两张桌子占据了剩下的全部空间。其中一张桌子旁坐着一个海军官员，双手各搂着一个女孩，正大声地向一个肥胖的红脸男人讲述开罗发生的斑疹伤寒疫情。“他们有集中营，你知道吗，”他说，“给本地人的，病人在帐篷里，周围全是哨兵。要是有家属想把什么蠢到家的土方药带进去的话，他们一发现就会开枪。有点严厉，我承认，但只能那么干。”围在另一张桌子旁的是一群穿着五颜六色衣服的年轻人，说的话很难听清楚，声音大半被他们头顶高音喇叭放的《圣詹姆斯医院》的刺耳旋律淹没了。

“办成了吗？”医生不得不提高嗓门。

“还在办，”朗贝尔回答，“也许就在这个星期了。”

“真遗憾！”塔鲁喊道。

“为什么？”

里厄插嘴说：“塔鲁这样说是因为他认为你在这里也许对我们有帮助。不过，我个人完全理解你急于离开的想法。”

塔鲁站起来叫酒。朗贝尔下了高脚凳，第一次直视着塔鲁。

“我怎么可能帮得上忙呢？”

“当然能，”塔鲁一边慢慢伸手拿酒杯，一边回答，“加入我们的防疫小组。”

朗贝尔脸上又出现了徘徊不去的固执表情，他又坐回到高脚凳上。

“你认为我们这些防疫小组没有用处吗？”塔鲁吸了一口酒，盯着朗贝尔问。

“不，我相信它们是有用的。”记者回答，然后把杯里的酒一口喝了下去。

里厄注意到他的手在发抖，断定这个人已经完全喝醉了。

第二天，朗贝尔第二次走进那家西班牙饭馆。他不得不从一群人中把椅子搬上人行道，坐在暮光里一边抽着气味刺鼻的烟草，一边享受第一股凉风的从中间穿过。饭馆里几乎是空的。朗贝尔走到第一次和贡扎莱斯碰面时后者所在的那张靠后的桌子旁坐了下来。他对女招待说要等一会儿。到了7点30分，人们三三两两从外面走进来，开始在桌子旁坐下来。女招待开始招呼他们，刀叉的叮当声、嗡嗡的交谈声才在这个像牢房一样的房间里响起来。到了8点，朗贝尔还在等着。饭馆里开了灯。新进来的几个人坐上了他那张桌子的其余几把椅子。他也叫了晚饭。八点过半，他吃完晚饭，但贡扎莱斯和两个年轻人还没露面。他抽了几支烟。饭馆逐渐空了下来。外面，夜色迅速降临了，从海上吹来的暖风鼓动着挂在门口的布帘。到了9点，朗贝尔意识到饭馆里已经很空，女招待正好奇地看着他。他付账出门，发现街对面的咖啡馆还开着，就在那里找了个位置坐下来，同时留意着饭馆门口。九点半的时候，他慢慢走着回旅馆，一路上思考着找到贡扎莱斯的办法，后者的住址他还不知道。一想到这套烦人的接洽可能还要再来一遍，他就感到无比泄气。

就在这一刻，走在救护车飞速驶过的黑暗街头，他才突然想到——正如他后来告诉里厄的那样——这些天来，他一门心思地想在把他和爱人隔开的墙上撕开一个缺口，事实上已经忘记了那个他爱的女人。但是此时此刻，所有逃脱的途径又一次对他关闭起来，他感到对她的想念猛地爆发出来，既突然又强烈。他一路跑回了旅馆，仿佛为了逃避那种仍然刻骨铭心的痛苦一样，血液像野火一样在他身上燃烧。

第二天一大早，他给里厄打电话，问在哪里能找到科塔尔。

“这是我唯一能找回失落线索的办法了。”

“你明天晚上过来，”里厄说，“塔鲁让我邀请科塔尔——我不知道为什么。他10点到，你10点30分来。”

次日科塔尔拜访医生时，塔鲁和里厄正在讨论里厄的一位出人意料康复的病人。

“这种事十个里面只有一个，”塔鲁评论说，“他是运气好。”

“噢，得了吧，”科塔尔说，“他患的不是鼠疫，就是这么回事。”

他们明确地告诉他那就是鼠疫。

“不可能，因为他康复了。你们和我一样很清楚，一得上鼠疫就没救了。”

“一般来说是这样，”里厄说，“但是如果你拒绝被打败，就会得到意外的惊喜。”

科塔尔哈哈大笑起来。

“总之这种情况是极少数。你知道昨天晚上发布的死亡数字吗？”

塔鲁和气地看着科塔尔，说他知道最新的数字，而且形势非常严峻。但那能表明什么呢？只代表需要采取更严厉的措施。

“怎么办？还能有比现在更严厉的措施吗？”

“是的，但城里的每个人都必须行动起来。”

科塔尔迷惑地看着他，塔鲁说逃避工作的人太多，而这场鼠疫是大家的事，每个人都要承担责任。比如说，欢迎每个身体健全的人加入医疗援助小组。

“那是个办法，”科塔尔说，“但是这样做没用。鼠疫已经占了上风，干什么都无济于事。”

“只有我们尝试过每一种办法，”塔鲁耐心地控制着自己的声音，“才能知道是不是这样。”

在两人讨论的同时，里厄一直坐在书桌前抄报告。塔鲁一直注视着那位个子矮小的生意人，后者在椅子里不自然地扭动着身子。

“听我说，科塔尔先生，为什么不加入我们呢？”

科塔尔拿起窄边礼帽，像受到冒犯一样从椅子上站起身。

“这不是我的工作。”他说。

然后，他用逞强的口气补充道：“另外，这场瘟疫很适合我，我没有理由自找麻烦去阻止它。”

塔鲁敲敲额头。

“啊，当然，我都要忘了。如果不是这样，你已经被逮起来了。”

科塔尔吓了一跳，用手紧抓着椅子靠背，好像要跌倒一样。里厄停止书写，严肃而关切地看着他。

“谁告诉你的？”科塔尔的声音变得尖厉起来。

“哎呀，是你自己！”塔鲁一副吃惊的样子，“至少，那是医生和我从你说话的方式里看出来的。”

科塔尔激动得无法自制，嘴里冒出了一连串的咒骂。

“别激动，”塔鲁沉着地说，“我和医生都不会向警察告发你。你干的事和我们一点关系都没有。再说，不管怎样，我们也不喜欢警察。好了！先坐下来。”

科塔尔看看椅子，犹豫地坐了下去，他长叹一声。

“那是很久以前的事了，”他说，“不知怎么被他们查出来了。我以为那些事已经全部被人忘记了。但是有人突然说了出来，该死！他们叫我过去，告诉我在调查结束前不准离开。我肯定他们最终会逮捕我。”

“那件事严重吗？”塔鲁问。

“那取决于你怎么看‘严重’这件事。总之，不是谋杀。”

“监禁还是苦役？”

科塔尔显得很沮丧。

“好吧，监禁——要是我运气好的话。”

不过，片刻后他又变得激动起来。

“那完全是一个错误，每个人都会犯错。我无法容忍因为这个被关进去，和我的家，我的生活，还有我认识的每个人分离的想法。”

“这就是原因，”塔鲁问，“那你为什么还会有轻生的念头？”

“对。那样做是非常愚蠢的，我承认。”

里厄第一次开了口。他告诉科塔尔他非常理解他的焦虑，不过

也许最终一切都会好起来的。

“哦，眼下我没什么好怕的。”

“看得出来，”塔鲁说，“你是不会和我们一起干了。”

科塔尔心神不定地抚弄着手里的帽子，用闪烁的眼神看着塔鲁。

“我希望你不会因此怪罪我。”

“当然不会，不过，”塔鲁微笑着说，“至少不要故意散播细菌。”

科塔尔说他也绝对不希望爆发鼠疫，那完全是意外，不能因为发生鼠疫碰巧对他有利就赖到他头上。然后他似乎又恢复了勇气，当朗贝尔走进来的时候，他正自信地对塔鲁说：“另外，我敢肯定你是不会有什么结果的。”

朗贝尔懊恼地了解到，原来科塔尔也不知道贡扎莱斯的住处；科塔尔建议他再去一次那家咖啡馆，给加西亚留个口信约定晚上见面，或者让他抽不开身的话安排到下一天。他们约定次日会面。当里厄表示希望了解他的进展时，朗贝尔提议他和塔鲁周末晚上去找他。不管时间多晚，他肯定会在房间里等着。第二天一早，科塔尔和朗贝尔就去那家咖啡馆给加西亚留了口信。约他当晚会面，或者安排到次日。那天晚上他们白等了一个晚上。第二天，加西亚露面了。他默默听朗贝尔说明了情况；然后说他也不知情，但是听说城里有几个地区被隔离了24个小时，进行挨家挨户的检查。很可能贡扎莱斯和那两个年轻人被困住了。他只能再次帮他们联系拉乌尔，当然，这件事一夜之间是做不到的。

“我明白了，”朗贝尔说，“我们又要从头开始了。”

第三天，在一个街头的角落里，拉乌尔证实了加西亚的猜测：下城区被封闭了。所以要重新和贡扎莱斯联系。又过了两天，朗贝尔才和足球运动员一起吃上午饭。

“真好笑，”他说，“我们早该安排好备用联络方式。”

朗贝尔无奈地表示同意。

“明天早上我们去见小伙子们，把事情安排妥当。”

第二天，两个年轻人不在家。他们只好留了个口信，约第二天中午在国家高中广场见面。朗贝尔垂头丧气地回家。那天下午塔鲁见到他时，吓了一跳。

“出了什么事？”

“那件事要从头再来。”朗贝尔说。

然后他又重新提起了邀请：

“今天晚上过来。”

那天晚上两人来到朗贝尔房间时，他正摊开四肢躺在床上。他起床往准备好的杯子里斟上酒。里厄接过酒杯，问事情进行得怎么样。朗贝尔说他又从头来了一次，回到了上次的地方，很快就要进行最后一次接头了。他喝下一口酒。补充道：

“当然，他们是不会来的。”

“千万别把这种事当成常态。”塔鲁说。

“你们还是不明白。”朗贝尔耸耸肩膀，回答说。

“什么我们还不明白？”

“鼠疫。”

“哈！”里厄说。

“你们不明白这全因为一切都要从头来过。”

朗贝尔走到角落里，打开一台小录音机。

“这是什么磁带，”塔鲁问，“我知道这首曲子。”

朗贝尔说这是《圣詹姆斯医院布鲁斯》。

磁带放到一半，他们听到远处传来两声枪响。

“一条狗，或者逃犯。”塔鲁说。

过了一会儿，磁带放完了，但救护车的笛声由远而近，越来越响，越来越清晰，从旅馆房间下面经过，然后又逐渐变小，直到完全听不见。

“这盘带子没意思，”朗贝尔说，“我今天已经听了至少十遍了。”

“你这么喜欢它？”

“不，我只有这一盘。”

又过了一会儿。

“我告诉你——关于从头来过。”

他问里厄卫生援助小组的工作怎么样。现在共有五个小组在工作，但他们希望另外组织一些。记者坐在床上，似乎注意力全放在他的手指甲上。里厄看着他健壮有力的身影，突然注意到朗贝尔正在注视着他。

“你知道，医生，”他说，“关于你们的组织，我也想了很多。我没有加入你们，那是有原因的。我想我仍然是个不怕冒生命危险的人，我在西班牙打过仗。”

“在哪一方？”塔鲁问。

“在失败一方，不过从那以后我思考了很多。”

“关于什么？”

“勇气。我现在懂得人是能够做出伟大事业的。但是如果他不能得到伟大的感情，那么我是不会感兴趣的。”

“人们总是认为自己无所不能。”塔鲁说。

“根本不是，他们无法忍受长时间的痛苦和饥饿。所以他们做不出任何有价值的事情。”

他看看他们，然后问：

“这样说吧，塔鲁，你能为爱而死吗？”

“不知道，不过目前看来不会。”

“那就对了，但你能为了理想而死，那是毋庸置疑的。啊，为理想而死的人我见得多了。我不相信英雄主义，那并不难，而且我认为英雄主义是危险的。我感兴趣的是，为了自己的所爱活着或死亡。”

里厄一直专注地听着记者的话，他盯着朗贝尔，温和地说：

“人不止有一种想法，朗贝尔。”

朗贝尔从床上跳了起来，脸上闪耀着强烈的情绪。

“人就是只有一种想法，而且一旦脱离爱情，人生会变得极为短暂。我的看法是这样的：我们——人类——已经失去了爱的能力。我们必须面对这个现实，医生。让我们等着获得那种能力，或者，如果确实无法触及。那就等着我们每个人都会面临的救赎，别去逞什么英雄。对我来说，我不会再往前走一步的。”

里厄站了起来，突然显得异常疲惫。

“你说得不错，朗贝尔，你愿意做什么，我都不会阻拦的。因为在我看来那是充分而正当的。但我必须告诉你：这完全和英雄主义无关，而是平常的尊严。也许看来很可笑，但是对抗瘟疫的唯一途径是用上我们的尊严。”

“尊严是指什么？”朗贝尔突然显得严肃起来。

“笼统地说，我说不清楚。但对我而言，我相信它代表着做好我的本职工作。”

“噢！”朗贝尔怒气冲冲地说，“我不知道我的本职工作是什么。我选择了爱情，也许当真是个错误？”

里厄站在他面前一动不动。

“不！”他斩钉截铁地说，“你没做错。”

朗贝尔若有所思地看着他们。

“你们，”他说，“我想你们在这场变故里不会损失什么。站在道德的一方，那样做总是容易得多。”

里厄把杯里的酒一饮而尽。

“走吧，”他说，“我们还有活儿要干。”

他径直走了出去。

塔鲁跟在他身后，但他似乎临出门时又改了主意。他回头对记者说：

“我想有一件事你不知道，里厄的老婆正在一家疗养院里，离这儿大约一百英里。”

朗贝尔露出吃惊的表情，但塔鲁已经离开了。

第二天一大早，朗贝尔打电话给医生：

“在我找到出城的办法之前，你愿意让我和你一起工作吗？”

电话那端沉默了片刻，然后：

“当然，朗贝尔。谢谢你！”

第三部分

十八

一周接着一周过去，瘟疫的囚徒们各尽所能地抗争着。正如我们所看到的，少数人，像朗贝尔，仍然幻想着他们能够像自由人一样生活，认为他们仍然有选择。但事实上我们可以认为，在8月中旬的那一刻，鼠疫已经吞噬了一切，包括每个人。个体的命运已经不复存在；取而代之的是以鼠疫和全体市民共有的感情构成的群体命运。这些感情里最强烈的是疏离和被放逐的感觉，以及随之而来的恐惧和反抗。这正是讲述者认为在这个炎热和疾病发展的最高潮，最好以活人的放纵，死者的埋葬和分隔两地的情侣们的痛苦为线索对总体的形势进行一番描述的原因。

在这个时候起了大风，接连几天吹拂着这座饱受瘟疫折磨的城市。奥兰的居民特别怕风，因为城市所在的台地四周没有天然屏障，风在街道上畅通无阻。大风一刮，从那场大雨后没有受到过一滴雨水滋润的城市外表的灰壳剥落下来，化成漫天尘土，夹杂着纸片在越来越少的行人脚下打转。脚步匆匆的出门人都弓着身子，用手帕或手掌掩住口鼻。到了晚上，人们不像往常一样聚在一起，尽可能地拖延着每个大有可能是人生最后一天的日子，街上只能看见三三两两忙于回家或赶往心爱的咖啡馆的人。结果有好几天，当薄暮降临的时候——一年的这个时节夜晚来得特别快——大街上都几乎空无一人，只有风声在不停地哀叹。风从不可见的波涛起伏的大海上卷来海藻和盐的气味。尘土漫天的空城里白茫茫一片，弥漫着海的气息，回响着风的呼号，正如一座被诅咒的孤岛。

到目前为止，鼠疫在人口稠密且不太富裕的郊区造成了比市中心更多的死亡。但是突然之间，它好像发动了新的进攻，占据了商业区。居民们怪罪大风传播了细菌。“它是在洗牌。”旅馆经理说。无论原因是什么，居住在市中心的人们在夜间越来越频繁地听到救护车的警笛声，感受着窗外瘟疫沉闷而冷漠的召唤时，他们知道自己大难临头了。

在城里，有人出主意把鼠疫特别严重的特定区域隔离起来，只允许那些从事不可或缺工作的人离开。住在那些区域的人们认为这项举措是特别针对他们的；总之，他们把其他地区的居民当成自由人。而其他区域的人一想到还有人比他们更不自由，在这种艰难时刻也未尝不感到一种安慰。“总之，还有比我情况更糟的人呢。”成了那些日子里人们所能拥有的唯一慰藉。

大约在同一时期，城里的火灾事件增多了，特别在靠近西门的居民区。调查显示，火灾原因是那些隔离检疫完毕后回家的人，因为悲伤和不幸发了狂，于是他们点燃了他们的房子，幻想借此消灭鼠疫。大风助长火力，扑灭这些防不胜防的火灾异常困难，整个地区因此处在持续的危险当中。当局试图向大家证明经过消毒的房屋是足以消除隐患的，但完全没用，于是势必对那些无知的纵火狂采取非常严厉的惩罚手段。最终震慑住那些不幸的人的显然不是监狱本身，而是所有人的一个共识，即入狱等同于判死刑，因为市监狱的死亡率非常之高。这种看法是不无根据的。因为显而易见的原因，鼠疫似乎特别喜欢那些出于选择或必要以群体形式生活的人：士兵，修道士，修女或囚犯。尽管一些囚犯是单独拘禁的，但监狱是一个群体，事实表明，市监狱的狱卒死于鼠疫的比例和囚犯不相上下。在瘟疫的眼里众生平等，从狱长到最卑微的囚犯都被定了罪，这也许是监狱里首次实现的绝对公正的统治。

当局想在这一层级引入等级制度，为因公而死的狱警授勋，给他们颁发军事勋章。因为在戒严状态下，这些狱警可以说是在服役。但这种做法无疾而终。囚犯自然不会有意见，但军方反应激烈，他们得体地指出。这种做法可能导致公众思想的混乱。当局采纳了他们的反对意见，决定简化为给殉职的狱警颁发抗疫勋章。但是对于已经颁发过军事勋章的人，尽管军方仍然坚持他们的观点，再行收回是不可能的。此外，抗疫勋章又达不到军事勋章所能起到的鼓励士气的作用，因为在发生疫情时获得这样的奖章是很平常的。

另外，监狱管理部门不可能像修道院或军队一样疏散。城里仅有的两座修道院里的修士已经暂时分散住进虔诚的信徒家里。士兵也一样，只要有可能，就分成小组从军营住进学校或公共建筑。就这样，鼠疫在表面上把困于围城中的市民团结起来，而同时又分裂了传统的社会团体，造成个体的疏离，造成人心的动荡。

可以想见，这些情况和大风一起煎熬着一些人的心灵。夜晚冲击城门的事件反复发生了多次，但是这一次发起冲击的是小型武装组织。他们和守门的哨兵交火，有些人受伤，有些人逃了出去。市里加强了城门的守卫，这类攻击很快停止了。然而，这几起事件足以激起一股反抗情绪，城里发生了一些暴力事件。一些因为失火或因为卫生原因被关闭的房屋遭到了洗劫。很难认定这些行为是有预谋的。更可能的情况是，突发事件致使迄今为止规规矩矩的市民做出了疯狂的举动，并迅速被人模仿。所以我们或许可以看到，一些疯子当着茫然无措的苦主的面，冲进人家着了火的房子里。看到主人没有反应之后，一些旁观者也效法第一批掠夺者借着火光冲了进去。在阴暗的街道上，在行将熄灭的火光的映射下，一个个扛着各种物品或家具的奇形怪状的黑影四处逃散。这些事件迫使当局颁布了对应法令，实行戒严。两个小偷被枪毙了，不过很难说对其他人有多大的震慑作用。因为每天有这么多人死亡，处死两个人就像一滴水滴进大海，几乎无声无息。而且事实上政府对频繁发生的同类事件没有采取任何措施。真正影响所有居民的是宵禁的实行。晚上11点过后，全城陷入一片黑暗，俨然一座死城。

月光下，只看到灰白的城墙和横平竖直的街道，没有树木的阴影，也完全听不到路人的脚步或狗叫声。这座死寂的城市只是一堆庞大的、一动不动的立方体，其中一尊尊被人遗忘的捐助者和伟人的雕塑无言地凝立着，石头或金属雕刻出来的脸庞显示出人类过去的样子。在沉沉的天幕下，这些平庸的偶像占据着空无一人的十字路口，冷漠的表情正如我们死水一样的生活，或者说，我们生活的归宿。即一座死亡之城，瘟疫，石头和黑暗终将绝灭一切声响。

黑夜也沉沉地压在每个人的心上，有关死人埋葬的传闻更增加了人们的不安。关于丧葬的问题有必要在此做一番描述。讲述者先道个歉，他明白谈论这个话题会招致批评，然而下葬的事贯穿疫情始终，讲述者和城里的每个人一样，是不得不关心这件事情的。并非他对这类仪式有特别的偏好——正相反，他更喜欢和活人做伴，比如说，洗海水浴。然而现实是海水浴已经被禁止，和活人相伴则要冒风险，且随着时间的流逝，风险越来越大，最终不可避免地变成和死人相伴。这是摆在眼前的现实。人们当然可以逃避，可以捂住眼睛拒绝承认事实，但是死亡最终将把所有人带到葬礼面前——在你亲爱的人举行葬礼的时候。

事实上，在鼠疫时期，葬礼最显著的特点是快！一切都化繁为简，总的来说，所有精心布置的仪式都废止了。病人死亡时远离家人，守灵仪式也被禁止，因此死于夜间的人可以单独停尸一夜，白天死亡的人则尽可能快地入殓。当然，病殁者的家属会得到通知，但多数情况下家庭成员无法参与葬礼，因为如果他们曾经和病人一起生活的话，此时正处于隔离检疫状态。在家庭成员和死者没有一起生活的情况下，他们可以在指定的时间随灵车前往墓地，这时尸体已经收殓完毕，放进了棺材。

假设这个仪式发生在里厄负责的附属医院里。这所临时充当医院的学校的主楼后面有一个出口，棺木就停放在走廊外面的一个储藏室里。死者的家属会在走廊里看到一具已经合上的棺木。他们很快完成最重要的任务：由家长在一些文件上签字。紧接着棺材就被装上汽车，这些车或者是真正的灵车，或者是由救护车临时改装成的。亲属们坐上少数仍然允许运营的出租车中的一辆，取避开市中心的路线，全速赶往墓地。在墓地门口，送葬者被宪兵拦下，为他们签发一张通行证——非如此不得进入。然后宪兵退到一旁，汽车开到一块已经挖出很多墓穴的墓地旁停下。一名神父会在那里等候他们，因为在教堂进行追悼仪式已经被禁止了。在祈祷声里，棺材被抬出来，系上绳子，拖过来滑进墓穴。神父一边向棺木上洒圣水，那边第一锹土已经落在了棺盖上。灵车很快离开以便进行消毒。在一锹锹土发出的越来越沉闷的声音中，死者家人也挤进出租车。一刻钟后他们就回了家。

以这种形式，丧礼在以最快的速度完成的同时也最大限度地避免了风险。不用说，至少在最初的时候，死者的亲属自然是感到不愉快的。但是鼠疫当头，这些感情是无法顾及的：万事都要以效率为先。另外，没过几天，市里出现了紧急的食物供应问题。尽管草率的葬礼影响了人们的情绪，尽管风光大葬的观念广为大众接受，但在这种情况下，居民的注意力被更迫切的事情吸引过去。想吃饭就要排队，就要找关系，要填表格，人们没有时间关心周围的人如何死亡，也无暇去想他们自己也有一天将会怎样死去。于是这些看似烦恼的物质困难最终又成了让人脱离烦恼的恩赐。假如鼠疫没有蔓延的话，正如我们所看到的，一切都会有个圆满的结局。

接着连棺材开始变得短缺，寿衣用布和墓地空间都成了问题。必须想新办法。从效率上看，最简单的做法是合葬，必要时可以让灵车多拉几趟。于是，以里厄的医院为例，他们目前有五具棺木。一旦这些棺木放满，救护车就把它们拉走。到墓地后，棺材被腾空，铁青色的尸体被放入担架，停放在特别准备的停尸棚里。棺木在经过消毒后重新拉回医院，然后再次重复这一过程。整个过程井然有序，省长也颇为满意。他甚至对里厄说，这比历史书里记载的早期鼠疫时利用黑人奴隶驾驶灵车的做法要好多了。

“是的，”里厄说，“葬礼是一样的，但我们保存了卡片索引。这是无可否认的进步。”

尽管这是当局的成功举措，但葬礼令人不快的性质迫使地方上阻止家属接近现场。他们现在只能来到墓园门外，甚至这样都不是官方允许的。因为前述葬礼的最后一个阶段已经发生了小小的改变。在墓地的远处，一片长着乳香黄连树的空地里已经挖出了两个大坑，分别作为男性和女性的墓穴。以此看来，政府并非不尊重习俗，只是后来因为形势所迫，甚至连这样的形式都取消了，男女尸随意地堆在一起，一点体面也顾不上了。好在这种极端的混乱只发生在疫情后期。我们现在讲述的还是男女分葬，而且政府对此非常坚持的时候。在每个墓坑的底部，一层厚厚的生石灰沸腾着，冒着白烟。救护车完成运输之后，人们把一具具赤裸的、微微扭曲的尸体用担架抬过来，滑进墓穴里，大致排整齐。然后，在这些尸体上盖一层生石灰，再覆一层土，为了容纳更多的死者，这层土不能太厚。第二天，死者的亲属会被叫来做一个登记——这样做只是为了表示一种差别，比方说，人类和狗：人类的生死是要有案可稽的。

这些工作所需的人力总是处在枯竭的边缘。很多掘墓人，抬担架的，以及类似的人，开始是政府人员，后来是志愿者，都患鼠疫死掉了。无论采取什么预防措施，他们总有一天会感染上鼠疫。可是回想起来，最让人惊奇的事情是，鼠疫期间总能找到做这些工作的人。在疫情发展到高峰前不久的危急关头，里厄最担心的就是人手不够。无论是管理还是他所说的“粗活”，都面临着后继乏人的窘境。可是等鼠疫席卷全城的时候，一个出人意料的后果出现了。因为全城的经济活动被迫中断，出现了大量的失业人口。在多数情况下，从他们中间找不到管理人员，但是招募干粗活的人很容易。从那时开始，贫穷显示出了比恐惧更大的力量，特别是因为存在风险，这类工作有较高的报酬。卫生部门手里总有一批申请者的名单，一出现空缺，就依次通知名单上的人。只要接到通知的人没有在同一时间也变成空缺，就肯定会答应。这样一来，一直拒绝考虑雇用死刑犯从事这类工作的省长就无须内心纠结。只要有人失业，那个做法就可以暂时搁置。

一直到8月底，城里的死难者还能被带到他们的最后归宿，虽然谈不上体面，但终究不失条理，当局自认问心无悔地尽到了责任。但8月过后疫情稳定下来，累积起来的死者远远超出了那块小墓地的容量。到了把围墙打开，把尸体埋到周围地面的时候了。但在此之前必须尽快解决另外一些问题。首先，他们决定晚上埋葬死者，这是为了避开手续和仪式。救护车上每次堆的尸体越来越多。少数违反宵禁令在偏远地区活动的人，有时候会遇见长长的白色救护车从身边全速驶过，单调的警笛声回响在深夜空荡荡的街头。那些尸体被草草抛进挖得越来越深的墓坑，盖上几铲生石灰后归于黄土。

可是没过多久，土地也不敷使用。政府只得颁布法令征用居民租用的永久墓地，把墓地里的骨殖全部送往火葬场焚化。再后来，病殁者的尸体也要拉走火化了。但是这样做需要启用东门外的旧焚化炉，还得把岗哨外移。一个市政厅的职员建议把闲置中的原来往返海滨公园的有轨电车利用起来。这样给焦头烂额的市政府省了不少麻烦。他们对电车的内部做了一些改造，拆下座位，重新铺排了轨道，把焚化炉变成了终点。

整个夏季剩余的时间和阴雨连绵的秋季，人们常常在午夜听到一列没有乘客的电车咣咣当当地开往海边。最后，终于有人发现了其中的秘密。尽管巡逻队禁止任何人靠近电车，但一些人设法来到俯瞰大海的峭壁旁，在电车经过时把鲜花扔进车厢里。夏天的晚上，一直能听这些载着鲜花和尸体行驶的车辆的声音。

到了早上，至少在早期的时候，城东区上空飘浮着一股腐臭的浓烟。所有的医生都表示，虽然烟雾气味难闻，但于人体无害。但这些地区的居民认定鼠疫将从天而降，威胁着要搬离这个地区，政府只好利用一套复杂的管路系统改变了烟雾的方向；于是居民们平静下来。只有到了起大风的日子，才有一些非常微弱的气味从东边飘过来，提醒人们身处的新秩序，瘟疫的火焰每天晚上都在吞噬着它的祭品。

这是鼠疫造成的最极端的后果。幸运的是，它没有更进一步。因为人们开始怀疑管理机构的能力，政府的手段甚至焚化炉的容量是否能应付得了现状。里厄获悉当局已经开始设想更孤注一掷的措施，比如把尸体抛进大海，蓝色的海浪里漂浮着尸骸的可怕场面似乎指日可待。他也知道如果死亡数字继续上升，不管多优秀的组织都无济于事，来不及处理的死尸将堆积起来，在街头腐烂。无论当局采取什么措施，在城里的公共广场上，总能看到垂死的鼠疫患者带着可以想见的憎恨和荒谬的希望猛然扑向别人的情景。

就是在这种明显的恐惧迹象中，我们看到了市民们无法摆脱的被流放和疏离感。讲述者感到遗憾的是，他意识到在此无法描述一些真正振奋人心的事件，比如那些我们可以在古老的故事里找到的鼓舞人心的英雄或令人难忘的事迹。因为没有什么比一场瘟疫更惊人的事物了，假如它没有造成旷日持久而且千篇一律的不幸的话。在经历过这些不幸的人的回忆里，爆发鼠疫的那段可怕的日子不像一场残酷而壮观的大火，更像一场没有尽头的践踏，所经之处，一切都被夷为平地。

是的，真正的鼠疫和疫情开始时与里厄医生所想象的那种宏大的场面毫无共同之处。首先，鼠疫是一个精细而完美的系统，有着极高的效率。在此补充一句，为了不遗漏事实，也不插入自己的观点——这正是讲述者力求客观的目的——他努力在艺术加工的过程中还原真相，只在贯通情节时多少做一些关联性的评论。正是基于客观性的要求，他要在这里说，尽管这一时期最大、最广泛和最深切的痛苦是分离之苦，尽管此刻有必要对这些痛苦做一番新的描述，可是也要承认连这种痛苦也已经失去了它的悲剧性。

我们的市民朋友，或者退一步说，那些被离别之苦折磨得最严重的人适应了这种处境吗？说适应也许不确切。也许应该说他们在这个过程里变得身心憔悴。在疫情初期，他们清晰地记得失去的人，为他们不在身边而难过。可是尽管他们能够回忆起爱人的音容笑貌，对往日相聚时的快乐记忆犹新，但是却很难想象出正当他们苦苦思念的时候对方在于什么，在那些现在变成咫尺天涯的地方。总之，他们拥有足够的回忆，但缺乏想象能力。随着疫情的发展，连这一点回忆也不复存在了。不是说他们忘记了那张面孔，而是（事实上差不多）像失去对方的肉体一样，他们只能把记忆埋藏在内心深处。最初几个星期他们还倾向于抱怨他们只有所爱的人的影子可以留恋，后来他们意识到连这些影子也变得越来越缺少血肉，甚至失去了记忆中的色彩和细节。在这段长期的分离过后，他们无法想象从前共享的那些亲密行为，甚至怀疑起曾经有个触手可及的人生活在他们身边的事来。

由此看来，他们已经适应了瘟疫特有的环境，这种环境因其平凡而愈显深刻。除了日常生活的平淡无奇，人们不再能体会到任何伟大的感情。“该结束了。”他们说，因为在鼠疫时期，人们自然而然希望一系列的痛苦早日结束。但到了说这话的时候，人们已经没有了早期的愤怒和怨恨，他们只是用发牢骚的语气说着一些无力的话。起初强烈的感情让步于沮丧，我们不能把它混同于屈服，但不能不承认这是一种暂时的让步。

市民们已经适应了，他们不得不默默承受，因为除此别无他途。自然，他们仍然有痛苦和不幸，但他们不再感到难熬。可是里厄却认为这是最不幸的，因为习惯绝望比绝望本身更令人灰心丧气。此前，为分离而痛苦的人们所经受的并不是绝对的痛苦；因为他们在夜间辗转反侧时还有一线希望：但这点仅有的希望现在也破灭了。你可以看到他们平静地出现在街头，在咖啡馆或朋友家，心不在焉，无精打采，神情厌倦，使得整座城变得像一座列车候车室。那些有工作的人认认真真地照常工作。每个人都简单而低调。那些遭遇离别的人第一次不再介意谈论不在身边的人，用的语言和其他每个人一样，谈起他们的离别就像在谈论鼠疫期间的统计数字一样，采用的是同一个角度。这种改变是令人吃惊的，因为以前他们满怀戒备，拒绝把个人的悲情与市民们共同的不幸相提并论，现在也承认了他们的包容性。没有回忆，没有希望，他们只为眼下生活。实际上，此时此刻对他们而言就是一切。鼠疫从他们所有人身上夺走了爱，以至于友谊，因为爱情不能没有未来，留下的只有眼下的此时此刻。

当然。这只是一种宽泛的描述。尽管所有遭遇离别的人都会这样，但要补充一点，这是有先后之分的；而且，陷入这种心态后，瞬间的回忆，突然的清醒又会让这些伤心人陷入更深的痛苦。他们需要这样的刺激，于是他们开始制订计划，好像鼠疫已经结束了一样。他们需要这种不期而至的感情泛滥和没有来由的嫉妒。另一些人也体验过在麻木中突然振奋起来的日子，当然常常是星期六下午或星期日，因为这曾经是他们习惯从前和所爱的人共度的日子。一天终了时，一阵突如其来的哀愁提醒他们，痛苦的回忆又将浮上心头。这时正是信徒们检视自己内心的时候，但对内心空虚的囚徒或流放者而言却是艰难的时刻。焦虑片刻后，他们又回到麻木不仁的状态，在瘟疫中把自己封闭起来。

他们已经懂得，要抛开自己最个人的感情。但是在鼠疫早期的时候，他们纠缠于和自己有莫大关系、对别人却毫无意义的琐碎事物，对外界的事物缺乏关心。而现在恰恰相反，他们脑子里只有最普遍的想法。对自己的爱情本身却漠然置之。他们完全把自己交给了瘟疫，以至于有时一心希望自己在瘟疫中长眠不醒："让我也得上鼠疫，和它同归于尽吧！"但是实际上他们已经进入了沉睡状态，这整段时间不过是一场长长的睡眠罢了。城里居住的都是梦游的人，他们没有真正摆脱他们的命运。只有在晚上，他们表面上愈合的创口会偶尔崩裂。他们惊醒过来，在恍惚中摸索着，伤口剧痛。他们一下子发现痛苦又回来了，随之而来的还有他们的爱情的憔悴面容。到了早上，他们又重新回到鼠疫中，也就是说，回到了日常生活里。

也许有人要问，这些瘟疫的放逐者会给观察者什么印象？回答很简单：没有印象。如果你愿意，也可以说他们和每个人都一样，是平常人的一部分。他们丧失了所有至关重要的精神，却有了一种默然的态度。比如说，你可以发现，他们中间最有才能的人也像其他人一样看报纸听广播，寻找使他们相信鼠疫将很快结束的根据；他们阅读无聊记者趴在案头随意撰写的评论，从中寻找想象的希望或没有根据的恐慌。不然就是喝啤酒，照看病人，无所事事或在工作中消耗自己的精力，在办公室处理文件，或者在家听唱片，大家都一模一样。换句话说，他们变得听天由命。鼠疫压抑了价值判断，比如说，人们在买衣服或食物的时候不再挑三拣四，无论什么都原样接受。

最后，可以说那些遭遇分离的人失去了最初曾经保护过他们的那种特权。他们失去了利己主义的爱情，也失去了由此获得的保护。现在的情况是：灾难是和每个人切身相关的。枪声在城门旁回响，橡皮图章的敲击声决定着生死的节律，档案和火灾，恐慌和手续，都通往一场丑陋但经过登记的死亡。生活在令人毛骨悚然的烟雾和救护车冷酷的警笛声中，我们吃着同样的流放者的食物，无意识地等候着同样的重聚，期待着同样的重获安静生活的奇迹。无疑我们的爱情还留存在那里，只是没了用处；它成了我们内心里一种难以消除的惰性，就像被判刑定罪一样不能改变。爱情变成了没有未来的耐心而执拗的等待，就像城里各个地方的食品店前排起来的长长的队列。我们可以从中看到同样的顺从和忍耐，不知疲倦且不存幻想。

唯一不同的是，购买食物者的精神状态和生受离别之苦的人自然不能相提并论，因为后者的痛苦源于无法满足的饥渴。

总之。如果想对遭遇离散的市民们的心情有一个准确的概念，就必须再次回顾一下这座没有树木、落满尘埃的小城里那些沉闷的傍晚，男男女女在夕阳的余晖下涌上每一条街道。这时在仍然沐浴着最后一抹阳光的露台上，我们听到的不是以往组成城市主题的汽车和马达声，而是脚步声和低沉的说话声形成的巨大嘈杂声。沉重的天空下，成千上万双鞋子在瘟疫的节拍中发出痛苦的呻吟。这种无休无止和令人窒息的践踏声逐渐充斥全城，一夜又一夜，忠实而忧郁地表达出一种盲目的顽固，最终取代了我们心中的爱情。

第四部分

十九

9月和10月期间，鼠疫迫使奥兰城臣服在它的脚下。因为无可奈何，几十万市民只能苦苦挨着似乎没有尽头的日子。大雾、高温和阴雨天气相继而来。几群来自南方的椋鸟和鸫鸟悄无声息地从南方飞来，临飞到头顶时却绕城而过；好像为了躲开帕纳卢所说的链枷，那根正在房屋上空呼呼作响地挥舞着的怪木头一样。刚入10月，一场大雨把大街小巷冲得干干净净，在这期间，除了数着过日子外别无大事。

里厄和他的朋友们也感到疲惫不堪。确实，卫生小组的成员也不再想方设法克服他们的疲劳。里厄注意到这一点，是在发现自己和朋友们内心稳步滋长的一种漠不关心的奇怪态度的时候。比如说，从前对鼠疫的新闻非常感兴趣的人，现在根本懒得关心。朗贝尔被临时派去负责一个设在旅馆里的隔离检疫机构，他把自己负责的接受观察的人数记得清清楚楚，对里厄为每个人制定的工作细则也了如指掌；一旦有人突然出现鼠疫症状，就即刻进行隔离；抗鼠疫血清对那些接受隔离的病人所产生的效果的统计数字，他也牢记在心。不过他说不出每周患鼠疫死亡的总人数，也完全不知道这些数字是上升还是下降。不管情况怎样，他还抱着不久后就能逃离这里的愿望。

至于其他人，他们日夜扑在工作上，不看报纸也不听广播。如果有人告诉他们统计数字，他们会装作感兴趣的样子，但事实上却漫不经心，让人想到大战役中士兵的态度。他们筋疲力尽，只求尽职，但一心盼望着最后的决战或停战的一天。

格朗继续从事着鼠疫的数据整理工作，当然，他对鼠疫的总体趋势或现状是最了解的。他的健康状况一直不好，不像塔鲁、里厄或朗贝尔那样结实和健康；然而他既要做政府的工作，又要充当里厄的秘书，晚上还要忙自己的事。所以，他一直处于筋疲力尽的状态，同时用两三个盘算好的计划来为自己打气。比如说，鼠疫过后至少用一星期好好休个假，这样他才能在积极的状态下从事那个“让人脱帽致敬”的项目。他还容易情绪激动；碰到那样的情况，他会很自然地向里厄谈起让娜，猜测她此刻人在哪里，以及会不会在看报纸时想起他。有一天，里厄吃惊地发觉，他在无意中向格朗提起了自己的妻子，这在以前是从来没有过的。因为他对妻子千篇一律的平安电报有几分担心，他决定给妻子所在疗养院的主治医师发一封电报。在回电里他得知妻子的病已经恶化，目前只能尽力延缓病情的发展。他一直把这个消息埋在心里，也许是因为疲倦，导致他把这件事告诉了格朗。谈论完让娜之后，格朗问起他妻子的情况，谈话就开始了。“你知道，”格朗说，“这种病现在是完全能医好的。”里厄表示同意，说只是因为分别的时间太长，不然他也许能帮助妻子战胜她的疾病。然后他陷入沉默，不再正面回答格朗的问题。

另一些人也处在同样的状态。塔鲁最坚强，但他的笔记显示，尽管他的寻根究底的好奇心深度不减，但失去了广泛性。在那段时间里，他的兴趣都在科塔尔身上。自从旅馆被改造成隔离检疫房后，他搬到了里厄家，到了晚上，他对里厄和格朗关于疫情进展的话题毫无兴趣。他会很快把话题引到他最感兴趣的奥兰生活的细节上去。

再说卡斯特尔，有一天他赶来告诉医生，说疫苗已经准备好了。他们决定在奥顿先生家的小男孩身上做试验，那孩子刚被送进医院，照里厄看已经没救了。里厄正要告诉老朋友最新的统计数字，却发现老人已经躺在沙发上睡着了。看着那张以往温和而略带嘲讽的表情，总是一副年轻人神色的脸，现在突然变了模样：一线口水从他半张着的嘴里垂下来，显露出他的老迈和疲惫。里厄感到嗓子有点发堵。

通过这种感情上的脆弱，里厄能够评估自己的疲劳。他的感情正变得难以控制。在大部分情况下，他都能控制住自己，硬起心肠，摈弃不必要的感情。但他偶尔也会变得失控，感到无力控制他的感情。他唯一的抵御办法是拉紧内心用来约束感情的绳结，让自己变得强硬起来。他知道这是让他继续坚持下去的好办法。至于其他方面，他几乎不抱幻想，即使有也被疲劳带走了。因为，他明白，在这段看不到尽头的时期里，他的职责不是为人治病，而是诊断。发现，诊断，描述，记录，然后宣判。这就是他的工作。病人的妻子抓着他的手腕尖声哀求：“医生，救救他！”但他去那里不是救人，而是去宣布隔离的。他从人们脸上看出了恨意又有什么用呢？“你没有心肝。”有人曾经这样说过他。但他的确有心肝，他用以承受一天20个小时的工作，看着本应活着的人死去。他用来支撑着自己日复一日地继续下去。就目前来说，他的心肝只够做这些。又怎么能再要求他救人活命呢？

是的，他每天所做的不是给人提供帮助，而是提供资料。当然，这种事不能称为职业，但是在这个人心惶惶，被瘟疫吓破了胆的群体里，还有谁会去从事正常的工作呢？感谢上帝，幸好他疲倦了。假如里厄头脑更清醒一点，这种随处可闻的死人气味一定会影响他的情绪。但是一个每天只睡4个小时的人是没有多余的时间沉溺于悲情的。在这种情况下，你看待事物会直视本质，那就是说要公正——可怕而荒谬的公正。而那些身患绝症的人也明白这一点。在鼠疫爆发前，里厄是人们眼里的救星。他能够用几片药或一只针剂解决所有的问题，所以人们拉着他的胳膊领他进门。而现在恰恰相反，他要带着士兵出面，用枪托敲门才能让人家同意他进去。他们很可能连累他，或者连累所有人一起死掉。啊，人不能脱离其他人生活，这是千真万确的，在离开那些人家时，他和那些不幸的人一样无助，也一样值得同情，正如他对他们所怀的同情。

在那些漫长得似乎没有止境的日子里，这至少是纠缠在里厄医生内心的想法，还有其他一些和亲人分离的孤独情绪。这些情绪也同样反映在他那些朋友的脸上。但逐渐支配他们的疲倦无力感所造成的最危险的影响，不是对外界事物和他人感情的无动于衷，而是他们自己所表现出的漫不经心的态度。他们有一种倾向，不是必不可少的事，或者在他们看来超出他们能力范围的事，他们都懒得去做。结果这些人越来越忽视他们制定的卫生守则，省略了他们应该实行的一些消毒程序；他们有时候不采取必要的预防措施，就匆匆赶去探访患上肺鼠疫的病人，一则因为临时通知，二来他们认为为了吃药水或打针回卫生服务站一趟太劳神。这是真正的危险所在，因为和鼠疫做斗争使他们更容易患上鼠疫；总之，他们在拿运气冒险，而运气不在人类的一边。

不过，城里有一个人既不疲倦，也不垂头丧气，一直显得志得意满。这个人就是科塔尔。他维持着和别人的关系，继续我行我素。他常常和塔鲁见面，只要后者工作允许。一来塔鲁对他知根知底；另外，塔鲁也一直真诚欢迎他的来访。这是为人称道的一点之一；不管工作多繁重，他总是一个很好的倾听者和令人愉快的同伴。尽管有几个晚上他疲乏不堪，但第二天他照样精力充沛。“塔鲁是个值得谈谈的人，”科塔尔对朗贝尔说，“因为他为人好，总能听进去你说的话。”

这或许可以解释塔鲁这一时期的笔记差不多集中在科塔尔身上

的原因。显然塔鲁试图对科塔尔进行一个全面的描述，记录下他的反应和想法，不管是科塔尔的谈话还是他自己的解读。在“科塔尔和鼠疫的关系”的标题下，这篇关于科塔尔的描写在笔记本上占了好几页，讲述者认为有必要对此做一点概述。塔鲁对这个小个子男人的看法总体可以归结为一点：“他是个正在长高的人。”另外，似乎科塔尔的心情也变得越来越好。他对事态的发展并非不满意。有时候，他会这样总结自己的看法：“情况当然见不到好转，可是至少每个人的处境都一样。”

“自然，”塔鲁补充道，“他和其他每个人都受着鼠疫的威胁，但重要的是每个人都一样。后来我相信他并不真正相信自己会被感染上鼠疫。他似乎是靠着这个想法生活的，这种想法谈不上多愚蠢，一个遭受严重疾病或被巨大恐慌困扰的人，会自然而然地不去考虑其他疾病或忧虑。‘你注意到没有，’他问我，‘疾病是不能兼得的？如果你患了严重的或者无法治愈的疾病，比如说癌症或肺结核，就绝对不会同时患上鼠疫或斑疹伤寒；这是不可能的。另外，还不光是这样，因为你绝对看不到一个癌症病人死于车祸。’无论这种说法是对是错，它让科塔尔感到心情很好。他唯一不希望的是把他和别人隔离开，他宁可和大家一起被困在城里，也不想像囚犯一样被单独关押起来。鼠疫一来，没有人再进行秘密调查，什么档案，户籍卡，密令和近在眼前的逮捕都成了云烟。确切地说，也不再有警察，不再有新案陈案，不再有负罪的人；只有被判了刑的人们等着最随意的缓刑，其中甚至包括警察在内。”所以，根据塔鲁的解读，面对市民们混杂着焦虑和混乱的心态，科塔尔大可以带着十足和宽容的满足心理说：‘你们尽管谈，我已经比你们先一步领教过了。’

“我一片好心地告诉他，归根究底，避免陷入和别人隔离状态的唯一办法是做到问心无愧；但他皱着眉头说：‘如果这样说的话，人和人之间的关系就是始终被隔断的了。’然后，他又说：

‘你爱怎么说怎么说，塔鲁。不过我要告诉你，把人们团结在一起的唯一的办法是给他们一场瘟疫。看看周围就知道。’我得承认，我非常理解他的意思，也知道今天的这种生活在他看来是多么惬意。但他怎么会认识不到别人的反应也曾经是他的反应呢：每个人都希望别人认同自己；人们有时对迷途的路人热心指路，换一个场合面对同样的事则显得急躁；人们脚步匆匆地赶往高档饭店，为去那里吃饭感到心满意足；乱哄哄的人群每天在电影院前排队，挤满所有的剧院和舞厅，像无拘无束的潮水一样涌进每一个公共场合；一方面害怕任何接触，然而对于人类温情的渴望又把人们吸引到一起，比肩继踵，耳鬓厮磨。科塔尔显然之前都经历过。除了女人，因为长了那样一副模样……我猜测当他需要去找妓女时，他会克制自己，以免给人粗俗的名声，以后害了自己。

“总之，鼠疫使他如鱼得水。使他这样一个不甘孤独的孤独者成了它的同谋犯。是的，一个同谋犯，而且是一个乐在其中的同谋犯。他认同所看到的一切：那些疑虑重重的人的迷信，没有来由的恐惧和容易受惊的情绪；他们极力避免谈论瘟疫，然而又总是忍不住谈论的矛盾心理；他们在得知鼠疫从头疼开始后，一感到头疼就惊恐不已的表现；他们过分紧张，一惊一乍和不稳定的情感，使他们往往把忽视当成冒犯，会因为掉了一颗裤子纽扣而伤心不已。”

塔鲁晚上经常和科塔尔一起外出。在他的笔记里，他描述了他们如何在黄昏或夜间出门，在零零星星点亮的路灯下，肩并肩走进忽明忽暗的人群里；他们和常人一起去寻找温暖的乐趣以摆脱鼠疫的寒冷。人们现在沉迷于科塔尔几个月前曾经在公众场合所寻求的那种奢靡的生活。尽管商品价格上涨的势头无法阻挡，但在大部分人缺乏生活必需品的同时，人们又从来没有浪费过这样多的金钱，也从来没有像这样沉迷于奢侈品。所有的休闲娱乐活动都因为人们失业而顾客盈门。有时候科塔尔和塔鲁会跟在某对男女身后，一连跟上几分钟。过去，男女结伴出行还要花费心思掩人耳目，但现在他们紧搂着招摇过市，根本不管周围的一群人怎么看。科塔尔会情不自禁地对他们大声说："哦，多么快活的年轻人！"他的声音变得响亮，在群体性的狂热中，在身边人们大手大脚给小费的当啷声里，在风流韵事在他们面前上演的环境里，他显得兴高采烈。

不过，塔鲁感到科塔尔的态度没有多少恶意。他的那句"我已经比你们先一步领教过"的话里，更多的是遗憾而非得意。"我认为，"塔鲁写道，"他正在开始热爱那些城里被困在天空下和围墙里的人们。比如说，如果有机会，他很乐意向他们解释情况并没有那么糟糕。'你听听他们说的。'他对我说，'在鼠疫后，我要做这个，在鼠疫后，我要干那个……他们在沮丧伤心而不是安心过日子。他们甚至意识不到自己的幸福。难道我能说：'等我被捕后，我要做这个或做那个吗？被捕是一个开端，而不是结束。所以，鼠疫……你想知道我是怎么看的吗？我认为他们是因为不知道顺其自然才痛苦。我这样说可不是随口乱说。'"

"他的确不是随口乱说，"塔鲁补充道，"他对奥兰居民的矛盾心理有很清楚的认识，当他们迫切需要温暖的时候，就会聚在一起，但同时又因为疑心而最终相互疏远。人们深深懂得不能信任他们的邻居，因为如果你疏于防护，他们完全能够在不知不觉中把鼠疫传染给你。如果你像科塔尔一样，随时在提防着每个人——甚至这些人是他乐于相处的人——害怕他们是警察密探的时候，你就能理解这种感觉。并会同情那些惶惶不可终日的人，他们担心鼠疫会随时找上自己，甚至在他们庆幸自己仍然健康无恙的时候突然降临。尽管如此，科塔尔却在恐怖气氛中显得泰然自若。因为他在此之前已经领教过，我认为他不可能真正体会到这种身不由己的状态是多么残酷。总之，和我们这些尚未死于鼠疫的人在一起，他感到他的自由和生命也会随时处于毁灭的边缘。但是既然他一直生活在恐惧里，他认为轮到别人体验这种感觉也是正常的。或者，更准确地说，就个体而言，恐惧于他而言是轻得多的负担。这正是他的错误之处，因此他比其他一些人更难于理解。可是，这毕竟也是他比别人更值得让我们去了解的原因。”

最后，塔鲁以一个故事做了结尾。这个故事展示了科塔尔和鼠疫患者共同具有的奇怪心理，并捕捉到了当时的困难气氛，因此讲述者认为它具有一定的重要性。

应科塔尔的邀请，他们一起去了市歌剧院，那里正在上演《俄耳甫斯与欧律狄刻》。剧团是爆发鼠疫那年的春天来市里演出的，就此被困在了这里。经歌剧院同意，他们每周一次，把这幕歌剧重新表演一次。因此这几个月以来，一到星期五，市歌剧院里就回响起俄耳甫斯旋律优美的咏叹和欧律狄刻软弱无力的哀求。不过这场歌剧一直受到公众的欢迎，票房收入源源不断。科塔尔和塔鲁坐在最贵的座位上，俯瞰着集中了城里最风雅人士的观众席。那些入席的人显然极力避免惊动沿途的观众。当乐师开始调音的时候，他们在一排排座位间移动着，优雅地弓着身子，在前台耀眼的灯光下，他们身影的轮廓清晰可见。在一阵嗡嗡的礼貌交谈声里，这些人恢复了几个小时前在城里黑暗街头失去的自信。庄重的晚礼服驱散了鼠疫带来的凄凉。

在整个第一幕里，俄耳甫斯用柔和的音调哀悼他失去的欧律狄刻，几个穿着希腊束腰外衣的女子优雅地评论他的不幸，这一段是用小咏叹调唱出来的。观众用热情而适度的掌声做出了回应。但几乎没有人注意到，俄耳甫斯第二幕的唱腔里出现了一些不应有的颤音，而且在向冥王哀求，期望冥王被自己的眼泪打动的时候，他的声音显得过分悲怆。当他无意中做出几个异常动作的时候，有经验的观众认为这是一种即兴发挥，是演员对于角色的新的演绎。

直到第三幕俄耳甫斯和欧律狄刻的大合唱时——这正是他失去欧律狄刻的时候——观众感觉出了异样。而且，仿佛那名歌手一直在期待着观众的骚动，或者，更可能的情况是，前排观众的窃窃私语声证实了他的感觉，他选择那一刻以一种怪异的姿势，张手叉脚，穿着古装走向前台的脚灯，最后倒在始终显得很不协调的18世纪田园风格的布景中间。这一幕变成了观众眼里的噩梦。与此同时，乐队停止了演奏，前排的观众站起身，开始缓缓离场，起初赔着小心，就像刚参加过礼拜或葬礼一样。女人整理一下衣裙低着头离开，男人挽着女伴的胳膊，拉着她们从折叠椅中间穿过。但是逐渐地，这种动作变快起来，窃窃低语声变成了惊叫，人们争先恐后地涌向出口的方向，一边推挤一边叫嚷，像潮水一样冲出了剧院。这时才站起身的科塔尔和塔鲁，被单独留在一幅如同他们生活象征的画面前：鼠疫通过一个像瘸脚傀儡一样的演员出现在舞台上；剧院里，被遗弃在红色长毛绒座位上以扇子和蕾丝披肩的形式展现的奢华顿时变得失去了意义。

二十

9月初，朗贝尔认认真真地在里厄身边工作。他只请过一天假，去和贡扎莱斯和两个年轻人在男子中学前会面。

那天中午时分，贡扎莱斯和朗贝尔看见两个年轻人笑嘻嘻地走过来。他们说上次运气不好，但那种情况是可以预料到的。另外，本周他们不当值。他们得等到下星期；然后才能重新开始。朗贝尔表示他也是这样想的。于是贡扎莱斯建议他们定在下周一会面，但这一次他们希望朗贝尔住在马塞尔和路易家。“你和我会再见一次面。如果我没有露面，你就直接去他们家。我会把地址告诉你。”但是一个小伙子说最稳妥的办法是马上把这位朋友带去那里。要是他不挑剔，那里的食物足够他们四个人吃。这样他可以先熟悉一下。贡扎莱斯说这个主意不错，于是他们四个人一起动身去港口。

马塞尔和路易住在滨海区外围，靠近那些俯瞰海边的房屋。他们家是一座小小的西班牙式房屋，有厚厚的墙壁和油漆过的木质百叶窗，房间里空空荡荡，光线很暗。两个小伙子的母亲，一位面带微笑，满脸皱纹的西班牙妇女给他们端上了米饭。贡扎莱斯显得很吃惊，因为城里正在闹米荒。“我们在城门那里有门路。”马塞尔说。朗贝尔吃了个痛快，贡扎莱斯说他很“实在”。但记者一直想着未来的一星期。

事实上他还得再等两星期，因为为了减少班次，守卫轮值的周期延长了一周。回去后，朗贝尔拼命工作，不知道的人会以为他没睡觉。他晚上睡得很迟，一躺下就人事不知。一下从无所事事状态转到令人筋疲力尽的工作中，他感到不仅没了力气，也没了梦想。他很少向人提起他即将逃走的事。一个星期后，他才第一次透露给里厄，前一天晚上，他喝醉了。从酒吧出来的时候，他突然感到腹股沟肿胀，腋窝发僵。他想这下完了。当时他只记得自己做了一件事——里厄和他都认为这件事很荒唐，他跑到城里最高的地方，那里有一个小广场，从那里仍然看不到海，但至少能看见更广阔的天空，在那里大声呼喊他妻子的名字。等他回了家，却发现身上没有感染的症状，所以他对自己的反应改到很难为情。里厄说他对这种反应非常理解：“人们在那种情况下很容易变得软弱。”

“奥顿先生早上和我说起了你，”里厄在朗贝尔准备离开时突然补充说，“他说要是我认识你。就劝劝你别和那些走私贩子打交道。人们开始注意你了。”

“那是什么意思？”

“表示你最好抓紧时间。”

“谢谢你。”朗贝尔抓住医生的手说。

他在门口又突然转过身来。那是鼠疫爆发后里厄第一次看到他的笑脸。

“你为什么不阻止我离开呢？如果你愿意，是能做到的。”

里厄像往常一样摇着头说，这是朗贝尔自己的事：他已经选择了幸福，别人不能反对。他在这件事上没有权利做评判。

“那么你为什么要催我抓紧时间呢？”

这次轮到里厄笑了。

“也许是因为我也想为幸福出点力吧。”

第二天，他们一起工作，但什么都没有讨论。第二个星期，朗贝尔搬进了那座西班牙风格的小房子。他们为他在起居室支了一张床。因为两个年轻人不回家吃饭，他也遵守告诫尽可能不出门，所以大部分时间他都一个人待着，或者和老太太聊天。她身材干瘦，很精神，穿着一套黑衣服，褐色的脸上满是皱纹，一头银发显得异常干净利落。她不爱说话，但一看见朗贝尔就满眼笑意。

有时候，她会问朗贝尔怕不怕把鼠疫传给他妻子。朗贝尔说这是他们必须承担的风险，否则的话他们就有可能永远分离。

“她可爱吗？”老太太笑着问他。

“非常可爱。”

“漂亮吗？”

“是的。”

“哈！原来是为了这个原因。”

朗贝尔沉思了一下。当然，这是原因，但并不仅仅是这个原因。

“你信仰上帝吗？”老太太说。她每天早上都去做弥撒。

朗贝尔否认了，她没有再问什么。

“你一定得回到她身边，你是对的。不然你就没什么盼头了。”

剩下的时间，朗贝尔就在那间空空荡荡、墙上抹着粗灰泥的房间里走来走去，摸摸钉在墙上的装饰用的纸扇，或者数台布穗子上的羊毛球。晚上两个年轻人回到家，他们也很少交谈，只对他说时机未到。晚饭后，马塞尔弹起吉他，他们一起喝一种带茴香味儿的酒。朗贝尔显得心事重重。

星期三，马塞尔回来后说：“明天晚上12点左右。做好准备。”和他们一起当值的两个人之一患了鼠疫，另一个和他共用一张床的人正在接受观察。所以这两三天马塞尔和路易两个人单独值班。那天晚上他们会做一点最后的安排，第二天就万事俱备了。“高兴吧？”老太太问朗贝尔。朗贝尔回答说高兴，但他心里却在想着别的事。

第二天，天上阴云低垂，空气又闷又潮。鼠疫的死亡数字又上升了。但是那个西班牙老太太还是很平静。“世上罪恶太多，”她说，“你还能指望别的什么呢？”朗贝尔和两个年轻人一样光着上身。但只要一活动，汗水就从肩胛和胸膛上冒出来。在紧闭着百叶窗的昏暗房间里，他们的棕色的躯干闪着油光。朗贝尔在屋里像困兽一样一言不发地踱着步。到了下午4点，他突然穿上衣服，说要出去。

“当心点，”马塞尔说，“半夜出发，一切都安排好了。”

朗贝尔去找里厄。医生的母亲告诉他医生在上城的医院里。医院门口的岗哨前，仍然有一群人在那里逡巡着。“不准逗留！”一个长着金鱼眼的宪兵说。人们动了，但还是在周围绕着圈子。“这里没什么可看的。”那个宪兵说，汗水浸透了他的外套。每个人都知道，但尽管闷热难耐，人们还是徘徊不去。朗贝尔出示了通行证，那人给他指了指塔鲁的办公室。办公室的房门开向院子。他在门口见到了正从里面走出来的帕纳卢神父。

那间有着肮脏的白色墙壁的小房间里，散发着一股消毒水和湿床单的气味，塔鲁正挽着袖子坐在一张黑色办公桌后面，用手帕擦胳膊弯的汗。

“还没走？”他问。

“对，我想跟里厄谈谈。”

“他在病房里。但要是我们能解决的话最好别去找他。”

“为什么？”

“他太累了。自己能办的事我都尽量不去找他。”

朗贝尔看着塔鲁。他已经消瘦了很多，眼睛和脸颊因为疲劳脱了形，健壮的肩膀也支棱起来。一个戴着白口罩的男护士敲敲门走进来，把一叠档案卡片放在塔鲁的办公桌上，瓮声瓮气地说了个“6”，然后走了出去。塔鲁看看记者，然后拨开那些卡片给他看。

“卡片很漂亮，是吗？噢，他们是死人，昨天晚上死掉的6个人。”

他皱着眉头把那些卡片收好。

“现在我们似乎只剩下统计数字了。”

塔鲁站起来。把身体靠在桌子上。

“我猜你很快要离开了，是吗？”

“今天晚上，半夜的时候。”

塔鲁说他很高兴，并希望朗贝尔保重。

“你说的是真心话吗？”

塔鲁耸耸肩膀。

“在我这种年纪，说什么话都是认真的。扯谎太累了。”

“塔鲁，”朗贝尔说，“我要见医生。抱歉。”

“我明白，他比我更善解人意。走吧。”

“不是这样。”朗贝尔笨拙地说，他站住了。

塔鲁看着他，突然大笑起来。

他们走过一条两边墙壁漆成绿色、光线使人联想到水族馆的狭窄走廊。在进入一扇双层玻璃门之前，塔鲁领着朗贝尔到一个堆满纸箱的小房间里。塔鲁从消毒柜里取出两副薄纱布口罩，递给朗贝尔一副，让他戴上。记者问他这东西有多大用处，塔鲁说没用，但这样做可以让别人有信心。

他们推开那扇玻璃门。尽管天气炎热，那间大病房的所有窗户都封得严严实实。墙壁的高处挂着几架促进空气流通的嗡嗡作响的机器，机器的风叶把浑浊的空气吹向两排灰色的病床。病人沙哑的呻吟和凄厉的惨叫响成一片，融合成一种单调的哀号。穿着白大褂的人在高处窗栅透进来的刺目光线下在病床间走动着。朗贝尔在这个闷热的房间里感到很难受。他艰难地认出了正俯身站在一个呻吟的病人身边的里厄。医生正在给病人的腹股沟做切口，两个女护士一人一边，固定着病人分开的双腿。里厄直起腰后，把器械放进身边助手手里的托盘，一动不动地看着那个正在接受包扎的病人。

“有什么新闻？”他在塔鲁走近后发问。

“帕纳卢答应接替朗贝尔在隔离病房的工作。他已经做了不少工作。剩下的就是组织第三个小组，现在朗贝尔要走了。”

里厄点点头。

“卡斯特尔已经完成了第一批疫苗，提议我们进行试用。”

“啊！”里厄说，“太好了。”

“朗贝尔也来了。”

里厄转过身，看见记者，他眯起了眼睛。

“你来这里干什么？你应该远走高飞了。”

塔鲁说时间定在今天半夜里，朗贝尔补充说：“在理论上是这样。”

一说话，薄纱口罩就鼓起来，嘴周围变得潮乎乎的。这给他们的谈话增添了一种不真实感，好像木头人在说话一样。

“我想和你谈谈。”朗贝尔说。

“好，我正要走。你到塔鲁的办公室等我。”

一会儿工夫后，朗贝尔和里厄坐进汽车后座，塔鲁在前面开车。

“汽油要没了，”塔鲁一边发动汽车，一边说，“明天我们得步行了。”

“医生，”朗贝尔说，“我不走了，我想留下来和你们一起干。”

塔鲁毫无反应，继续开车，里厄似乎还没有从疲劳中恢复过来。

“那她呢？”他用低沉的声音问。

朗贝尔说他反复考虑过。虽然他的想法没变，但是逃走的话他会感到羞愧，也会使他对那个女人的爱感到不安。但是里厄直起身子，坚定地说这是一派胡言，选择幸福没有羞耻可言。

“是的，”朗贝尔说，“但一个人只顾自己的幸福是耻辱。”

一路没说话的塔鲁发话了，说如果朗贝尔想分担别人的不幸，就不再有时间追求自己的幸福。这是需要慎重选择的。

“不是这样的，”朗贝尔说，“我一直认为我是这座城市的陌生人，和你们没有任何关系。但现在目睹了这一切之后，我明白不管愿不愿意，我已经变成了这座城的一部分。这里的事和每个人休戚相关。”

看到两个人都没回应，朗贝尔显得激动起来。

“总之。你们和我一样清清楚楚！要不然，你们在医院里做的这些事又是为了什么？难道你们不是做出自己的决定的同时又放弃了自己的幸福吗？”

塔鲁和里厄都没有回答。他们一直沉默着，一直等到车子开近医生家。然后朗贝尔又一次问了最后一个问题，语气仍然很激烈。这一次，里厄吃力地坐直身子，转身对他说。

“我很抱歉，朗贝尔。可是我也不知道。如果你愿意，就留下来和我们一起干吧。”

车子开始转弯，他停了一下，然后又直视着前面说：

“世界上没有任何事物有权把你从所爱的人身边拉走。可是，我也被拉走了，而且不知道什么原因。”

他沉重地靠到座位上。

“这是一个事实，就是这样，”他疲倦地说，“我们只需承认它，从中得到一些必要的结论。”

“什么结论。”朗贝尔问。

“哦，”里厄说，“一个人不能既治病，同时又把什么都弄明白。那就让我们先尽快给人治病。这是当务之急。”

午夜时分，塔鲁和里厄正在把一张需要朗贝尔监控的街区的地图交给后者时，塔鲁突然看了看表，然后抬头看着朗贝尔。

“你告诉他们了吗？”

朗贝尔别开头。

"我留了一张字条，"他扭捏地说，"在我来找你们之前。"

二十一

10月末，他们实验了卡斯特尔的血清。这是里厄最后的希望了。一旦失败，医生认为他们将不得不屈从于鼠疫的淫威，疫情或许再持续几个月，直到莫名其妙地自行停止。

卡斯特尔来找里厄的那天晚上，奥顿先生的儿子患了病，全家人都被隔离起来。刚结束检疫回家的奥顿夫人因此又一次住进了隔离病院。奥顿先生遵守指令的要求，一发现儿子身上的症状就叫来了里厄。里厄赶到的时候，奥顿夫妇正站在病床前。他们已经打发走了小女儿。病得有气无力的小男孩顺从地接受了检查。医生结束检查后，抬头看着奥顿先生，也看见了他身后脸色苍白的奥顿夫人，后者用手帕捂着嘴，睁大眼睛看着医生的一举一动。

"是那个病，对不对？"法官冷静地问。

"是。"里厄回头看着孩子说。

奥顿夫人圆睁着眼睛，但什么都没说。治安法官也一言不发；过了一会儿，他用低沉的声音说：

"好的，医生，我们该怎么办就怎么办。"

奥顿夫人仍然用手帕捂着嘴一动不动，里厄一直避免去看她的眼睛。

"一会儿就好，"他犹豫地说，"我能用你家的电话吗？"

奥顿先生说他带他去打。但医生转身对奥顿夫人说：

"很抱歉。你得准备一些东西。你知道会需要什么。"

奥顿夫人似乎被吓呆了。她死死地盯着地面。

"好，"她点点头，"我会的。"

在离开这家人之前，里厄歉意地问他们是否需要点什么。女主

人默默地看着他。这一次，奥顿先生别开了头。

“不。”他说。然后，他又艰难地说：“请救救我的孩子。”

开始的时候，隔离检疫只是简单的例行公事，但现在在里厄和朗贝尔的组织下已经变得非常严格。他们特别要求把家庭成员始终单独隔离，以便降低一个家庭有人在不知不觉中受到传染后再感染给其他人的概率。里厄向治安法官做了解释，后者表示认可，但是奥顿夫妇无语对视的样子使医生感到这场分离对他们沉重打击。奥顿夫人和她的小女儿可以安置在朗贝尔负责的旅馆里进行隔离检疫，但安排奥顿先生比较为难，因为到处人满为患，可选择的只有省里在市政体育场利用废品收购站提供的帐篷设置的一个隔离营。里厄表示了歉意，但奥顿先生说法律面前人人平等，他应该遵守。

至于那个男孩，他被送到了附属医院，安置在一间设了10个铺位的教室里。大约20个小时后，里厄认为他已经没有指望了。那个毫无反应的瘦小的身躯正在被致命的传染病吞噬着。刚刚形成但令人痛苦的淋巴结肿块正在阻塞他瘦弱的四肢。他从一开始就被打垮了。这正是里厄打算给他试用卡斯特尔医生的疫苗的原因。那天晚上吃过晚饭后，他们给孩子做了注射，但孩子没有一点反应。第二天天刚亮，他们都来到小男孩的病床旁，来评估这一决定性实验的效果。

那孩子已经从昏迷中醒来，在床单下翻来覆去地抽搐。里厄、卡斯特尔和塔鲁从早上4点开始守在他身边，一直关注着病情的起伏。塔鲁在床头，里厄站在床脚，卡斯特尔坐在他身边平静地看书。随着天光一点点地照亮这间老教室，其他的人也来了。首先是帕纳卢，他站在塔鲁对面的一侧，背靠着墙。他显得表情沉痛，这些天来他不辞劳苦，光亮的额头上也出现了皱纹。约瑟夫·格朗和他前后脚到。这时是上午7点，格朗气喘吁吁地表示歉意，说他只能待一会儿，并问他们是不是已经有了结果。里厄默默地让他看那个小孩。后者表情扭曲，双眼紧闭，紧咬牙关，身体一动不动，但头却前后左右地在长枕上不住摆动。等屋里明亮到能够看清后面黑板上的旧题目时，朗贝尔进来了。他靠在另一张床的床头上，摸出一盒烟，但在看到那个男孩后，他又把烟放回了口袋。

卡斯特尔透过眼镜看着里厄：

“他爸爸有什么消息吗？”

“没有，”里厄说，“他在隔离医院里。”

男孩呻吟起来，里厄紧握着床尾的铁栏。他一直密切注意着小病人，后者的身体突然变得僵直，又一次咬紧牙关，腰轻轻弓了一下，四肢慢慢地向外张开。小男孩裸身躺在军毯下面，散发出一股汗水和羊毛混合的刺鼻气味。他逐渐松弛下来，双手和双腿朝床中间收了一点，但还是人事不省，而且呼吸似乎变得更急促了。里厄朝塔鲁看过去，后者把头转开了。

他们已经看到过一些孩子的死亡：瘟疫是不挑选对象的；但他们还没有像现在这样，从凌晨开始一分钟一分钟地关注一个孩子的痛苦。当然，无辜者遭受痛苦的情景屡见不鲜，令人愤怒。但在某种程度上，他们以前所感到的愤怒是抽象的，因为他们没有这样长时间地面对着一个无辜儿童的垂死挣扎。

这时候，那个男孩像腹部被什么咬了一样蜷起身子，发出一声尖细的呻吟。他的身子抖个不停，好像他脆弱的身体正在瘟疫的暴风下飘摇，在反复高烧的打击下变得支离破碎一样。等这阵风过去，他松弛了一点，似乎高烧退了，他像一条搁浅在受了污染的海滩上的鱼一样奄奄一息，艰难地喘着气。当灼热的浪潮第三次袭击他的时候，男孩再次猛地弓起身子，把毯子掀到了一边，他蜷缩在床头，狂暴地左右摇晃着脑袋，大颗大颗的泪珠从他浮肿的眼睑里涌出来，流到他苍白的脸颊上；当这次发作结束后，遭受了48个小时折磨的男孩精疲力竭，僵硬地摊开变得瘦骨嶙峋的四肢，以一种怪异的姿势躺在那张不成样子的床上，就像一个被钉在十字架上的人。

塔鲁俯下身子，用手擦了擦那张混杂着汗水和泪水的小脸。卡斯特尔在这之前已经合上了书，看着病人。他想说话，但不得不先咳嗽了一下，因为他的声音突然开始变得沙哑。

“这孩子的病情早上没有缓解，是吗，里厄？”

里厄说没有，但这个孩子比平常人坚持的时间更长。

背靠墙壁的帕纳卢似乎有几分支持不住自己，他阴郁地说：

“如果不幸夭折，他受的苦也更长。”

里厄突然向他转过身，张着嘴想说什么，但一转念又回头看向那个孩子，显然在克制着自己。

阳光洒满了病房。另外5张床上的病人也开始辗转呻吟，但带着一种自我克制的感觉。只有病房另一头的一个病人比较引人注意，他隔上一定的时间就小声呻吟一下，表达得似乎更多是惊异而不是痛苦。现在病人也开始对鼠疫抱着一种承认的态度了。只有这个孩子在竭尽全力地挣扎。里厄不时给他把把脉（他这样做并无必要，只是为了逃避无能为力的状态）；一闭上眼睛，他就觉得这种求生的欲望也在和自己的血管一样搏动。在这种时候，他会感到自己和这个饱受折磨的孩子融为一体，试图用自己仍未衰减的力量来支持他的抗争。但是他们两颗心脏的跳动只同步了一分钟，就再也合不上节拍；那孩子逃离了他，他的努力终归于无。于是他默然放下孩子纤细的手腕，回到他的位置上。

随着白墙上的光线由粉红色变成黄色。窗外炎热的一天开始了。格朗临走时说会再回来，他们几乎都没有注意到。他们在等候。那孩子还闭着眼，但似乎平静了一点。他的双手现在像枯干的爪子，在床两侧轻轻抓着。他的双手向上移动，抓挠着靠近膝盖的毯子，然后他突然抬起双腿，一直到贴近腹部才静止下来。在这时他才第一次睁开眼睛，看着站在他眼前的里厄。在他那张塌陷的脸上，仿佛被灰色的黏土围起来的嘴张开了，一声连续的、几乎不随呼吸改变的叫喊声几乎同时响起来。这种单调而刺耳的抗议充满了整个房间，令人不忍卒闻，几乎像所有病人同时发出来的。里厄咬紧牙关，塔鲁不忍再看下去。朗贝尔走过来站在卡斯特尔身边，后者合上那本摊开放在膝头的书。帕纳卢看着孩子因为生病变得肮脏的嘴，听着那愤怒的死亡的呐喊。他跪了下来，在不绝于耳无以名状的哀号声里，他用哽咽但清晰的声音说："我的上帝，救救这孩子吧。"

但孩子还在叫喊，旁边其他病人也变得不安起来。病房远端的那个病人的叫声没有停止，而是加快了呻吟的频率，直到变成扯着嗓子的号叫，其他病人的呻吟声也变得越来越响。房间里爆发出一片痛苦的哀号，淹没了帕纳卢的祈祷声。里厄紧握着床尾的横栏，闭上眼睛，内心感到一阵疲倦和恐慌。

等他睁开眼，发现塔鲁正站在他身边。

"我必须离开，"里厄说，"我不能再忍受下去了。"

但其他病人突然安静下来。里厄发觉孩子的叫声已经变弱了，越来越弱，终归停止。而他身边的呻吟声又接着响起来，但低了很多，好像一场结束的战斗的遥远回声。卡斯特尔走到床的另一头，说一切都结束了。孩子的嘴还张着，但不再有声音，他蜷缩在皱巴巴的毯子里，脸上挂着泪痕，好像突然变得更小了。

帕纳卢也来到床头，做了个赐福的手势。然后他拿起长袍，从中央走廊往门外走。

"我们必须再重新来一次吗？"塔鲁问卡斯特尔。

老医生摇摇头。

"也许吧，"他勉强露出一个微笑，"他毕竟战斗了很长时间。"

但是里厄已经在往病房外走了，他走得那么快，神色那样奇怪。在经过帕纳卢身边时，神父伸手想阻止他。

"别这样，医生。"他说。

里厄猛地向他转过身，愤愤地说：

"啊！至少这个孩子是无辜的，你也知道得很清楚！"

然后，他转身在帕纳卢前面走出病房，来到学校的院子后面。他在一张夹在两棵灰扑扑的小树之间的长凳上坐下来，擦掉已经流进眼睛里的汗水。他想大声喊叫来解开压在心头的死结。热浪从无花果树的枝丫间缓缓流下来。早晨蓝色的天空很快蒙上了一层白色的光晕，使空气显得异常沉闷。里厄靠在靠背上，仰望着树枝和天空，呼吸慢慢恢复了正常，感到疲劳也在一点一点地消失。

“刚才跟我说话为什么发那么大脾气？”他背后一个人说，“看着那样的情景，我也不忍心啊。”

里厄回头看着帕纳卢。

“是的，”他说，“原谅我。但是疲劳是一种疯狂的形式。在这座城市里，很多情况下我只能感受到愤怒和厌恶。”

“我理解，”帕纳卢说，“之所以厌恶，是因为超出了我们的理解。可是我们也许应该爱那些我们不能理解的事物。”

里厄猛然坐起来，用仅有的力量和激情猛烈地摇着头。

“不，神父，”他说，“我对爱有不同的理解；到死我也不会爱这个使儿童遭受折磨的造物。”

神父的脸上出现了一种深刻的痛苦表情。

“啊，医生，”他伤心地说，“我刚懂得什么叫天主的恩典。”

里厄泄气地靠在长凳上。他又一次感到深深的疲倦，他用较为温和的语气回答：

“这是我无法体会的，我知道。不过我不想和你讨论这些。我们在一起工作，是因为有比祈祷或亵渎神灵更重要的东西把我们团结在了一起，这是最重要的。”

帕纳卢在里厄身边坐下来，显得深受感动。

“是的，”他说，“是的，你也在为拯救世人而工作。”

里厄勉强笑了一笑。

“拯救这个词我不敢当。我也不敢那样想。我只对人类的健康感兴趣，健康是第一位的。”

帕纳卢迟疑了一下。

“医生……”他说。

然后他又停下不说了。汗水也开始从他的额头上淌下来。他低声说了句“再见”，然后目光炯炯地站了起来。他正要离开，这时一直在出神的里厄也站了起来，朝他走了一步。

“请再次原谅我，”他说，“我不会再这样失态了。”

帕纳卢伸出一只手，失望地说。

“但我还是没有说服你！”

“那有什么关系？”里厄问，“你也知道，我痛恨死亡和邪恶。无论你是否承认这一点，我们正在一起承受和反抗它们。”

里厄握住帕纳卢的手。

“你看，”他故意不看神父的眼睛，对他说，“现在连上帝本人也不能把我们分开。”

二十二

自从开始为健康防疫小组工作，帕纳卢从未离开过医院和其他出现疫情的地方。他和救援人员一起到他认为应该去的地方，换句话说，也就是最前线。他曾经多次目睹死亡。另外，尽管在理论上有免疫血清保护，但他也多次想过自己的死。在表面上他依然保持着平静。但自从那天成几个小时看着一个孩子的死亡开始，他似乎变了个样子。从他的脸上可以看出日益沉重的压力。所以当有一天他带着微笑告诉里厄，说他正在撰写一篇以“一个神父是否能请医生看病”为题的短文时，里厄产生了一个感觉，感到帕纳卢似乎有更重要的事情告诉他。当他表示很希望看看那篇文章时，帕纳卢告诉他说不久后要为男性教徒做一场弥撒，在训诫时会阐述他的一些看法。

“我希望你能到场，医生，这个题目你会感兴趣的。”神父做第二场布道是在一个大风天。说实话，这次集会的场面比上次小得多，因为这种活动对市民们已经没有那种新鲜的吸引力了。在城里所处的困难环境中，“新鲜”这个词已经失去了意义。另外。多数人在没有完全放弃他们的宗教义务，或者把宗教义务和他们极度不道德的个人生活混为一谈的时候，用非理性的迷信代替了平常的宗教仪式。他们更愿意佩戴护身符或圣洛克的像章，而不是去参加弥撒。

比如说，人们可以发现市民们过度轻信预言。春天的时候，每个人都认为疫情随时会结束，所以没人关心疫情能持续多久的事情，因为他们认为这种事是没有答案的。但随着时间的流逝，越来越多的人开始担心这种痛苦的局面会无止境地持续下去，出于同样的原因，瘟疫的结束成了人们共同的希望。所以各种各样的占卜师和天主教会的圣徒所做的预言在市民中流传起来。城里的出版商迅速意识到，可以对人们的这种兴趣善加利用并转化为利益，于是他们推波助澜地印刷了大量的小册子。后来他们发现公众的胃口难以满足，就在市图书馆对相关的正史和野史资料做了一番研究，然后印出来在城里销售。当历史资料也不足以提供这样多的题材之后，他们又委托新闻记者进行杜撰，至少在这方面，他们证明自己不比几个世纪前的同行逊色。

他们的一些预言甚至在报纸上连载，像正常时期的言情小说一样受到人们的热情追捧。一些预言以奇特的计算方式为基础，涉及发生鼠疫的年份，死亡人数和鼠疫持续的月数。另一些则和历史上爆发的鼠疫进行比较，归纳出共同点（在这些预言中称为“不变量”），然后用同样的奇怪计算方法得出有关这场鼠疫的言之凿凿的结论。但人们最喜欢的无疑是以启示录式的语言宣布的一系列事件，任何一件事都有可能是城里当前发生的，而且其晦涩的语言可以做各种各样的解读。诺查丹玛斯[①]和圣女奥黛尔[②]因此成了人们每日求祷的对象，而且往往能得到好的结果。所有的预言都一直流行不衰的原因是，它们是人们求得心灵安慰的最后手段。而鼠疫却恰恰相反。

所以，由于这些迷信行为占据了宗教在市民心目中的地位，所以帕纳卢神父在教堂举行的布道会上，到会的信徒只坐满了四分之三的座位。那天晚上里厄到场的时候，大风正门人口的两扇大摆动门灌进去，无遮无挡地在会场上流动。在冰冷而安静的教堂里，里厄在全部由男性信徒组成的会众中间坐下来，看着神父走上讲道台。他用比上一场布道更柔和、更深思熟虑的声音开始布道；有几次听众们注意到他在讲话时有些犹豫。还有另一件奇怪的事：他不再说“你们”，而是换成了“我们”。

不过，他的声音逐渐变得有力起来。他说，回顾已经在我们中间持续了几个月的疫情，现在我们对鼠疫已经有了更深的了解。我们或许听到瘟神一直在不停地在告诉着我们一些什么，但我们在开始的惊慌中不可能听得很明白。上一次他在这个地方所说的那些仍然是有效的，至少他是这样认为的。但是，也可能有人认为（说到这里，他拍了拍自己的胸膛）他所想所说的缺乏慈悲心。但是，事实上，在任何环境下，始终存在需要我们去学习的东西。最残酷的考验对基督徒而言也仍然是有益的。作为基督徒，需要寻求的无疑是对自己有益的东西，然后他开始解释所谓有益的事物是什么，以及如何去追求这样的事物。

这时候，里厄身边的人都靠着扶手坐好，尽可能让自己坐得舒服点。通道里一扇带着衬垫的门被风吹得轻轻摇摆起来。有人起身去固定门。里厄被走动声打扰，几乎没听清神父后来所说的话。他

---

① 公元1503—1566年，法国籍犹太裔预言家。

② 公元662—720年，也称阿尔萨斯的圣奥黛尔，天生是一个盲人，被认为是好视力的守护人。传说中她曾奇迹般地复明。还曾使自己的兄弟起死回生。

的意思差不多是说，不要试图去解释鼠疫的现象，而应该设法从中学习我们能够学到的东西。根据神父的说法，里厄认为可以大致理解成什么都不用解释。接下来，他被帕纳卢神父的讲话完全吸引住了。后者用坚定的语气说，在天主看来，有一些事物人们是可以解释的，而另一些，人们则无法解释。当然，像善良和邪恶这样的事，一般来说人们能够很容易分清楚。然具体到邪恶本身，问题就出现了。比如说，邪恶显然有必要的邪恶和不必要的邪恶之分。有下地狱的唐璜，也有儿童的死亡。然而浪荡子被投入地狱是理所当然，儿童遭受折磨则让人无法理解。而且，事实上，没有什么比儿童的苦难和由此带来的恐惧更重要，我们必须对此问一个究竟。在生活的其他方面，上帝给了我们一切便利，所以在那个意义上宗教是没有什么价值的。然而在另一方面，它把我们置于走投无路的境地。帕纳卢神父本可以轻松地说，永恒的欢乐正等着这孩子，并将抵消他所受的苦难，但事实上他对此也不能肯定。谁能断定永恒的喜乐能抵消人类一时的痛苦呢？一个做这样保证的人绝不是真正的基督徒，因他的主曾经受过肉体和心灵的双重痛苦。是的，在面对一个孩子的苦难时，一个神父将不会退让，而是对十字架所象征的痛苦的分裂充满信念。而且那一天他会毫无畏惧地对听他讲话的人说：“我的兄弟们，决断的时刻到了。要么信任一切，要么否认一切。你们里面有人要否认一切吗？”

里厄刚想到帕纳卢的话接近异端，后者已经再次接着讲起来，坚定地断言这个命令，这种纯洁的要求，正是基督徒的福音。这也是他们的美德。神父知道，他打算讲述的美德有一些极端，也许会让习惯了传统和宽容道德的人感到震动。但是在鼠疫爆发期间不同于平时，如果上帝认可甚至希望人类的灵魂在幸福的时候安安稳稳，那么他也希望人们在过分不幸的时候变得激进。今天，上帝的恩赐把他的子民置于如此不幸的境地，那么他们理应重新发现和获得最高的美德，这是一个全有或全无的选择。

上世纪，一个世俗作家宣布没有炼狱[1]这回事，声称他揭露了教会的秘密。通过这样做，他暗示没有折中可言，或者是天堂，或者地狱，根据一个人的选择，他只有被拯救或受诅咒两条路可走。如果帕纳卢的说法可信，那是一种只有自由思想家才会有的异端邪说。不过，在历史上完全可能存在一些时期，在此期间我们不能指望炼狱；在这种时候人们不应谈论可赎之罪。所有的罪都不容饶恕，一切漠不关心即罪行。这也是一个或者有罪，或者无罪的问题。

帕纳卢停顿了一下，透过门扇，里厄清楚地听到外面风声的呼号变大了。与此同时，神父又说，这种顺从接受的美德是不能用我们平时赋予它的那种有局限的观念去理解的，它不是简单的放弃，甚至也不是更困难的谦让。这是一种屈辱，但是遭受这种屈辱的人是心甘情愿的。儿童的苦难当然于我们是一种耻辱，但这正是我们必须成为其中一部分的原因。而且这就是为什么——帕纳卢向听众保证，他要说的是经过深思熟虑的话——既然上帝希望这样，我们就要接受它。只有用这种办法，基督徒才能不遗余力，心无旁骛地把握住这一重大选择的实质。他愿意选择相信一切，以免落到全面否定信仰的地步。像那些可敬的妇女一样，在得知腹股沟淋巴结炎是身体抵抗感染的自然反应之后，就去教堂向上帝祈祷："亲爱的上帝呀，赐予他腹股沟淋巴结炎吧。"所以基督徒必须学会向天主的旨意屈服，即使这种旨意暂时无法理解。人们不能说："我懂得，但那样做是不可接受的。"他必须拥抱主赐予我们的这种不可接受，因此我们才能做出抉择。儿童所受的苦是我们的苦面包，但没有这个面包，我们的灵魂将死于精神的饥饿。

说到这里，会场上响起了通常在帕纳卢神父暂停时发出的窸窣声，但这一次他出人意料地接着大声讲了下去，他显然代表听众做

---

① 天主教认为炼狱是信徒死后灵魂暂时受罚的地方，处在天堂和地狱之间，关押在这里的是已经确定会得救的信徒，灵魂净化后便可进天堂。

了个设问。究竟应该怎么办呢。他猜人们会提到“宿命论”这个可怕的词。啊，只要在这个词前面加一个限定词“积极的”，就不会让人感到那么可怕了。的确，应该再次指出，不要去模仿他上次说过的那些阿比西尼亚的基督徒。甚至也不该学那些波斯鼠疫患者的样子，一边向基督教卫生哨扔他们的破衣服，一边高声乞求上帝降瘟疫给那些反抗邪恶的异教徒，因为这邪恶是上帝的旨意。但是反过来说，也不应该学习上世纪那些开罗的修道士在鼠疫中的行为，他们为了避免感染，不去接触信徒们可能潜伏着感染性的湿热的嘴，于是在领圣餐仪式上用镊子给信徒夹圣饼。波斯的鼠疫患者和开罗的修道士是同样有错的。前者不考虑儿童的痛苦，后者则把个人对于痛苦的恐惧作为首要的考虑。这两件事都回避了问题的实质：对天主的声音充耳不闻。帕纳卢神父还回顾了其他一些例子。根据马赛大鼠疫编年史作者的记载，慈善修道院的81位修士中只有4位在鼠疫中幸存下来。在幸存的4位修士里，有3位逃走了。编年史的作者只记录了这么多。但是当帕纳卢神父阅读到这里时，他想到的是那个留下来的修士，尽管面对着77具尸体，尽管有3名兄弟逃跑在先，还是选择一个人坚持下来。讲到这里，神父用拳头敲打着讲道台的边缘，大声说：“我的兄弟们，你们必须做那个坚持下去的人！”

绝不是说不去采取预防措施，那是政府为了对付疫情引起的混乱而采取的明智举措。也不能去听那些伦理学家的话，说什么我们应该放弃一切，在瘟疫面前屈膝投降。我们只要能在黑暗中开始前行，摸索出我们的路，努力做有益的事就行了。至于其他的，哪怕涉及孩子的死亡，也应该顺其自然，交给上帝去安排，而不是寻求个人的解决方法。

接着，帕纳卢神父回顾了马赛爆发鼠疫期间的杰出人物贝尔赞斯主教。他提醒听众，在鼠疫临近结束的时候，这位主教在做了他认为他该做的一切之后，认为再没有别的挽救办法，于是他带上一些生活用品，把自己关在房子里，外面用墙围起来。城里原来把他当偶像一样崇拜的居民改变了看法，就像人们在极度不幸时所发生的那样，开始对他的做法感到愤怒。人们把尸体堆在他的房屋四周，甚至隔着墙把尸体扔进去，以确保他染上瘟疫死掉。这位主教在最后一刻的软弱之下，曾经认为他可以把自己和死亡的世界隔离起来，然而死人正从天而降，落到他头上。同样的道理对我们来说也适用：我们应该知道，瘟疫中没有任何可资躲避的岛屿。是的，没有中间道路。我们必须接受可怕的现实，因为我们必须选择是憎恨上帝，还是去爱他。有谁会去选择仇恨上帝呢？

“我的兄弟们，”帕纳卢神父宣布布道将要结束，他最后要说的是，“对上帝的爱是困难重重的爱。它需要彻底的忘我精神，要求蔑视自我的肉体。但是，这种爱本身可以抵消痛苦和儿童的死亡；这种爱本身使痛苦和死亡成为必须，因为这样的事情是无法理解的，所以我们除了迎接它们之外别无他途。这是一堂我愿和你们一起分享的艰难课程。这也是我们必须拥有的信念——尽管在凡人看来显得残酷，但在天主眼里是决定性的。我们一定不能被这种可怕的局面压倒。站到顶峰，一切都浑然一体，平等如一，真理将从表面的不公正里脱颖而出。正因如此，几个世纪以来，在法国南部的许多教堂里，瘟疫的受害者长眠在石头下面，而唱诗班和神父们在他们的坟墓上面诵经布道；他们颂扬的精神从一堆堆其中甚至包含着儿童的骨灰里体现出来。”

当里厄离开教堂的时候，一股劲风从半开的门扇中扑面而来。大风裹着雨气吹进教堂，一股潮湿的人行道的气息让人没有出门就能想象到外面的情景。走在里厄前面的一位年长的神父和一个年轻助祭，两个人都吃力地按着帽子。那位神父还在讨论着这场布道。他对帕纳卢的推辩赞誉有加，但对他大胆的看法表示担心。他认为这场布道显示了更多的担忧而非力量，在帕纳卢的年纪，一个神父是不应当这样忧虑的。而那个低着头抵挡着风的年轻助祭回答说他和帕纳卢神父经常接触，熟悉他思想的发展，而且他的论述会大胆得多；而且肯定是得不到官方许可的。

“那么他的看法是什么呢？”老神父问。

他们已经走到了教堂前的空地上，周围风声呼啸，使那个年轻助祭难于开口。等他能张嘴的时候，只是说：

“如果一位神父请医生看病，那一定有矛盾。”

塔鲁听里厄说了帕纳卢的布道内容，告诉里厄说，在战场上，一个神父看到一个被人挖去眼睛的年轻人后丧失了信仰。

“帕纳卢是对的，”塔鲁说，“当一个无辜者被挖掉眼睛，一个基督徒必定丧失信仰或接受这种行为。帕纳卢不愿失去信仰，他要坚持到底。这就是他要表达的意思。”

塔鲁的评论是否有助于解释在随后发生的不幸事件中，帕纳卢神父的那种令周围的人费解的表现呢？读者必须自行评判。

布道会后没过几天，帕纳卢决定搬家。这时候也正是疫情的发展导致人们在城里不断搬迁的时候。在塔鲁被迫离开旅馆和里厄住在一起的同时，帕纳卢神父也不得不离开修道会安排给他的公寓，搬到一位定期去教堂、迄今尚未感染鼠疫的年老女信徒家里。在搬家的时候，神父已经感到越来越重的焦虑和疲劳。他也因此失去了那位女房东的尊敬。有一天，当她热情地颂扬圣奥黛尔预言的价值时，神父做了一个轻微的不耐烦的手势，显然是因为他的疲劳。但从那天开始，无论他怎么努力，都无法和老太太重新友好中立地相处。于是每天晚上在回那间堆满蕾丝织物的卧室之前，他只得在客厅里看着她的后背，然后随着一声头也不回的干巴巴的“晚安，神父”回房休息。正是在这样一个晚上，他在上床睡觉时开始头疼，感到几天来酝酿的热潮在手腕和太阳穴部位爆发起来。

后来发生的事全部是通过女房东的叙述得来的。那天早上她像往常一样早早起床。过了一会儿，因为奇怪神父没有从房间出来，她经过一番犹豫后决定去敲门。她发觉神父一夜没合眼，还躺在床上。他呼吸困难，而且脸色比平时红得多。正如她后来所说的，她礼貌地提议叫医生来看看，但她的建议被神父以一种她认为不可接受的强硬态度拒绝了。她只好离开。过了一会儿，神父按铃叫她。他因为自己的粗暴向她道了歉，然后又告诉她，他得的病不可能是鼠疫，因为没有鼠疫的症状；这只是暂时的疲劳。老太太庄严地回答说，她的建议完全和这种担心无关，她也完全不考虑自己的安全，那是上帝的事；她只是关心他的健康，因为她感到自己有一部分责任。但是因为他没做另外的表示，老太太渴望（她是这样说的）尽自己的责任，又一次建议叫她的医生来。神父又一次表示拒绝，还补充了一些让老太太听了很糊涂的理由。她认为她唯一听明白的是——对她而言显得不可思议——神父反对看医生的原因是违反了他的原则。她认为是发热弄乱了房客的脑子，就给只他端了些药茶。

在这种情况下，为了尽责，她还是每隔两小时去看一下病人。她印象最深的是那天神父一整天都处于烦乱的状态。他一会儿甩掉被单，一会儿又拉回来，一直用手在额头上摸来摸去，还经常坐起来咳嗽，发出像卡住一样的嘶哑而沉闷的咳嗽声，但又不能把喉咙里卡住他的东西咳出来。在一番挣扎后，他就极为疲乏地倒回床上。最后，他又一次半坐起来，在那短短一刻，他以一种比先前更狂热的专注凝视着前方。但老太太还是打不定主意，不知道是不是该违背病人的意愿去叫医生。尽管病情显得有点可怕，但这也许只是单纯的发高烧。

但是，那天下午她试着和神父说话的时候，后者只模模糊糊地说了几个字。她又一次建议叫医生。然后神父从床上坐了起来，虽然呼吸困难，但是用清晰的声音说他不想找医生。看到这种情况，女房东决定等到第二天早上，如果神父的病情不见好转，她就打那个兰斯多克信息处每天在广播上重复十几次的电话号码。仍然是为了尽责，她决定晚上也去看看房客，留意他的病情。但那天晚上在给他端去一些新鲜的药茶后，她想先躺一会儿，但一觉睡到了第二天凌晨时分。她一醒过来就匆忙赶到神父的房间。

神父摊开四肢躺在床上一动不动。前天晚上潮红的脸色现在变成了青灰，因为脸颊仍然圆润而更显得触目惊心。他正眼睛一眨不眨地盯着头顶上那盏小灯上垂下来的彩色玻璃珠。老太太进屋后，他才转过头来。根据她的讲述，他就像被人殴打了一个晚上，更像个死人而不是活人。她问他感觉怎么样。神父用一种冷漠得出奇的声音说，他病了，他不需要医生，只要把他送到医院安排妥当就够了。老太太吓坏了，赶忙去找电话。

里厄是中午到的。当女房东把情况告诉他之后，他只是说神父是对的，但是也许太晚了。神父用同样的冷漠态度迎接了他。里厄为他做了检查，感到很惊讶，因为没有发现任何腹股沟淋巴结鼠疫或肺鼠疫的主要症状。但是神父的脉搏很慢，而且总体健康状况令人担忧，看来凶多吉少。

"你没有鼠疫的主要症状，"他告诉帕纳卢，"但还是有一些可疑。我必须把你隔离起来。"

神父露出一个奇怪的笑容，似乎出于礼貌，但没有说话。里厄离开打了个电话后又回到房间里。他看着神父。

"我会留在你身边。"他轻声说。

神父似乎苏醒过来，转头看着医生，目光里似乎重新出现了原本的那种热情。然后他艰难地以一种令人无法分辨是否悲伤的方式说：

"谢谢你，"他说，"但是神父不能有朋友。他们已经把一切献给了主。"

他要挂在床头的十字架。拿到之后，他就一直盯着十字架。

进了医院后，帕纳卢神父没有再开过口。他被动地接受任何方式的治疗，但一直没有放开过那个十字架。但是，他的病情一直充满疑问。里厄仍然难以判断。这个病既像鼠疫，又不像鼠疫。事实上，这段时间鼠疫似乎在以颠覆医学诊断为乐。但是以帕纳卢这个病例而言，结果将表明这种不确定性是无关紧要的。

他的体温升高了。他的咳嗽声变得越来越嘶哑，而且一整天咳个不休。终于，神父在晚上咳出了那个一直令他窒息的“棉花团”。那是红色的。在发高烧的过程里，帕纳卢一直保持着冷漠的神情，第二天他们发现他身体半悬在床外死去的时候，他的表情变成了一片空白。他们在他的病历卡上写道：“可疑病例。”

二十三

那年的万灵节[①]也和往年不一样。天气当然是合时令的。几乎在一夜之间，凉爽的天气就取代了最后的溽热。一阵阵冷风不停地刮着，把大片大片的云从地平线的一头吹到另外一头。房屋一会儿笼罩在阴影里，一会儿又重新回到11月凉爽的金色阳光下。第一批雨衣上市了，但是人们会注意到很多雨衣上有着亮闪闪的橡胶材料：原来报纸报道说，200年前法国南部爆发严重鼠疫的时候，医生常常披上油布来保护自己。于是商店就借此机会倾销了一批不再流行的雨衣，人人都希望靠这种雨衣来免疫。

但是，这些季节的标志无法掩饰公墓被人遗弃的事实。换在别的年份，电车里早已充满菊花的清香，妇女们正成群结队地赶往安葬她们亲人的地方，把鲜花放在他们的墓前。这一天曾经是人们祭拜死者、寄托哀思的时候。然而这一年谁都不愿再去想念死人，这恰恰是因为他们对死者已经投入了过多地关注。人们不再考虑回去探望死者，表达他们的同情和哀思。因为死者不再是需要人们一年

① 纪念被在炼狱中涤罪的基督教徒亡灵的节日，法国的万灵节是11月1号，这一天法国全国放假。根据习惯，这一天要去墓地献花，凭吊亡故的亲人，其中菊花最受欢迎。

一度关注的被遗忘者。人们现在宁可忘掉他们。这正是那一年的万灵节遭到人们漠视的原因。塔鲁注意到科塔尔的话变得越来越有讽刺意味了，照他的说法，现在每一天都是万灵节。

确实，焚尸炉里的火焰一直熊熊燃烧。应该承认，每天的死亡人数并没有上涨。但是疫情似乎在顺利地发展到顶峰后，开始像一个一丝不苟照章办事的公务员一样完成每天的杀戮任务。在专家看来，这在理论上是个好兆头。从疫情发展图来看，不断上升的曲线出现了一个平台，显得令人宽慰——例如，在里夏尔医生眼里。“很好，很好，真是一幅好图。”他说。他猜测疫情已经达到了他所说的“天花板”。从现在开始，鼠疫的气焰将会越来越衰弱。他把这种情况归功于卡斯特尔的疫苗获得了一些意想不到的成功。卡斯特尔没有否认，但认为不能做这样肯定的预测，因为历史显示鼠疫有再次意外爆发的可能。省里长期以来一直希望平息公众的焦虑，但限于疫情的发展直到现在才找到机会，省长决定召集所有的医学专家就这个题目做一个报告。但就在疫情发展到平台期的同时，里夏尔医生也被鼠疫夺去了生命。

尽管这件事什么都证明不了，但毕竟令人吃惊。当局像起初欢迎里夏尔的乐观主义一样陷入了无理由的悲观。在卡斯特尔这边，他还在认认真真地制备血清。总之，城里除了省政府之外，其他的公共场所都改造成了临时医院或隔离所。之所以保留省政府没动，只是因为他们不能不保留一个开会的场所。但总的来说，由于疫情的相对稳定，里厄他们的医疗组织还足以应付。本来已经心力交瘁的医生和助手们不用担心更繁重的任务。他们只需继续目前的超负荷工作。造成肺部感染的肺鼠疫病例在城里的每个地方都有增加，好像风助长了人们胸膛里的火焰。患病者往往很快吐血死去。伴随着这种新的传染形式，鼠疫蔓延的威胁变得更大——尽管专家们的看法在这个问题上往往是矛盾的。与此同时，为了最大程度的安全，防疫小组的工人们使用消毒纱布制作的口罩。总之，尽管人们认为疫情有恶化的可能，但患淋巴腺鼠疫的病例在减少，所以总体感染人数保持在水平状态。

然而随着食品供应的日益困难，投机商趁机作乱，高价出售在普通市场上难以获得的生活必需品，人们的焦虑又岂止鼠疫一端。贫穷家庭因此处于异常困难的状态，而富人事实上什么都不缺。无论贫富一视同仁，瘟疫原本可以通过个人主义的相互作用促进市民间的平等，但在事实上却加深了人们内心的不公平感。当然，谁都不能诟病死亡的平等，但这种平等又有何用？于是挨饿的穷人愈加想念临近的城镇和村庄，那里生活又自由，面包又便宜。既然在这里吃不饱饭，他们就产生了一种不切实际的想法，认为政府应该允许他们离开。于是有人设计了一个口号，有时候你能在街头的墙壁上看到，有时候在省长路过时会听到人喊叫："要么面包，要么新鲜空气！"这句讽刺的话是人们号召游行示威的暗号，尽管这场游行被很快压制住了，但谁也不怀疑其中的严重性。

报纸开始遵照上面的命令不惜版面地宣扬乐观主义精神。读着那些报纸，你会觉得当前形势的主流是市民们表现出来的"镇定和勇气的动人典范"。但在这座自我封闭的城市里，一个没有秘密可言的地方，谁会相信那些"典范"呢？但是，如果想对镇定和勇气有一个正确的概念，只能去隔离区或当局设立的隔离营看一下才能有所体会。恰好当时讲述者在别的地方忙，对此没有亲身体会，所以让我们在此引用一下塔鲁提供的证明。

在他的笔记里，塔鲁讲述了他和朗贝尔对设在市政体育场的一座隔离营进行的一次访问。体育场几乎坐落在城门旁，一边临街，有电车经过，另一边连着一片荒地，一直延伸到城市所处的高地的外围。大体上这座体育场被高高的水泥墙围在中间，因此只需在四个通道设上岗哨，里面的人就很难逃脱。同样的，这些高墙也可以阻止外面的好事者打扰关在里面接受隔离检疫的那些不幸的人。但是在另一方面，被隔离的人整天听着电车来来往往，从外界的声音推断这上下班的时刻。在这种情况下，他们感到他们被剥夺的生活仍在几米外的地方继续，那些水泥墙隔开了两个互不相关的世界，让他们感到宛如置身另一个星球。

塔鲁和朗贝尔选在星期天下午去体育场。和他们同行的是足球运动员贡扎莱斯，经过朗贝尔的介绍，贡扎莱斯同意加入轮值名单，负责这座体育场的监管。朗贝尔打算把他引见给隔离营主管。他们见面的时候，贡扎莱斯告诉他俩，在鼠疫爆发前，这正是他过去在体育场换衣服准备上场比赛的时候。现在赛场被征用，比赛也不再可能，贡扎莱斯左右无事可做。这是他接受担任监管员的原因之一，不过他提了个条件，只在周末工作。那天是多云天气，贡扎莱斯抽了抽鼻子，不无遗憾地说，今天没有下雨也不热，正是踢球的好天气。他绘声绘色地描述了他曾经熟悉的更衣室里搽剂的气味，摇摇晃晃的看台，黄褐色场地上色彩鲜艳的球衣，中场休息时沁人心脾的柠檬汁和冒着无数清爽气泡的柠檬汽水。塔鲁还提到在他们一路经过工人区破旧的街道时，这位足球运动员在路上见到石子就踢。他力图把石子直接踢进排水孔，一旦成功踢进，他就说“一比零”。抽完烟，他也把烟蒂往前一吐，在烟头落地之前再踢一脚。有几个孩子正在体育场附近玩耍，把一只球朝他们踢过来，贡扎莱斯也不辞辛苦地把那只球准确地踢还给他们。

最后，他们进了体育场。场内的看台上全是人，运动场上密密麻麻搭起了几百顶红帐篷，从远处可以看见帐篷里的铺盖和包裹。看台保留了下来，这样，在炎热或下雨的天气里，那些被羁留的人可以躲避一下。不过太阳一下山，他们就得回到帐篷里去。在看台下是经过整修的淋浴室，运动员的休息室现在改成了办公室和医务室。

多数接受隔离的人都在看台上，然而还有另一些人正沿着边线散步。少数人蹲在帐篷的入口，漫无目的地看着四周。很多人躺在看台上，好像在等着什么一样。

“他们每天都做些什么？”塔鲁问朗贝尔。

“什么都不干。”

几乎所有人都两手空空，什么事都没干。这么大的一群人却安静得出奇。

“一开始，你在这里连自己说话都听不见，”朗贝尔说，“但是时间一长，他们的话就越来越少了。”

按照塔鲁的说法，他理解他们，认为他们一开始挤进帐篷之后，每天听着苍蝇的嗡嗡声，难过得在身上又抓又挠，所以一旦有人愿意听他们倾诉，就会逮住机会大倒苦水，表达他们的愤怒和恐惧。但是随着营房人满为患，愿意听别人说话的人越来越少。于是他们只好变得沉默而警觉。的确，在灰色而明亮的天空下，这些红帐篷确实有一种令人警醒的气氛。

是的，他们都显得充满猜忌。因为他们都是被和其他人隔离开的，这不是没有原因的，因此他们都带着探究和担忧的神情。塔鲁看到的每个人都目光空洞，都带着一副因为和原来的生活全面分离而伤心欲绝的表情。既然不能老想着死亡，那就索性什么都不想。他们就像在度假。“然而最糟的是，”塔鲁写道，“这些人是被遗忘的人，而且他们都明白。他们的熟人因为考虑其他事情忘记了他们，这是可以理解的。至于那些爱他们的人，因为求情或筹划把他们弄出隔离营而耗尽了心力，也忘记了他们。他们一心想把他救出去，结果却忽视了要营救出来的人。这也是正常的。一旦想到这里，你会发现即使在最不幸的时候，一个人也无法真正牵挂另一个人。因为，真正牵挂一个人，那就意味着每分每秒，一心一意的牵挂，无论是家务事，有苍蝇飞过，还是想挠痒痒，都不能分心。但是人们总会为苍蝇和发痒而分心。这就是日子难过的原因。而且这些人都很明白。”

隔离营的主管又朝他们走过来，说奥顿先生想见他们。他先领贡扎莱斯去了办公室，然后又带着塔鲁和朗贝尔去了看台的一个角落。正一个人独坐的奥顿先生站起来迎接他们。他还是和以前一样的打扮，戴着同样的硬领。塔鲁只注意到他两鬓的头发比以前乱得多，一边的鞋带也松开了。他显得很疲倦，讲话的时候没有一次直视对方的脸。他表示很高兴见到他们，并请他们代他谢谢里厄。

两人都没说话。

“但愿，”过了一会儿，奥顿说，“菲利普没有受太多苦。”

这是塔鲁第一次听他叫他儿子的名字，因此意识到一些事情发生了变化。太阳正缓缓沉入地平线，从两朵云的缝隙里斜照着看台，把他们三个人的脸都照成了金色。

“是的，”塔鲁说，“是的，他确实没受什么苦。”

他们离开时，治安法官继续凝视着太阳落下去的方向。

他们去和贡扎莱斯告别，后者正在看值班表。贡扎莱斯笑着和他们一一握手。

“至少，我又看到了更衣室，”他说，“总之没白来。”

过了一会儿，那位主管领塔鲁和朗贝尔出去。途中他们听到看台方向传来响亮的咔嗒声，接着，那些平时用来介绍比赛小组和宣布得分的高音喇叭，用小得多的声音通知被隔离的人回到帐篷去，要分发晚餐了。那些人慢吞吞地离开看台，然后慢吞吞地各自回帐篷。每个人都回去之后，两辆我们在火车站常常见到的那种小电车，载着两口大锅在帐篷间穿行，车上的人用长柄勺伸进大锅，把里面的东西盛进接受隔离者的两个锡盘里。电车接着往前开，在每个帐篷前重复着同样的程序。

“这很科学。”塔鲁对主管说。

“对，很科学。”后者一边和他们握手，一边得意地说。

夜幕降临，天空一片澄明。营地沐浴在一片柔和而清澈的光线里。在那个寂静的傍晚，勺子和盘子碰撞的声音从四面八方响起来。在帐篷上空轻快飞舞的蝙蝠突然消失了。一辆电车在墙的另一边嘎嘎吱吱地驶过岔道。

“可怜的法官，”出门的时候塔鲁说，“应该为他做点什么。但是怎么样才能帮助一位法官呢？”

二十四

城里还有几个同样的营地，但讲述者因为没有关于它们的第一手信息，所以着实不能多说。他能说的是，这些营地的存在，营地里散发出来的气味，黄昏时高音喇叭发出的低沉的声音，神秘的高墙和流放之地成了市民们沉重的精神负担，使人们更加惶惑和不安。当局面临的意外事件和冲突也变得越来越频繁。

不过，到了11月底，早上的天气变得非常冷。倾盆大雨把街道冲刷了一遍，把天空也洗得干干净净，亮闪闪的大街上空没有一丝云彩。每天早上，丧失力量的太阳把闪闪的冷光投进城里。但是到了晚上，天气再次变得温暖起来。就是在这个时候，塔鲁决定向里厄透露有关自己的一些事情。

有一天，大约晚上10点左右，在经过特别疲惫的一天之后，塔鲁陪着里厄去老哮喘病人家夜访。老城区的房顶上映着一层柔和的光线，清风无声地吹拂着黑洞洞的十字路口。两个人走出静悄悄的街道，面对着那个老人的喋喋不休。老人对他们说，有些人不赞成把那些赚钱的轻松差事总是给同一些人，经常在井边用的罐子会碎——他搓着双手——那是很有可能伴随着灾祸的。这番长篇大论在医生为他检查时也没停下来。

他们听见头顶上有脚步声。老太太注意到塔鲁好奇，就解释说是邻居在天台上。他们这才了解到这些房子的天台往往是和邻居接起来的，这样主妇们不用到街上就能互相串门，而且天台上视野也比较好。

“是啊，”老人说，“上去看看吧。那里空气很好。”

他们发现天台上没有人，只摆着三把椅子。天台的一边全是屋顶的平台，更远处是一片黑乎乎的石头，那是城外围的小山。朝另一边看过去，几条街外是港口（港口是看不见的），海天相接的地方一团模糊，只能隐隐分辨出起伏的波浪。在远处的峭壁之外，一束光有规律地忽明忽灭，尽管他们看不到光源的方位，但是知道那是灯塔。从春天开始，航道的灯塔就一直这样闪着，指示船舶驶往其他港口。在被晚风吹得晶莹剔透的天幕上，繁星像无数小银片一样闪闪发光，又时不时在灯塔扫过的黄色光柱下变得失色。微风里飘来香料和温暖的石头的气息。一切都显得那么安静。

“感觉真好，”里厄坐下来说，“就像从来没有发生过瘟疫一样。”

塔鲁背对里厄，看着大海的方向。

“是的，”他沉默了一会儿才开口，“感觉真好。”

他走回来坐在里厄身边，认真地看着里厄。灯塔的亮光在天上出现了三次。街道深处传来一声陶器撞击的声音。院子里一扇门“砰”地响了一声。

“里厄，”塔鲁非常自然地说，“你从来都不想知道我是个什么人吗？我能把你当朋友吗？”

“当然，”医生说，“我们是朋友，不过在这之前我们都没有多少时间。”

“啊，那我就放心了。让我们休息一个小时——为了友谊。”

里厄向他微笑了一下，作为回答。

“呃，是这样的……”

几条街以外传来悠长而微弱的咝咝声，好像一辆汽车在潮湿的人行道上驶过。那声音慢慢消失了。接着远处几声模糊的叫喊声再次打破了平静。然后，寂静伴随着天空和繁星再次回到两个人身边。塔鲁站起身靠在栏杆上，面对着里厄，后者仍旧深陷在椅子里。散发着微光的夜幕勾勒出塔鲁魁梧的黑色轮廓，他讲了很长时间；这里就是他讲话的大致的内容：

“长话短说吧，里厄。可以这样认为，在认识这座城市和这场鼠疫很久以前，我已经生活在瘟疫的痛苦里了。这一切意味着我和每个人都一样。只是有些人不感觉痛苦或者乐于生活在这种状态；有些人感觉痛苦并希望逃脱。我一直希望逃走。

“我年轻的时候，生活得浑浑噩噩，也就是说，什么想法都没有。我不是那种自寻烦恼的人，我的人生开始得一帆风顺，一切对我来说都很顺利，我的脑子够用，在情场上也很成功，就算有烦恼，它们来得快也去得快。有一天，我开始反省。于是……

“我得告诉你，我年轻的时候不像你那样穷。我的父亲是一检察官，那是个重要的工作。不过他脾气好，不像人们眼里检察官的样子。我母亲平凡而谦让，我一直爱着她，但我一向不喜欢谈她。我爸爸充满慈爱地照顾我，我相信他实际上曾经试图了解我。他不是个模范丈夫，现在我相信他有外遇，但我不因此感到难过。他在这些事情上没有辜负谁，也没有干扰谁。总之，他是个平常人。在他死后，我认识到，虽然他没有像圣人一样生活，但他并不是坏人。他走的是一条中间道路，就是这样。另外，他是那种能够让人产生适度好感的人，而且这种好感历久弥新。

“然而他有一个癖好：他的枕边书是一大本谢克斯列车时刻表。不是因为他经常旅行，他只在假期乘火车去布列塔尼省，他在那里有一栋小别墅。他能不差分毫地告诉你巴黎—柏林快车的发车和到达时间。为了赶上从里昂到华沙的列车需要如何换车，以及你提问的任意两个首都城市之间的精确里程。你能告诉我怎么乘火车从布里昂松到夏蒙尼吗？连火车站的站长都弄不清楚。但我父亲能。为了提高这方面的知识，他几乎每天晚上进行练习，并对此相当自豪。我也非常着迷，经常给他提问题，然后兴致勃勃地在谢克斯列车时刻表上检查他的答案，最后承认他没有搞错。这些小练习促进了我们的关系，因为我充当了他的听众，他也领我的情。在我看来。精通铁路知识并不比熟练掌握其他知识逊色。

“但是，我讲得有点离题了，也许赋予了这个好人过多的重要性，因为说到底，他对我形成自己决心只产生了间接的影响。他充其量给我提供了一个机会。我17岁时，父亲邀请我在他工作时旁听。那是一个大案，在巡回法庭开庭，他一定以为这样可以展示他最好的一面。我认为他也希望这种场面——通常能对年轻的心灵造成震撼——引导我走向他选择的职业。我接受了，因为我对他在家庭之外充当的另一种角色感到好奇，这使他感到很高兴。我并没有其他更多的想法。法庭上的事在我看来像7月14日的阅兵和毕业典礼一样自然而然，也同样秩序井然。我在这方面的概念完全是抽象的，也完全没有认真思考过。

“可是，那天唯一给我留下印象的是那个罪犯。我认为他确实有罪，但重要的不是他犯了什么罪。这个小个子男人长着一头稀稀拉拉的红头发，大约30岁左右，似乎被他所犯的罪和将面临的惩罚吓破了胆，对所有的指控都承认下来。以至于几分钟后，我的注意力完全被他吸引住了。他就像一只被过于明亮的光线吓呆的猫头鹰。他的领带歪到一边。他正在啃着一只手的指甲，右手……唉，我不想多说——你知道，他是个大活人。

“但我是突然意识到的，因为在那之前，我只把他看成一个简单意义上的‘被告’。我不能说完全忘掉了我父亲，但我内心的一种感觉使我难以把注意力从这个站在被告台上的人身上移开。我几乎什么都听不见。我感到他们想把这个活生生的人杀死，一种像海啸一样强烈的本能使我盲目而固执地站到了他这边。直到我父亲开始宣读判决时，我才真正清醒过来。

“披上红色的长袍，他变得既冷酷又威严，一连串短语像毒蛇一样从他嘴里冒出来。我那时才认识到他正在代表社会要求判那个人的死刑，甚至要求砍掉那个人的脑袋。实际上，他的话可以总结成：‘人头必须落地。’这两种说法的差别到头来并不大。因为结果一样，他得到了那个人的脑袋。只是他没有亲自去干罢了。我因此关注着那件案子，一直到结尾，我对那个不幸的人产生了极为强烈的亲切感，这种感觉甚至对我父亲都没有过。按照习惯，我父亲必须在那个被婉称为‘最后一刻’的时候到场，这一刻按道理可以称为最可耻的谋杀时刻。

“从那天开始，一看到那本谢克斯列车时刻表我就非常反感。我震惊地认识到，这样的谋杀我父亲必定参与过许多次，在这些日子他总是早早起床。是的，在这种时候他会设闹钟。我不敢把这件事告诉我母亲，但当我更认真地观察她时，我意识他们的生活总体上不再有任何意义，我母亲已经放弃了希望。我因此原谅了她，就像我在当时对自己说的那样。后来，我明白没什么好原谅的，因为她结婚前家里很穷，贫穷使她学会了顺从。

“你一定以为我会告诉你，我决定马上离家出走。不是的，我在家待了几个月，差不多有一年。但我内心很痛苦。一天晚上我父亲找闹钟，因为第二天他要早起。那天晚上我一夜没睡着。第二天他回家的时候，我已经走了。必须先说明，他找过我，因此我回去见他；我没有做任何解释，平静地对他说，如果他强迫我回家，我就自杀。最后他接受了，因为他脾气向来很好；但他语重心长地告诉我过自己的生活（他这样理解我的行为，但我不愿说明其实是另一种情况）是很愚蠢的，还一边忍着眼泪，一边向我做了很多好建议。后来，尽管总是隔很长时间，我会定期回去看望我母亲，同时也见见他。我认为我父亲对这种不频繁的相见是感到满足的。从内心而言，我不恨他，只是有一些伤心。他死后，我把我母亲接来一起生活，要不是她后来过世，现在她还跟我在一起呢。

“我之所以在开头花了那么多时间，是因为它事实上是一切的起点。现在我要加快速度了。我在18岁的时候，因为离家出走吃了贫穷的苦头。为了生活，我做过很多工作，后来日子过得不错。但我一直对死刑耿耿于怀。我有一笔账要和这个红头发的猫头鹰算。

所以，我进了他们所谓的政界。我不愿变成瘟疫的牺牲品，就是这样。我认为，我所在的这个社会是依赖于死刑的，如果我想反抗这个社会，就要反抗谋杀。这就是我的信仰；另外的人也对我说过同样的事情，说到底，这在大体上是正确的。所以我加入了我喜欢的一些人，现在仍然喜欢。我和他们一起待了很长时间，欧洲任何一个国家的斗争，我都有份。但是，留着以后说吧……

“当然，我晓得我们偶尔也判人死刑。但有人向我说，这少数人的死亡是实现一个人和人之间不再互相残杀的世界所必需的。这在某种程度上是对的，但我毕竟不能忍受这种事实。我动摇过，但当我想到那只猫头鹰后又得以坚持下去。就这样，直到有一天我在匈牙利目睹了一场处决，我又感到了当我还是一个孩子时所感受到的那种厌恶。

“你从来没有见过一个人被枪决吧？当然没有，只有事先经过精心挑选的受邀者才能到场旁观。所以，你是通过图片和书籍了解的——一只头套，一根木桩，远处几个士兵。但是事实上正相反。你知道行刑队距离被处死刑的人只有一米半远吗？你知道如果死刑犯向前走两步，枪管就会碰到他们的胸口吗？你知道在那么近的距离，行刑队的人把他们的火力集中在心脏部位，他们的大口径子弹能够打出一个足以让你把拳头伸进去的洞吗？不，你不知道，因为这是人们不会谈论的细节。对遭受鼠疫的人来说，他们内心的平静比生命重要得多。必须让正派人在夜晚安眠。唠叨这些细节大概是惊人的坏品味，因为人人都懂得。但从那一次开始，我就没有踏踏实实睡好过。但是由于内心的折磨，我一直不停地纠缠于这些细节，也就是说，不停地思考。

“这时，我终于认识到，这么多年来，我认为自己在全心全意地和鼠疫做斗争，但事实上我也是鼠疫的受害人。我明白我曾经间接地支持了成千上万个人的死亡，我甚至认可过那些不可避免地造成他们死亡的行动和原则。别的人似乎不以为意，或者至少他们不去主动谈论。但这种想法如同骨鲠在喉。我和他们在一起，然而我是孤独的。当我偶尔真的表达了我的疑虑时，他们对我说，必须考虑那些最紧要的问题，他们还总是给我一些令人感动的理由，让我把那些难以下咽的东西咽下去。但我回答说，对于这种情况。那些穿着红袍的大鼠疫患者也有冠冕堂皇的说法，可是如果我接受小鼠疫患者提出的那些不可抗力和必要的理由，那么我就不能反对大鼠疫患者的说法。他们向我指出，证明红袍子正确的最好办法是给他们垄断的裁判权。不过我认为如果你让步一次，就没有理由不继续让步。看来历史也证明我是对的：现在不就是一场自由的屠杀吗？他们都杀红了眼，而且想停也停不下来了。

“总之，我关心的不是争论，而是那个红头发的猫头鹰。是那个肮脏的场合，那些肮脏的、瘟疫缠身的嘴宣告一个上了镣铐的人的死刑，然后安排好一切，使他在遭受一个个夜不能寐等候死亡来临的漫漫长夜的折磨后，最后被冷血地谋杀。我关心的是胸口上的洞。我在那时候下了决心，至少就我而言，我绝不会对这种令人作呕的屠杀做一丝一毫的让步。是的，我选择了这种盲目的固执，直到我对这个问题有更清楚的认识为止。

“从那以后，我的想法一直没有改变。这么长时间以来，我一直感到羞愧，因为轮到我是杀人凶手了，即使是间接的，即使怀着世界上最好的愿望。随着时间的流逝，我注意到即使好人也不能避免杀人，或者指使别人杀人，因为这是他们赖以生存的逻辑；在这个世界里，如果不冒死亡的风险，我们甚至不能摆出一个姿态。是的，我会继续感到羞耻，因此我认为我们都生活在鼠疫里，我还失去了内心的安宁。直到今天我还在寻找，我设法了解每个人，极力不成为他们不共戴天的敌人。我只知道我们必须努力不成为鼠疫的牺牲品，只有这样我们才能拥有希望和安宁，或者失败，我们难逃一死。这样想或许能给人以安慰，就算不能拯救他们，也能对他们造成最少的危害，甚至会给他们带来一点好处。这就是我为什么决心反对一切，无论是直接还是非直接地，造成人们死亡或通过证明造成别人死亡的行为的原因。

“这也是除了我必须和你在一起斗争以外，这场鼠疫迄今为止没有教会我任何新东西的原因。我对此有绝对的认识——是的，里厄，我懂得生活的方方面面，你看得出来——每个人身上都有鼠疫，因为世界上没有一个人是对鼠疫免疫的。我们必须不断地约束自己，以免一时不慎呼气到别人脸上，感染了别人。只有细菌是自然存在。至于其他的——健康，正直，纯洁，你可以随意列举——是一种不能松懈的意志的作用。不感染别人的正派人是律己最严的。为了不分心走神，他们需要坚定的意志，需要时时刻刻小心翼翼！是的，里厄，作为鼠疫的牺牲者是很累人的。不想成为鼠疫的牺牲者甚至更加累人。所以每个人都疲惫不堪，因为每个人都是个渺小的受感染者。所以少数不愿成为鼠疫牺牲者的人，他们经历了极度的疲劳，除了死亡之外，没有什么能够使他们解脱。

“从现在开始直到死亡为止，我知道，我对这个世界毫无价值。从我放弃杀人开始，就宣判了自己永久的流亡。别的人将创造历史，我也清楚地知道我不能指责这些人。我缺乏那种能够使自己心安理得杀人的素质。这当然不是优势。不过，我已经学会了谦逊，我愿意像现在这样。我要说的是，这个世界上有鼠疫，也有受害者——要尽可能拒绝站在鼠疫那边。这在你看来也许相当简单，我不晓得它是不是简单，但我知道它是真的。我听过了那么多的理南，这些差点改变了我的想法的理由足以让其他人赞成谋杀，所以我懂得，人类的全部不幸都来自没有用明确的条款来描述事物。所以我决定为了不走邪路，无论说话还是做事都要明明白白。所以我说，这个世界上除了瘟疫和受害者，再没有其他的了。如果这样说着，我自己也变成了瘟疫，那么至少我不是心甘情愿的。我正在设法使自己成为一个无辜的凶手。你看，这算不上很大的野心。

“当然，还应该有第三类人，那就是真正的医生。但是这样的医生人们很少遇到，因为成为这样的医生一定很难。这就是我决定无论在什么情况下，都站在受害者一边的原因。在他们中间，我至少能探索一个人如何能达到第三类人的境界，也就是说，能够保持心灵的平静。”

说完这番话后，塔鲁摆动着腿，轻轻用脚踢着栏杆。沉默片刻后，医生直了直身子，问塔鲁是否知道一个人应该如何实现心灵的平静。

“当然，通过同情心。”

两声救护车的警笛声从远处响起来。早些时间模糊的叫喊声现在集中到了市区的外围，靠近石头山丘的地方。同时他们又听到了一种类似爆炸的声音。接着四周又平静下来。里厄看着灯塔又亮了两次。风力似乎在逐渐变大，一阵微风吹过，从海上带来了盐的气息。这时候，他们清晰地听到了海浪拍击崖壁的沉闷的声音。

“总的来说，”塔鲁干脆地说，“我感兴趣的是如何成为一个圣人。”

“可是你不信上帝。”

“确实。一个不相信上帝的人是否能成为圣人：这是我今天遇见的唯一一个具体的问题。”

突然，从喊叫声传来的方向发出了一道强烈的闪光，同时一阵模糊不清的嘈杂声顺着风传到两个人的耳朵里。那道闪光立刻消失了，只能看到远处屋顶的边缘有微微的红光。风停了一会儿，他们听到有人叫喊，接着听到一声枪响，然后是一片吼叫声。塔鲁站起来，仔细去听，但接下来什么都听不到了。

“城门口又打起来了。”

“现在结束了。”里厄说。

塔鲁喃喃地说，这从来没有结束过，还会有更多的牺牲者，因为这是事物的正常程序。

“也许是这样，”里厄说，“不过，你知道，我感到自己跟失败者比跟圣人更能打成一片，我对英雄主义和圣人的身份都不感兴趣。我感兴趣的是做一个凡人。”

“是的，我们的追求是一样的，但我的野心没你那么大。”

里厄以为塔鲁在开玩笑，就朝他看了一眼。在昏暗的光线下，他看到的是一张忧伤而严肃的脸。又起风了，里厄感到风吹在身上暖洋洋的。塔鲁回过神来。

“你知道，”他说，“为了友谊我们应该做什么吗？”

“只要你喜欢，什么都行。”

“去海里游泳。即使对于未来的圣人来说，这也是一件赏心乐事。”

里厄微笑起来。

“用我们的通行证可以去防波堤。毕竟，总和瘟疫生活在一起太愚蠢了。一个人当然应该为受害者斗争。但是如果他因此不再爱任何别的东西，那么他的斗争又有什么意义？”

“对，”里厄说，“我们走。”

不一会儿，汽车在靠近闸门的地方停了下来。月亮已经升起来，从乳白色的天空投下无处不在的灰白色的阴影。城市在他们身后以阶梯状向高处展开，一股温热、病态的气息驱使他们朝海边走去。他们向一个哨兵出示了通行证，后者检查了很长时间。最后他们通过城门，穿过堆满木桶、散发着酒香和鱼腥味的水泥地面，然后转往码头方向。还没走到，一股碘和海藻的气味就告知了他们大海的所在。就在这时，他们听到了海的声音。

海水轻轻拍打着防波堤的石基，他们爬上防波堤后，大海就出现在眼前，海面像天鹅绒一样致密，又像野兽的毛皮一样柔软光滑。他们坐在石头上，面朝大海。海水轻轻起伏。海面在平静的呼吸中泛出时隐时现的油光。在他们面前，是一片广袤无垠的黑暗。里厄摸着坑坑点点的石头表面，内心充满了奇异的幸福感。再看看塔鲁，那张安详而沉思的脸，虽然没有忘掉一切甚至杀戮，但也可以感觉得到同样的幸福感。

他们脱掉衣服。里厄先跳进水里。海水一开始有点凉，但当他从水里冒出来后，又感觉海水是温的。显然秋天的海水里蕴藏着夏天几个月来的热量。他用均匀的速度游着，双脚在身后拍打出一道翻滚的浪花。身后扑通一声，塔鲁也下水了。里厄翻了个身，一动不动地躺在水面上，仰望悬挂着月亮和点点繁星的苍穹。他深深地吸了几口气。接着身后打水的声音越来明显，在孤独和寂静的夜里听得格外清楚。塔鲁正朝他游过来，里厄很快听到了他的呼吸声。他翻过身，和里厄并排以同样的节奏接着向前游。塔鲁的动作更有力，所以他只好加快速度。在那短短的几分钟时间里，他们以同样的动作，同样的力量，孤独地远离了这个世界，最终摆脱了这座城市和鼠疫。里厄首先停了下来，然后他们缓缓游回去，途中有一会儿他们遭遇了一股冰冷的水流。在大海出人意料的袭击下，他们不约而同地加快了速度。

重新穿好衣服后，他们一言不发地踏上了归途。但他们的心灵已经契合无间，而且那个晚上给他们留下了愉快的回忆。当他们远远看到疫城的哨兵时，里厄知道塔鲁和他一样，都有着同样的想法，鼠疫刚刚忘却了他们，这很好，但他们现在必须再次行动起来。

二十五

是的，他们必须再次行动起来，鼠疫不会长时间忘却哪个人。在12月期间，它在市民们的胸膛“燃烧”起来，它点燃了焚尸炉，它让隔离营里满是无所事事的身影。总之，它接着以耐心的、不规则的步伐继续前进。当局原本指望冷下来的天气能够阻止它的进程，但它毫不停留地跨过了季节的第一场寒流。我们还要等待。但等得越久，就意味着你要等更长的时间，我们的城市没有希望地生活着。

至于里厄医生，在享受过短短片刻宁静和友情之后，又接着忙碌起来。他们又开了一座新医院，里厄天天和病人在一起，连闲聊的时间都没有。不过，他感觉到在疫情的这个阶段，当鼠疫越来越倾向于肺部感染的形式之后，病人也越来越配合医生。他们不再屈服于早期的虚弱和疯狂，似乎对自己的利益有了更好的认识，自愿要求对他们的病情最有益的东西。他们不断要水喝，都希望发热。尽管里厄还是同样疲劳，但在这种环境下，他至少不再感到那么孤独。

临近12月底，里厄收到一封奥顿先生从隔离营写来的信。那封信说他的隔离期结束了，但营地的管理机构查不到他入住的日期，所以他被错误地留在隔离营里。他已经结束隔离一段时间的老婆向地方上抗议，但碰了壁，人家告诉她不可能出错。里厄让朗贝尔去交涉，几天后，奥顿先生来了。原来确实是弄错了，里厄对发生这种事感到愤愤不平。但变得消瘦很多的奥顿先生无力地摆摆手，谨慎地说谁都会犯错误。医生感到他似乎有了些变化。

“接下来你有什么打算，法官？你的案子还等着你呢。”里厄说。

“哦。不，”奥顿先生说，“我打算休假。”

“是的，当然，你需要休息一下。”

“不是这样，我想回隔离营去。”

里厄吃了一惊：“但你不是刚出来吗？”

“我没讲清楚。我听说营地里有负责管理的志愿者。”治安法官转转眼珠，用手把一丛翘起来的头发抚抚平，“你看，那里也许能给我点事做。虽然也许听起来有点傻，我感到那样会使我更接近我的小男孩。”

里厄看着他。那双坚定而缺乏表情的眼睛原本是不可能出现温情的，但现在它们变得更浑浊，失去了那种金属一样的纯净感。

“当然，”他说，“如果你确实想去，我会安排的。”

医生没有食言。直到圣诞节为止，疫城的生活继续着老样子。塔鲁还是镇定自若地在城里到处忙碌。朗贝尔告诉医生，他通过那两个年轻守卫建立了一套和他妻子秘密通信的办法。隔段时间，他就能收到一封信。他建议里厄利用一下这个办法，医生同意了。这么长时间以来，他第一次动笔写信，可是却不知从何处下笔。他已经忘记了那种语言。信发走了，回信还要等上很长时间。在科塔尔这边，他正春风得意，靠投机生意大发其财。不过，格朗的这个圣诞假期对他来说却不太如意。

这年的圣诞节和过去的圣诞节毫无共同之处，它更令人想到地狱而非天堂。空荡荡、黑洞洞的店铺里只有假巧克力和摆在橱窗里充数的空盒子，过往的电车里都是无精打采、意气消沉的乘客，没有一点往日圣诞节的气氛。在以前这个时候，人们无论贫富都纵情作乐；但现在没有这样的地方了，只有少数有特权的人躲在昏暗的密室里，花大价钱进行孤独而可耻的狂欢。教堂里充满的不是感恩声，而是哭泣和哀鸣。在这个阴暗而寒冷的城市里，只有少数懵懂儿童还在跑来跑去。但是谁也不敢跟他们提起以前满载礼物的圣诞老人，他像人类的痛苦一样古老，又像最新鲜的希望一样崭新。在人们的心里，除了一个非常古老非常忧伤的希望以外，再也盛不下别的。这个希望使人不至于向死亡屈服，说到头来，它不过是一个单纯而倔强的活下去的决心罢了。

圣诞节前一天，格朗没有照常上班。里厄有点担心，上午绕道去了他家。他不在家。里厄通知了每个人。大约11点钟，朗贝尔到医院告诉里厄，说他曾看见格朗在大街上徘徊，脸上的表情很奇怪，不幸的是转眼就看不到他了。于是里厄和塔鲁开车去找格朗。

中午的时候，外面天寒地冻，里厄下了车，远远看见格朗几乎贴着一家商店的橱窗，看着里面雕刻得很粗糙的木头玩具。格朗泪流满面。里厄也觉得喉头发堵，因为他知道这眼泪意味着什么。他也回忆起了这个伤心人的求婚，在一家商店门前，也是在圣诞节，让娜靠在他身上，说她是多么开心。穿过逝去多年的时光，透过温柔而绝望的深渊，让娜清脆的声音正在格朗耳边响起，这是肯定的。里厄明白这位老人擦拭泪水时的想法，而且他也有同样的想法：那就是，这个没有爱情的世界就像死掉的世界，总有一天，当一个人厌倦了牢狱、工作和勇气时，就会渴望起另一个人的面容，关切和挚爱的心灵。

这时格朗从玻璃窗的反光发现了他。他转过身，流着泪，靠在橱窗上看着医生走过来。

“噢，医生，医生！”他泣不成声。

里厄也说不出话来，只向他点着头。他对他的痛苦感同身受，但此刻攫住他内心的是一种愤怒，这种愤怒源于面对着人类共有的痛苦。

“唉，格朗。”他说。

“我本来有时间给她写信。这样她就明白……就能不再懊悔，快快乐乐。”

里厄近乎粗暴地推着格朗往前走。后者没有抗拒，任由自己被拖着走，一边磕磕巴巴地说。

“太久了！拖得太久了。一个人总是想放纵一次。然后有一天他必定会忘乎所以。哦，医生，我似乎大部分时间都很平静。但是我一直在用极大的努力才能勉强保持正常。可是现在我受够了。”

他站住了，眼神疯狂，四肢颤抖。里厄握住他的手。他的手像在燃烧。

“我们必须回去。”

但是格朗挣开他，跑了几步，然后停下来，张开双臂前后摇摆。他脚下绊了一下，跌倒在冰冷的人行道上。泪水接着从他遍布泪痕的脸上留下来。大街上路过的人远远看见，突然停下来，再不敢前进一步。里厄只好把老人抱起来。

躺回自己的床上，格朗呼吸非常吃力。肺部受了感染，里厄心想。格朗没有家人，干吗转移他？他只有一个人，有塔鲁照顾他就够了……

格朗深陷在枕头里，他的皮肤发青，眼神呆滞。他盯着塔鲁用一个包装箱的残片在壁炉里生起的一小堆火。“我的病情不妙。”他说。一阵奇怪的咔嗒声伴随着他说的每个字从他的肺部响起来。里厄建议他在床上静卧，说他会好起来。病人奇怪地微笑了一下，脸上露出温和的表情。“要是能挺过去，我向你脱帽致敬，医生！”刚说完这句话，他就进入了虚脱状态。

几个小时后，里厄和塔鲁发觉格朗半坐在床上。里厄担心地从他脸上看到了病情恶化的迹象。但他似乎头脑清醒了一些，一看到他们醒来，就用奇怪而空洞的声音让他们从一个抽屉里把手稿拿出来。塔鲁把手稿递给他时，他看也不看就一把抓过来，然后递给医生，示意后者为他朗读。这是一份约50页的短短的手稿。医生翻了翻，发现这些稿纸上都只写着同一句话，只是抄了又抄，做了一些有好有坏的改动。五月、优雅的女骑士和布洛涅森林大道等这些字眼以不同的排列组合改来改去。这份手稿还包含了注释，有些注释显得很长，而且有不同的版本。但在最后一页上，笔迹看上去还是新的，上面工工整整地写着：我最亲爱的让娜，今天是圣诞节……在这句话上面，整整齐齐地写着那句话的最新版本。“读一下，”格朗说，于是里厄开始朗读起来：

“在5月一个美丽的清晨，一位优雅的女士正骑着一匹神骏的栗色牝马，穿行在布洛涅森林大道的花丛中。”

“是这个味道吗？”老人兴奋地说。

里厄专注地看着那份手稿。

“啊！”老人不安地扭动着身子，“我知道。美丽，美丽这个词不合适。”

里厄握住他搁在床单上的手。

“算了吧，医生。我没有时间了。”

他的胸口痛苦地起伏着，突然，他大叫一声：

“烧了它！”

医生犹豫着，但格朗又重复了一遍，那样严厉，他的声音里又包含着那么多的痛苦，里厄只好把那些稿纸扔进行将熄灭的壁炉里。屋子里短暂地亮了一下，一阵短促的燃烧给房子里带来一些温暖。里厄回到病人身边，格朗已经背转身，脸几乎贴到了墙上。塔鲁望着窗外，似乎是这一幕的局外人一样。给格朗注射过血清后，里厄告诉塔鲁，说格朗也许活不过今晚。塔鲁提出自己留下来。医生同意了。

整个晚上，格朗即将死去的想法一直在里厄心头萦绕不去。然而第二天一早，他发现格朗正坐在床上和塔鲁说话。他的体温恢复了正常，只表现出一点极度乏力的症状。

“哦，医生，”格朗说，“我错了，但我会重新开始的。你看，我什么都记得清清楚楚。”

“再等等看。”里厄对塔鲁说。

但是到了中午，病情没有出现反复。傍晚的时候，已经可以认定格朗得救了。里厄无法理解这种死里逃生的现象。

然而差不多同一时间，里厄收治了一位病情危重的女病人，病人一入院他就让人把她隔离起来。那位女病人神志混乱，表现出了所有肺鼠疫的症状。但是第二天早上，她的体温也降了下来。这一次，就像格朗的情况一样，医生认为这是病情在早上的临时缓解，经验告诉他这是一个糟糕的信号。然而病人的体温到中午也没有回升。傍晚时，体温只高了几个点，第三天就完全恢复了正常。那个女孩尽管还是很虚弱，但可以躺在床上自如地呼吸了。里厄告诉塔鲁说她得救了，相当不可思议。可是在那一周里，医生遇到了四个同样情况的病例。

同一周的周末，医生和塔鲁去探望那位老哮喘病人时，后者激动地向他们唠叨个不停。

“你们怎么都不会相信！它们又出来了。”他说。

“什么？”

“嘿，老鼠呗！”

自从4月以来，别说活老鼠，连一只死老鼠都看不到了。

“这意味着生活要重新开始了吗？”塔鲁问里厄。

老人兴奋地搓着双手说。

“你们应该看看它们奔跑的样子！看了真让人高兴，真的。”

他已经见过两只活生生的老鼠从临街的门钻进他家里。邻居们也告诉他，他们也在地下室里发现了老鼠。有些人家，人们再次听到了从前熟悉的老鼠在家具背后的窸窣声和骚动声。里厄等待着每周一发布的统计数据。结果表明，疫情在衰退。

第五部分

二十六

尽管疫情的突然衰退出乎意料，市民们却不急于大声欢呼。过去的几个月尽管使他们越来越渴望解放，但同时也让他们懂得谨慎，使他们越来越不指望疫情能在短期内结束。不过，这个新动向成了人们交谈的主题，而且在人们心底里，出现了一个强烈的，但一直没有承认的希望。其他的一切都是次要的。人们关心的事实是：鼠疫的死亡数字正在下降，鼠疫的新的牺牲者相形之下就算不上什么。一个表现人们秘密期望（尽管没有人承认这一事实）的"健康时代"来临的迹象是，从那时起，人们变得更愿意谈论——尽管带着一副无所谓的样子——如何安排鼠疫后的生活。

人人都知道从前的快乐生活是不可能在一夜之间恢复的，因为重建比毁坏困难得多。他们只是认为食物供应或许能得到几分改善，可以解决一下他们的燃眉之急。但事实上，在这些无关紧要的谈话里，一种疯狂的希望也在滋长，以至于到了市民们偶尔能够觉察的地步，这时他们就赶忙表示，无论如何是不可能在几天内得救的。

的确，鼠疫不会在几天内结束，但其减弱的势头超出了人们的合理期望。1月初，天气一直寒气逼人，让人很不适应，似乎寒冷在城市上空凝结起来。然而天空从来没有这样蓝过。每天从早到晚，冷冰冰的阳光不间断地照耀着这座城市。在这种清新的空气里，疫情连续三个星期持续减弱，死亡人数越来越少。在特定的时间段，疫情似乎丧失了几个月来积攒起来的力量。看到它放过已经明显选中的牺牲品，比如格朗和里厄的那位女病人，在某些地区肆虐两三天，同时在其他地区则销声匿迹，在星期一使更多的人患了病，然而到了星期三又几乎让所有人逃脱……看到它这种忽而乏力后退或忽而加速前冲的样子，人们会以为它正在因为疲劳和烦躁而崩溃，不仅丧失了对自身的控制力，而且也丧失了它的力量中那种毫不含糊的精确效率。卡斯特尔的血清突然获得了以前不曾得到过的一系列成功。医生们使用的治疗方法，从前产生不了任何有益的效果，现在也突然显得有效起来。似乎鼠疫到了山穷水尽的时候，它突然的衰弱使那些原来用以对付它的钝刀变得锋利起来。但是，它也会时不时地挣扎一下，发动一场盲目的攻击，夺走三四个有望康复的病人的生命。他们是这场瘟疫的不幸者。在希望最迫近的时候送了命。治安法官奥顿先生也是这样，人们不得不把他从隔离营里撤出来，塔鲁说他倒霉，至于他指的是治安法官的生活，还是死亡，人们无从得知。

不过从总体来看，疫情正在全线退却。省里的公报一开始只表达了一些遮遮掩掩的希望，后来则向公众证实了一种信心，即胜局已定，瘟疫正在丧失它的阵地。事实上，很难认定胜利与否。我们所能注意到的是这场瘟疫似乎正在像它的突然发生一样突然退去。用来对付它的策略一直没有变过；这些手段昨天还毫无作用，现在却效果显著。我们只能说瘟疫已经耗尽了自身的力量，或者认为它在达成所有的目标后正在撤退。在某种意义上，它已经完成了自己的任务。

可是，人们会说城里什么都没有变。大街上在白天仍然一片寂静。晚上仍然聚集着同一批人，只是都披上了大衣和围巾，电影院和咖啡馆的生意也未见变化。不过，如果仔细观察的话，就会发现人们的表情比以前轻松，而且不时挂着笑容。这会让人想到从前在大街上看不到一个笑脸。实际上，几个月来把城市缠得透不过气来的那道不透明的幕帐已经出现了一道裂缝；每到星期一，人们都能从收音机的公告里得知这个裂缝正在扩大，他们最终将能够自由呼吸。尽管这种慰藉仍然是负面的，因为没有实质的结果。但是在从前，诸如一列火车出站，一艘轮船到港，或者汽车可以重新在市里通行的事情是人们想都不敢想的，可是这样的消息在1月中旬发布就不会引起人们的惊讶。这当然是远远不够的，但这个轻微的差异事实上反映出了人们在希望之路上走过的一个重要的阶段。我们可以说，只要人们有可能产生一点渺茫的希望，就可以认为瘟疫的实质统治结束了。

在整个1月份里，市民们摇摆在沮丧和兴奋之间，他们的反应仍然是矛盾重重的。所以在统计数字显示最乐观的时候，仍然发生了几起试图逃走的事件。当局对此非常震惊——显然哨兵也一样毫无思想准备，因为多数人成功逃脱了。有人选择这个关头逃走，他们的想法其实是可以理解的。因为对一些人而言，瘟疫已经在他们心里播下了深刻的怀疑种子，所以他们的内心容不下希望。即使现在鼠疫已经过去，他们还是跟不上形势的变化，仍然照着老一套生活。但另外一些人呢，他们大多是仍和他们所爱的人分离的人，在经过长期的囚禁和沮丧之后，希望之风点燃的狂热反而使他们失去了耐心，他们因此丧失了自制力。一想到他们也许会在瘟疫结束之际死去，再也见不到他们钟爱的人，他们长期的苦苦等待将得不到任何回报，他们就感到深深的恐惧。几个月来，尽管他们遭遇囚禁和流放，但仍然不屈不挠地坚持等待；但现在一线希望的曙光却摧毁了恐惧和绝望没能摧毁的东西。他们无法按部就班地等到鼠疫最终结束，而是选择像疯子一样逃走来打败瘟疫。

与此同时，一些自然而然的乐观迹象出现了。比如说，物价出现了显著的下跌。以严格的经济学观点来看，这是不可解释的。因为同样的问题仍然存在：城门口的检疫规定没变，食品供应当然也没有得到改善。因此我们见证了一种纯粹的精神现象，好像疫情的退却引起了全面的反应一样。这种乐观的态度也出现在那些从前过着集体生活，却因为瘟疫不得不分散居住的人身上。城里的两个修道院开始恢复，集体生活得以继续。军队的情况也一样，士兵也重新集合在空置的营房里，恢复了正常的驻防生活。这一件件的小事具有强烈的象征意义。

一直到1月25日，市民们生活在这种秘密的骚动中。那一星期，死亡数字降到了极低的程度，以至于省政府在咨询过医学委员会之后，宣布疫情受到了控制。然而，公报又补充道——以一种市民们不能不赞同的审慎精神——城门将继续封闭两周，卫生防疫措施还要继续一个月。在这一期间，一旦发现疫情复发的迹象，“将继续维持现状，并采取必要的措施，期限视需要而定”。但是，每个人都认为这些补充规定不过是官样文章，因此在1月25日晚上，城里一片欢腾。为了配合欢庆的气氛，省长下令开放照明。于是在寒冷而清澈的天空下，人们成群结队，又说又笑地涌进灯火通明的街道。

当然，许多屋子仍然紧闭着百叶窗，在其他人热热闹闹庆祝的同时，这些人家则是在沉默中度过这个夜晚的。然而，对这些悼亡者而言，很多人也未尝不感到深深的安慰，因为他们终于不用担心再看到其他亲属死去，也无须为了保全自己而胆战心惊。在这样的时刻，那些还有病人在医院里和鼠疫抗争的家庭是最不幸的，他们或者在隔离中心，或者在自己家里，等着自己真正摆脱这场瘟疫，就像那些已经逃脱鼠疫阴影的人一样。当然，这些人也有希望，但是他们把希望储存起来，埋在心里，在时机尚未到来之前，他们拒绝动用它们。于是这种等待，这种静静的观望，这种痛苦和喜悦之间的挣扎，在一片欢腾中显得尤其残酷。

不过，这些例外丝毫不影响其余人的乐观。因为鼠疫虽然尚未结束，而且还将尽力证明自己，人们已经想到了几个星期以后，火车呼啸着从长得看不见尽头的轨道上驶出，轮船在闪闪发光的海面航行的情景。可是第二天，等亢奋的精神平复，怀疑又将涌上心头。但是在这一刻，整座城都在摇动，从那些封闭的空间，黑暗和静止不动的，它曾经在其中扎下石头根基的地方挣脱出来，最终载着它的生还者移动起来。那天晚上，塔鲁、里厄、格朗和朗贝尔和其他一些人走在人群里，他们也如同走在云端。离开大街很久，塔鲁和里厄还能听得到身后的欢声笑语，而同时在偏僻街道的街道上，他们又走过了一扇扇紧闭的窗户。在城市的一面，痛苦在紧闭的百叶窗后继续，而不远处的大街上则一片欢腾。即将来临的解放也是两面，一面是欢笑，一面是泪水。

当欢笑声变得更响的时候，塔鲁站住了。一条黑影正轻盈地穿过黑暗的街道。那是一只猫，春天以来他见到的第一只猫。那只猫在路中间停了一下，犹豫地舔了舔爪子，然后用爪子飞快地拢一下右耳朵，接着继续悄无声息地跑起来，最后消失在黑夜里。塔鲁微笑起来。那个小老头也会开心起来的。

二十七

可是，正当鼠疫渐行渐远，眼看要回到它从中不声不响发动突袭的不为人知的巢穴时，根据塔鲁的笔记，城里至少有一个人是对这场离别感到惊慌失措的，这个人就是科塔尔。

碰巧，这些笔记自从死亡数字开始下降后，也变得非常奇怪。也许因为疲劳，字迹变得难于识别，而且内容也过于频繁地在不同的话题间跳来跳去。另外，这些笔记第一次抛弃了客观描述，让位于个人评论。结果在一段段关于科塔尔的记录里，人们往往能发现一些关于那位老人和猫的片段。根据塔鲁的说法，鼠疫丝毫无损于他对那位老人的尊重，但是不幸的是，后来再也见不到那位老人，他也失去了兴趣，尽管如此，塔鲁的诚意是毋庸置疑的。因为他曾经设法再次见到那位老人。1月25日晚上过后不久，他站在那条小巷的角落。正如我们所说的，猫儿回来了，正躺在有阳光的地方取暖。可是老人却没有在习惯的时间出现，百叶窗还是死死地关着。接下来的日子里，塔鲁再也没看到那扇百叶窗打开过。于是，塔鲁认为老人要么在生气，要么就是死了。如果他生气的话，就是他认为自己占理，鼠疫害了他；但是如果他死了的话，那么就有必要问一下——正像对那个老哮喘病人一样——他算不算一个圣人。塔鲁认为他算不上。但是他认为这位老人是一个指示。“或许，”他写道，“我们只能近似地达到圣徒的标准。假如那样的话，我们就设法维持一种谦逊而仁慈的恶行吧。”

在这些笔记里，在关于科塔尔的内容里还掺杂了很多其他的评论，通常是零零散散的，其中一些提到了格朗，后者正处于恢复期，但已经像什么事都没发生一样回去上班了，其中还有一些地方提到了里厄的母亲。塔鲁在里面记录了和老太太住同一栋房子时的几次谈话，老太太的态度，她的微笑和对鼠疫的看法。首先，塔鲁着重写了里厄夫人的沉默寡言，她用简洁的句子表达事物的习惯，还有她对一扇俯视着僻静街道的窗户的特别偏爱。傍晚她喜欢坐在这扇窗户后面，身子挺直，两手放松，一动不动地向窗外眺望，直到暮色照进房间，把她勾画成一道黑影，而后暮色渐深，再把她一动不动的影子淹没在黑暗里。塔鲁还提到她从一个房间到另一个房间时那种轻悄悄的步伐，还有她的善良，尽管没有得到确切的证实，但是塔鲁可以从她的一言一行感受到那种柔和的光芒；她似乎天生不需要（明显的）思考就能洞悉一切；最后，尽管她这样沉默寡言和不引人注目，但她不惧怕任何光，包括瘟疫咄咄逼人的光芒。写到这里，塔鲁的笔迹变得难以辨认起来，似乎是为了给这种内心的虚弱提供新的证据，最后几句话第一次流露出了他的内心感情："我母亲也像这样，我喜欢她那种同样的谦逊，我一直想和她在一起。8年来，我始终不能承认她过世。她只是比平时更不显眼而已，然而我回过头，她却不在那里了。"

我们该谈谈科塔尔了。自从统计数字开始跌落，他用不同的借口拜访过里厄几次。但事实上他每次都问了同一个问题，即里厄对疫情发展的预测。"你认为它会像这样停止吗，这么突然，一点征兆都没有？"他对这个问题表示怀疑，至少声称如此。但他所问的进一步的问题又显示他的信心并不那么坚定。1月中旬的时候，里厄已经在多个场合非常乐观地回答过这些问题，但一直没让科塔尔满意，他每次的反应都不一样，但不离暴躁和沮丧。到后来，医生不得不说，尽管统计数字显示出好转的迹象，但宣布胜利还为时过早。

"换句话说，"科塔尔说，"我们什么都不知道。瘟疫也许会继续下去？"

"是的，正像治愈率也有可能提高一样。"

可是这种人人都感到烦恼的不确定性，似乎对科塔尔却是一种安慰。他曾经在塔鲁在场的时候和他所在地区的一些店主谈话，在谈话中宣扬里厄的观点。无可否认，人们不难接受这种看法，因为在初步胜利的狂热过后．很多人又出现了怀疑的想法。看到人们的忧虑，科塔尔就安了心。可是在另外一些时候，他又感到沮丧起来。"是的，"他告诉塔鲁，"他们终究会打开城门的．那样一来，你看着吧，他们全都会抛弃我的！"

在1月25日以前，每个人对他情绪的多变感到吃惊。尽管他通常总是不遗余力地和熟人及邻居套近乎，但现在他会整天和人公开顶嘴。在这种情况下，塔鲁注意到他会突然和外界断绝联系，阴郁地躲回自己的壳里。饭店里，剧院里，他喜欢的咖啡馆里都再也看不到他的人影。可是，他似乎无法回到鼠疫爆发前的那种不引人注目的、单调的生活。他整天闭门不出，叫附近的一家饭馆给他送饭。

只有晚上他才鬼鬼祟祟出门买需要的东西，一买完就急急忙忙赶回去。如果塔鲁在这样的情况下遇见科塔尔，也只能从他那里得到嗯嗯啊啊之类的回答。可是，似乎在突然之间，他又会变得爱好交际起来，大声大气地谈论鼠疫，询问每个人的看法，每天晚上又高高兴兴地出现在人群里。

在当局发布公告那天，科塔尔一下子从朋友圈子里消失了。两天后，塔鲁碰见他在街上闲逛。科塔尔请塔鲁陪他走到郊区。塔鲁迟疑了一下，他正因为一天的工作感到特别疲劳。但是科塔尔执意请求，显得非常激动，声音又大，语速又快，双手挥舞个不停。他问塔鲁是否认为省里的公告标志着鼠疫的结束。当然，塔鲁认为一份行政公告本身不足以中止鼠疫，但有理由认为疫情即将结束，除非出现意外。

"对，"科塔尔说，"除非出现意外。但意外情况总会出现。"

塔鲁指出省里宣布两周后才开放城门，这说明在某种程度上对意外情况有所准备。

"那么他们做得很明智，"科塔尔还是显得阴郁不安，"因为从事情发展的趋势看，他们一定会把说过的话收回来。"

塔鲁承认这种可能性，但也认为期待城门早日开启，生活恢复正常也不是坏事。

"也许，"科塔尔说，"也许是这样。不过，你说的生活恢复正常是什么意思？"

"电影院有新电影可看。"塔鲁微笑着说。

但是科塔尔没有笑。他想知道人们会不会认为鼠疫没有改变城里的一切，一切都将开始恢复原貌，也就是说，就当什么都没有发生过一样。塔鲁认为：可以认为有了改变，也可以认为没有；从市民的内心来看，他们最大的愿望是能够像什么事都没有发生过一样继续生活，因此可以认为什么都没变；但是换一个角度来看，人们不可能忘记一切，无论他多么希望做到这一点，因为鼠疫无论如何都会在人们的心底留下痕迹。科塔尔非常坦率地说，他对人们的内心一点都不在乎，事实上他最不关心内心这种东西了。他感兴趣的是整个行政系统是否会发生改变，比如说，是否所有的部门会像从前一样运行。塔鲁不得不承认他也不知道。不过按照他的想法，所有这些部门都必定在鼠疫中遭到了破坏，重新运转的话会有麻烦。所以一定会出现大量的问题，至少那些旧机构是需要进行改编的。

“啊！”科塔尔说，“那是有可能的。一切都得重新开始。”

两个人已经走到了科塔尔家附近。科塔尔很激动，一副乐观的样子。他想象着城市将抹掉过去，从零开始继续生活。

“没错，”塔鲁说，“对你来说也一样。在某种意义上，这是新生活的开始。”

他们在门前握了握手。

“你说得对，”科塔尔越来越激动了，“重新从零开始，那样会比较好。”

但是正在这时，两个人从走廊的阴影里跳了出来。塔鲁正要问那两个家伙究竟想干什么；那两个衣冠楚楚，看上去像公务员的人已经向科塔尔核实他是否名叫科塔尔了。于是，后者发出一声低沉的惊叫，没等那两个人和塔鲁做出任何反应，就转身跑向黑夜里。塔鲁问那两个人要干什么。他们谨慎而有礼貌地说，只是想问一下情况，然后他们就迈着从容的步伐朝科塔尔消失的方向走去。

回到家里，塔鲁记下了这个场景，接着又马上写自己很疲倦（他的字迹可以作证）。他又接着写道，他还有很多事情要做，但这不能作为保持不了状态的理由，于是他问自己是否真正做好了准备。最后——或者说塔鲁的笔记结束的时候——他回答自己说，在白天或夜里，人们总会有一个感到自己懦弱的时候，除了这一刻，他别的什么都不怕。

二十八

两天后，距离城门开放没有几天了，里厄医生中午回到家里，想知道是否能收到他期待已久的那份电报。虽然这些天和鼠疫高峰期时一样精疲力尽，但一想到不久后就能恢复自由，疲劳也就不复存在。现在他有了希望，工作起来也高兴。一个人不能总绷着弦儿，不能总是硬撑着。现在，为了和鼠疫做斗争拧起来的那些劲儿，终于可以放松自由啦，这是令人高兴的事。如果期待的那封电报也传来了好消息，那么里厄就能够重新开始了。在他看来，似乎每个人都正在重新开始他们的生活。

他走过门房的时候。新来的守门人把脸贴在小窗上向他微笑。在上楼梯的时候，那人因为劳累和贫困而显得苍白，然而微笑着的脸仍然漂浮在里厄眼前。

是的，当这段“抽象”的时期结束后，他会有一个全新的开始的。要是运气好的话——但是当他带着这些想法打开门后，正好看到塔鲁夫人下楼迎接他。她告诉他，塔鲁先生不舒服。他早上起来过，但是没力气出门，只好又躺回床上。里厄夫人很担心。

“可能没什么严重的。”里厄说。

塔鲁正疲惫地躺在床上，他的大脑袋深陷在长枕头里，宽阔的胸膛在厚毯子下面显露出清楚的轮廓。他发热了，而且头疼。他对里厄说虽然不能肯定，但这很可能是鼠疫的征兆。

“不，现在还不能断定。”里厄为他做过检查后说。

但是塔鲁感到非常口渴。在走廊里，医生告诉母亲，说塔鲁可能患了鼠疫。

“啊！”老太太惊叫道，“这怎么可能，怎么会现在得上！”

她随即说：

“我们把他留在这儿，贝尔纳。”

里厄考虑了一下。

“我没有这个权利，”他说，“但是城门就要重新开放了。我想，如果你不在这儿的话，我擅自做个主还差不多。”

“贝尔纳，”老太太说，“把我们俩都留下。你知道我刚打过再接种疫苗。”

医生说塔鲁也做过重复接种，但也许因为他太累，忘记上次做注射或者忘记采取预防措施才患了病。

里厄走进门诊室，回到卧室的时候，塔鲁看到他拿了几大安瓿血清。

“原来如此。”他说。

“不，这是个预防措施。”

塔鲁一言不发地伸出胳膊，像他自己给别人注射时一样，让医生为他做了长时间的疫苗注射。

“我们晚上再看看情况。”里厄直视着塔鲁，说道。

“把我隔离起来怎么样，里厄？”

“还不能完全确定你得了鼠疫。”

塔鲁勉强笑了笑。

“这是我第一次看见你在没有下令隔离的情况下给病人注射血清。”

里厄把目光转开：

“有我母亲和我照顾你。你在这里会舒服一点的。”

塔鲁没说话，里厄把那些安瓿放好，想等塔鲁在他转过身之前说话。最后，他走到床边。塔鲁正在看着他。他面容疲倦，但灰色的眼睛平静如常。里厄笑了。

“能睡的话先睡一会儿。我很快就回来。”

里厄正要转身出门，听见塔鲁叫他。他转过身。但塔鲁有些迟疑，好像不知道怎么说才好。

“里厄，”他终于开口说，“你必须把我需要知道的全告诉我。”

“我保证。”

塔鲁的脸扭曲着，露出一个微笑。

“谢谢你。我不想死，我会争取活下去。但是如果我失败了，我也想死得体面一点。”

里厄俯下身，紧紧抓住他的肩膀。

“不，”他说，“要做一个圣人，你得活着。你要活着打赢它。”

那天天气开始很冷，后来暖和了一点，下午下了几场瓢泼大雨和冰雹，傍晚时，天气微微放晴，但变得寒冷刺骨。里厄晚上才回家，回家之后大衣没顾上脱就赶到塔鲁房间里。他母亲正在那里打毛线。塔鲁好像一直没移动过位置，但他的嘴唇因为发烧显得发白，表明了他的努力抗争。

“怎么样？”医生问。

塔鲁在床上微微欠起身子。

“啊，”他说，“我要输了。”

医生俯身观察着他。塔鲁滚烫的皮肤下出现了肿胀的淋巴结，他的胸膛里好像有一个铁匠炉的风箱。很不寻常，塔鲁表现出了两种鼠疫的症状。里厄直起身子，说血清还没有得到充分的时间完全发挥功效。塔鲁想回答，但一阵热潮涌在他喉咙里，淹没了他的话。

晚饭后，里厄和母亲坐在病人旁边。这个晚上塔鲁面临的是一场残酷的战争，这场天使和瘟神的斗争将一直持续到黎明。塔鲁宽阔的肩膀和胸膛并不是他最好的防御武器；而是刚才里厄通过注射促使其流动的血液，正是在那些血液里，存在着任何科学都无法解释的、比灵魂更加深奥的东西。里厄能做的只是看着朋友斗争。至于他采取的治疗手段，比如注射兴奋剂，促进脓肿成熟——几个月来反复的失败已经让他懂得了这些应急手段的真正价值。事实上，在这一过程中他唯一起到的作用，是给那些往往不会主动出现的好运气创造一些有利的条件。运气是他不可或缺的伙伴。因为里厄面对的是鼠疫令人困惑的一面。然而鼠疫再次竭尽全力试图打乱人们用来对付它的办法，它在最令人意想不到的时候忽然出现，然而又在看似牢牢站稳脚跟的时候突然消失了踪影。又一次，它企图把水搅浑。

塔鲁一动不动地抗争。整整一夜，他在病魔的袭击下没有表现出一丝不安，全靠沉默和顽强抵抗着。但他也没有说一句话，他用这种方式表示他没有松懈的余力。里厄一直盯着他的眼睛，以此跟踪他的病情。塔鲁的双眼时而睁开，时而闭上；眼皮时而绷紧，时而松弛，在放松的时候，他的目光会紧盯着一个物体，或者停留在医生和他母亲身上。每当医生和他目光接触，塔鲁都会以极大的努力露出微笑。

有一会儿，他们听见街上有匆匆的脚步声。人们似乎在由远及近的哗哗声里逃散，最后大街上充满了流水声：又下雨了，很快，雨里夹杂着雹子噼噼啪啪落在人行道上。窗前的遮阳棚哗啦啦响个不停。在昏暗的屋子里，里厄的注意力被雨声吸引了片刻，然后回头继续看看床头灯下的塔鲁。他母亲还在打毛线，不时抬头关切地看看病人。这时里厄已经做完了他该做的一切。大雨过后，屋里愈显寂静，但寂静里充斥着一场看不见的战争的无声的骚动。他的精神因为失眠而显得过于兴奋，在寂静之外，他似乎听到了整个鼠疫期间一直伴随着他的那种柔和、有规律的呼啸声。他朝母亲点点头，示意她去睡觉。但老太太摇了摇头，眼睛里没有一点睡意，然后低头认真检查起一处可疑的针脚。里厄站起身给塔鲁喂了点水，然后又回到自己的位子上。

窗外，几个路人趁着暴雨的间隙快步从人行道上走过。他们的脚步声越来越弱，最后消失在远处。这时医生才第一次发觉，这天晚上有很多迟归的人，也没有听到救护车的笛声，就像鼠疫之前的夜晚一样。这是一个摆脱了鼠疫束缚的夜晚。然而病魔似乎被寒冷、灯光和人群驱赶，从城市的黑暗深处逃了出来，躲进这个温暖的房间，对一动不动的塔鲁展开了最后的袭击。瘟疫已经无力在天上挥舞它的连枷，而是在这个房间沉重的空气里轻声呼啸。这就是里厄听了几个小时的声音，他要制止它，让它在这里也承认失败。

黎明前不久，里厄欠身对母亲说：

“你该去睡一会儿，这样到8点钟才能接替我。睡觉前记着喝药水。”

里厄夫人站起来，把毛线活放好，走到床边。这段时间塔鲁的眼睛一直闭着。他的头发被汗水浸湿，一绺绺地贴在额头上。里厄夫人叹了口气，塔鲁的眼睛睁开了。他看见俯在身前的慈祥的面容，于是在一波波热浪的冲击下，他的脸上又出现了那种顽强的笑容。但他的眼睛又很快紧闭起来。母亲走后，里厄坐在她的那张椅子上。大街上寂静无声，屋里可以感觉到清晨的寒意。

医生打起瞌睡来，但黎明的第一辆马车惊醒了他。他打了个寒战，看了看塔鲁，意识到病情暂时缓和，塔鲁也睡了。马车用金属和木头做的轮子哐当哐当地消失在远方。窗户外面，天还是漆黑一片。医生走到床头，发现塔鲁正面无表情地看着他，好像还处在睡眠边缘一样。

“你真睡着了，是吗？”

“是的。”

“呼吸轻松点没有？”

“有一点，那能说明什么吗？”

里厄迟疑了一下．然后说：

“不能，塔鲁，什么都说明不了。你和我一样明白症状常常在早上出现缓解。”

塔鲁点点头表示同意。

“谢谢你，”他说，“始终准确地告诉我实情。”

里厄在床边坐下来。在他身边可以感觉到病人的双腿，像墓石上的雕像一样僵硬。塔鲁的呼吸又开始沉重起来。

“又要发烧了，是吗，里厄？”他有气无力地问。

“是的，不过到中午我们就知道实际情况怎么样了。”

塔鲁闭上眼睛，似乎在积蓄力量。他的脸上有一种筋疲力尽的表情。他正在等待已经从体内深处骚动起来的热度的再次进攻。再次睁开眼时，他表情呆滞，直到看见里厄才活泛一些。

“喝点水。”医生说。

塔鲁喝过水。然后重新躺回去。

“时间过得真慢。”他说。

里厄抓住他的胳膊，但是塔鲁正看着别的地方，没有做出反应。在突然之间，热潮像冲破了内部的堤坝一样席卷过他的身体，冲上他的额头。当塔鲁再次向医生转过头来的时候，里厄憔悴的面容露出鼓励的神色。塔鲁又一次试图微笑．但笑容没有挣破紧锁的牙关和被白色泡沫封闭的嘴唇。但是在他僵硬的脸上，那双眼睛仍然闪耀着勇气的光芒。

7点钟时，里厄夫人回到房间里。医生去诊室打电话给医院安排换班。他同时也打算推迟门诊时间，在沙发上躺一下，但他几乎刚躺下就随即起身回了卧室。塔鲁的头转向里厄夫人的方向，他正在看着那个弯着腰坐在他身边椅子上的小小的身影，她交叠双手放在腿上。他这样专注地凝视着她，于是里厄夫人竖起一根手指在嘴唇上示意，然后起身关掉了床头灯。但是天光正在窗帘背后迅速变亮，然后穿过了窗帘，当病人的脸从阴影里浮现出来时，里厄夫人发现他仍在看着她。她俯下身，给他把枕头拉平，然后直起身，把手在他潮湿而卷曲的头发上放了一会儿。这时她听到塔鲁沉闷的声音，似乎从很远的地方传来一样，向她表示感谢，并说现在一切都好。等她重新坐下来，塔鲁已经闭上了眼睛，他脸色疲惫不堪，尽管仍然牙关紧闭，但再一次微笑起来。

中午的时候。发热达到了顶峰。一种牵动五脏六腑的咳嗽摇动着病人的身体，他开始咳血。淋巴结停止继续肿大，但没有消退，硬的像铁而且深入肌理，里厄认为不可能进行切口处理。在一阵阵咳嗽和发热的间隙，塔鲁不时看着他的朋友们。但没过多长时间，他睁眼的次数就越来越少了。每一次，他饱受摧残的面容就变得苍白几分。病魔就像一场暴风雨，用一阵阵的抽搐摇动他，用越来越频繁的闪电点燃他的身体。塔鲁在暴风雨中慢慢地不省人事。现在，留在里厄面前的只是一副永远失去笑容、一动不动的像面具一样的脸。这个曾经对他而言如此亲近的人，现在已经被瘟神的猎矛刺穿，被灼热的、非人的火焰炙烤，在邪恶的连枷的打击下变得扭曲；他正在他眼前沉进鼠疫的黑色洪水里，但他面对这幕惨剧束手无策。只能站在岸边，空张着双手，心如刀绞，再次感到自己的无力。挫败的泪水模糊了他的双眼，使他没有看到塔鲁突然一翻身，面朝墙壁，好像身体里的一根重要的弦突然绷断一样，发出一声空洞的呻吟，然后离开了人世。

接下来的一个夜晚，不再有抗争，只有寂静。在死者安宁的卧室里，站在已经换上便服的尸体旁边，里厄感到一种惊人的平静，就像很多天以前的那个晚上，在人们攻击过城门之后，站在联排天台上，凌驾于瘟疫之上所感到的那种平静。在那时他谈起过病人在病床上过世之后，从病床上感受到的那种平静。是的，这一刻都是同样的，同样肃穆的间隙，战斗后的暂时平静，这是一种失败的平静。但是这一刻的寂静包围着他的朋友，似乎触手可及，又和从鼠疫中解放出来的街道和城市中的寂静是如此浑然一体，面对此情此景，里厄感到这是一次决定性的失败，这场失败结束了战争，又把和平本身变成了一种无可补救的痛苦。里厄不知道塔鲁最终是否找到了安宁，现在一切都结束了，但他感觉自己从此以后是不可能找得到内心的平静了。就像一个和亲骨肉分离的母亲，或一个埋葬了朋友的男人一样，暂时的麻木之后是永恒的哀伤。

这是一个同样寒冷的夜晚，星星被冻结在晴朗而冰羚的天空。在光线昏暗的房间里，可以感到窗外逼人的寒意，听见漫漫长夜苍白的叹息。里厄夫人以习惯的姿势坐在床边，她的右侧被床头灯照亮着。在屋子中间，在灯光照亮的一小圈外面，里厄坐在那里等着。他不时想到妻子，但每一次都在想法出现后压了下去。

入夜后，过路人的鞋跟在寒夜里发出清晰的咔嗒声。

“你都安排好了？”里厄夫人说。

“是的，我打了电话。”

然后，他们继续默默收着。里厄夫人时不时地看看儿子。里厄碰到她的目光，就报以微笑。夜晚街上熟悉的声音继续着。尽管禁令尚未解除，很多车辆又开动起来。这些车飞快地驶过路面，消失了，而后又再次出现。说话声，喊叫声，接着归于寂静，一匹马的马蹄声，两辆电车驶过弯道的刺耳摩擦声，隐约的嘈杂声，接着再次响起夜的叹息声。

“贝尔纳？”

“嗯？”

“你不累吗？”

“不累。”

里厄知道母亲在想什么，她爱自己。可是爱一个人是不够的，或者至少可以说。爱没有足够的力量来自我表达。所以他和母亲总是默默地互相关爱。有一天，轮到她，或者他死去的时候，两个人在生活里没有任何时候能够进一步倾诉彼此的感情。他和塔鲁也曾经这样一起生活。他已经死了，就在这个下午，他们也没能得到时间真正体味他们的友谊。按照塔鲁的说法，他没有赢得这场游戏。但是他，里厄，又赢得了什么呢？他了解了鼠疫并化作了回忆，懂得了友情也化成了回忆，认识了爱，然而有一天爱也将成为回忆。在鼠疫和生命的游戏里。一个人能赢得的只有认识和回忆。也许这就是塔鲁所说的“赢”了游戏的意义！

又一辆车驶过，里厄夫人在椅子上动了动身子。里厄对她笑了笑。她告诉他说不累。又紧接着说：

“你应该去那儿休息一下，去山区。”

“一定，妈妈。”

是的，他会去休息一下。为什么不去呢？那也将是一个回忆的借口。只能与已知和记忆一起生活，却被剥夺了希望，如果这就是赢了这场游戏的意义，这样的生活将是多么残酷。无疑塔鲁就是这样生活的，而且他深深知道没有幻想的生活是多么苍白。没有希望，就不会有内心的安宁，尽管塔鲁认为谁都无权判别人的刑，但他也明白谁也控制不住自己，就连受害者有时也会成为刽子手——塔鲁生活在混乱和矛盾的状态里，他从来没有认识到希望。这就是他渴望成为圣人、通过帮助别人寻求内心安宁的原因吗？说老实话，里厄不能回答，但这无关紧要。他会永远记着一个曾经双手驾着他的汽车的人，还有他魁梧敦厚的身体，现在一动不动躺在这里的情景。温暖的生命和死亡的图景：那就是认识。

第二天早晨。里厄收到妻子死亡的消息时显得异常平静，无疑就是因为这个原因。他正在门诊室里。他母亲几乎小跑着给他拿来了一封电报，然后又回去给信童小费。她赶回来的时候，里厄正拿着那张展开的电报。她看着他，但里厄固执地凝视着窗外，盯着港口上缓缓苏醒过来的崭新的一天。

“贝尔纳。”里厄夫人叫道。

医生精神恍惚地看着他。

“电报上说了什么？”

“就是那件事，”他承认，“一周以前。”

里厄夫人也把目光转向窗外。医生没说话。然后他让妈妈不要哭，说他一直有预感。但这终究很难接受。在说这番话的同时，他感到这在他受的痛苦里并不出奇。几个月来，最近两天里，他每天都经历着同样的痛苦。

二十九

2月一个晴朗的早晨，黎明时分，城门终于开放了。市民们、报纸、电台包括省政府的公告都对这一事件表示了庆贺。这提醒讲述者对城门开启后的欢庆场面加以记录，尽管他分身乏术，没有全心全意参与这件盛事。

大规模的庆祝活动进行了一天一夜。同时火车在车站里冒起烟，远洋的轮船也已经朝我们的港口航行，它们以各自的方式标志着这个饱受离别之苦的人们重聚的重要日子。

不难想象很多饱经离别之苦的市民们的心情。整整一天，到站和出发的火车都载满了人。由于担心当局在最后一刻变卦，所以每个人都在等待城门开启的两周里充满疑虑，早早预定了车票。一些进城的旅客还没有完全打消疑虑，因为尽管他们对亲人的遭遇有所了解，但对其他人，对这座城市本身一无所知，因此他们把城里想象得很可怕。不过这种情况仅限于在这一时期不曾经受爱情煎熬的人。

那些饱受相思之苦、终于盼到和爱人相会日子的人却惶恐起来。在长达几个月的流亡生活里，他们一个劲地希望时间过得更快，甚至当奥兰城遥遥在望的时候，他们仍然希望火车再开快一点；可是一旦火车开始刹车，将要停下来的时候，他们反而希望时间慢下来，最好停下来。他们有一种强烈的、无法捉摸的感情，过去几个月损失的爱情使他们产生了一种不切实际的想法，希望即将来临的快乐时光过得越慢越好，最好比等待的时间慢上一倍。而那些等待他们的人（比如朗贝尔，几周前就得到了妻子的消息，后者决定用尽一切办法赶到这里）也都同样焦躁不安。朗贝尔在不安和战栗中等待，怀着几个月来被鼠疫消磨成一种抽象观念的爱或感情，以此迎接支撑他度过了那段时间的爱人。

他真想再次变回鼠疫开始时的那个想一跳跳出城外，一路奔跑着去和爱人相见的人。但他知道那是不可能了。他已经变了，鼠疫给他带来了一种漠然的心态，尽管他极力摆脱这种心态，但它像一种麻木的疼痛一样纠缠着他。在某种意义上，他感到鼠疫结束得太突然；他还没有准备。幸福全速降临，形势的变化超出了期望。朗贝尔意识到他长久期盼的一切将在如此短的时间内成为现实，快得甚至令人来不及好好品味。

的确，每个人都自觉不自觉地有着同样的感觉，因此，我们在这里谈的是月台上每个人的情况。在这个站台上，他们的个人生活得以继续，然而他们彼此交换着目光和微笑，仍然有一种患难与共的感觉。不过，一看到远来的火车的白烟，那种被放逐的感觉就突然随着令人眩晕的狂喜烟消云散了。当火车停下来的时候，始于同一个站台的令人肝肠寸断的分离也在一瞬间，在贪婪地拥抱住已经变得生疏的躯体的同时宣告结束。直到那个奔跑过来的人影扑进怀里，朗贝尔还没来得及仔细端详伊人的容颜。他用双手搂着爱人，把她的头贴在自己身上。他看着那熟悉的长发，泪水不禁一涌而出，不知道是因为此刻的幸福，还是因为压抑了太长时间的痛苦。不过，这些泪水也使他无法断定埋在他肩窝里的那张脸是他曾经朝思暮想的脸，还是正相反，是一个陌生女人的脸。以后他会弄明白这个疑团的。至于眼下，他只想像周围的所有人一样，相信鼠疫来了又去，但爱情始终如一。

他们一对对依偎着回到家里，带着战胜鼠疫的欢欣，对周围的世界视而不见，全然忘记了痛苦和那些乘坐同一辆火车却发现没人等候他们、默然无语、正打算回家证实他们担心的事情的人。对那些现在只感到新的痛苦，或者正在悼念失去亲人的人而言，情况是非常不同的，他们的离别之情反而在此刻达到了顶峰。这些母亲，丈夫，妻子或爱人，他们的一切快乐已经随着某个被埋葬在无名墓地或已经化为灰烬的人远去，对他们而言，鼠疫还在那里。

但谁会考虑这些孤独的人呢？到了中午，阳光压倒了一早徘徊不去的寒意，用宁静的光不停歇地温暖着这座城市。从堡垒和山丘上，欢庆的炮声不断地在宁静的天空下鸣响。全城的人都跑出去庆祝这一万众欢腾的时刻，这一刻标志着痛苦已经结束，但遗忘尚未开始。

他们在每一个广场上跳舞。马路上日渐拥挤，汽车也多了不少，在拥挤不堪的马路上艰难行驶。城里钟声齐鸣，整整响了一下午，蔚蓝色的晴朗天空里充满了颤动的回声。各处的教堂举行了感恩仪式。不过，与此同时，各个娱乐场所也人满为患，咖啡馆抱着今朝有酒今朝醉的想法，把剩下的烈酒存货全端了出来。柜台前的每个人都兴奋异常，吵吵闹闹，几对情侣旁若无人地拥抱和亲吻，一点不在意别人怎么看。每个人都在吵嚷和欢笑。几个月来，他们一直把个人的感情放在次要地位，在这一天。他们把几个月来累积的热情全部发泄了出来；这一天是他们得以幸存的日子。明天再去过沉默拘谨的正经日子吧，至于眼前，人们无论出身，都像亲兄弟一样挤在一起。死亡的威胁不能达到的平等，至少在这几个小时时间里，在解放的快乐中得到了实现。

但这种普遍的欢庆局面并非全部。傍晚的时候，和朗贝尔一起簇拥在大街上的人里面，一些人平静的外表下往往隐藏着更为微妙的欢乐。很多男女和家庭看似在平静地散步，其实更大程度上是在重温他们曾经遭受过苦难的地方，同时向新来者指出或明显或隐蔽的鼠疫的痕迹，或者说历史的遗迹。在少数情况下，他们乐于充当向导——作为有阅历和经历过鼠疫的人——他们不提恐惧，却对鼠疫的危险夸夸其谈。这是一种无伤大雅的乐趣。但在另一些情况下，这种旅游活动却显得情意绵绵，当一位情人陷入甜蜜而痛苦的回忆时，可能对他的爱人说：“就是在这里，一个今天这样的晚上，我想你想得发疯，但你却不在身边。”这些恋人是很容易认出来的：在熙熙攘攘的人群里，他们窃窃私语，充满信心，就像一座座醒目的小岛。他们比街头的乐队更能表达人们获得解放的心情，因为这些如同着了魔的情侣们紧紧搂抱着，即使不说话，也能在嘈杂的人群里以一种完全赢得胜利的、令人羡慕的快乐大声宣布：鼠疫已经结束，恐惧烟消云散。尽管证据还在，他们已经若无其事地否定了我们曾经熟悉的死个人就像死了一只苍蝇一样的世界，那种明确无疑的野蛮状况，那种有据可查的疯狂和伴随着可怕的自由放任的囚禁生活，那种令每个活着的人不知所措的死人的恶臭。总之，他们否认我们曾经是一群麻木不仁的人，曾经每天看着我们的一些同类被填进焚尸炉，苟活者则臣服于软弱和恐惧的锁链，等着自己前途未卜的命运。

至少，当里厄一个人在钟声、在隆隆的炮声里、在音乐和震耳欲聋的喊叫声里朝市郊走去的时候，心中就是这样想的。他的工作还在继续：病人没有节日。在照耀着奥兰城的温暖宜人的阳光下，可以闻到烤肉和茴香酒的气味。身边的人们仰天欢笑，一对对男女偎依在一起，因为兴奋而显得容光焕发，因为欲望而叫喊。是的，鼠疫结束了，恐惧不再；这些纠缠在一起的手臂用最深刻的语言表明了曾经的流放和分离。

几个月来，里厄第一次感到他能够把握大街上行人表情的相似之处。这种表情现在足以引起他的注意。鼠疫已结束，痛苦和匮乏也成为过去，所有这些人终于穿上了体现他们长久以来社会角色的服装，这在鼠疫时期移民的表情上，他们现在所穿的体现他们遥远故乡的服装上表现得特别明显。从鼠疫关闭城门的那一刻开始，他们就生活在疏离的状态里。远离人类的温暖，这种状态致使他们忘记了一切。从不同程度上．这些男男女女在城里的每个角落都渴望着重聚，虽然每个人的情况都有不同。但结果都是不可能的。一些人强烈思念不在身边的亲人，为了身体的温暖，为了爱，或者只是为了习惯的生活。还有一些人，常常不自觉地因为失去友谊。或无法通过通常的途径如信件、火车、轮船和友人接触而痛苦。另一些人，数量很少——也许塔鲁就是其中的一位——愿意做一些他们不能明确定义，但在他们看来唯一值得做的事情。因为找不到更好的名字，他们有时称为安宁。

里厄继续走着，越走身边的人越多，嘈杂声也越大，似乎要去的郊区正在向远处移动一样，感觉越走越远。他一点一点地融进这个吵吵嚷嚷的群体，同时对身边的叫喊声有了更深的领会，毕竟，在某种程度上，这也是他自己的声音。是的，他们曾经一起经受过苦难，因为难以忍受的疏离感，因为惨痛的放逐和无法满足的渴望，在肉体和心灵上留下了创伤。在死人堆里。救护车的警笛声里，在所谓命运的警告下，在恐惧和内心反抗的无法抗拒的压迫中，一个巨大的声音曾经一直向他们呼喊，告诉这些生活在惊恐中的人，让他们必须回到他们真正的故乡。然而在这些人的心目里，真正的故乡远在这个令人窒息的城市的城墙之外。它在山上散发着芬芳香气的草丛里，在大海上，在自由的国度和他们沉重的爱情里。他们渴望回到故乡，重新过上快快乐乐的生活，至于其他的一切，他们都不屑一顾。

这种放逐和重聚的愿望有什么意义呢，里厄也无从得知。人们向他喊叫，从各个方向推挤着他，他慢慢走进一条不太拥挤的街道。他想，这些事有没有意义不重要，但是必须看到，对于人类的希望，这里所出现的回应。

现在他知道这些回应是什么了，在走进郊区那些几乎空荡荡的街道时，他的体会更深了。那些执着于小我的人，一心想回到他们爱的家园，他们或许得到了回报——尽管其中的一些人还孤身一人走在街头，而且他们曾经等待的人不在身边。可是这些人没有遭受双重分离的人还算是幸运的，像那些在鼠疫前没有为他们的爱情建立一个坚实的基础，花费多年时光盲目求得一纸协定，勉强生活在一起的爱人一样。这些人就像里厄一样，轻率地把希望寄托在时间上，现在却收获了永远的离别。但是另外一些人，比如朗贝尔——医生早上曾对他说："勇敢点！现在是你证明自己正确的时候了。"——已经很快迎回了他们原以为失去的恋人。总之，在一段时间里，他们将感到幸福。他们现在明白，如果说存在一种人们一直渴望获得但有时又能真正得到的东西的话，这就是人类的感情。

相反地，对那些目光超越了人类个体，触及他们自己也无法描述的领域的人来说，答案是不存在的。塔鲁似乎达到了那种他所说的几乎无法企及的安宁，但他临死的时候才得到，这个时候对他已经失去了意义。作为比较，里厄见到另一些人在家门口，在暗淡的光线下紧紧搂抱在一起，像着了魔一样互相凝视着：如果说他们找到了他们向往的东西，那是因为他们所要求的是取决于他们自身的唯一的东西。在拐进格朗和科塔尔居住的那条街道时，里厄想到，对于局限于人类本身及其卑微而令人敬畏的爱情的人而言，是应该时常得到一些快乐作为奖励的。

三十

这篇叙事行将结束，也到了贝尔纳·里厄医生承认他的作者身份的时候。但在记述结束的场景之前，他希望至少解释一下他写这篇作品的理由，并指出他力图采用的公正旁观者的语气。在整个鼠疫期间，他的职业使他能够观察大多数市民，并了解他们的感受。因此他有记录这些所见所闻的条件。不过他希望在讲述时保持必要的克制。总体上，他一直慎重地避免记录他没有亲眼看到的事件，同时也避免把一些无法证实的想法安插在他鼠疫时期的伙伴身上，并仅利用一些因为机缘或不幸事件落到他手里的文档作为参考。

有幸为一种罪行见证，他像一个善良的证人应当做的那样，保持了一定的克制。然而，遵照他的良心，他站在受害者一边，并和他的同胞分享他们共同的确定无疑的经历——爱情，放逐和痛苦。因此他可以问心无悔地说，他们的忧虑都曾经是他的忧虑，他们的困境也曾经是他的困境。

作为一个忠诚的见证人，他讲述的主要是人们的所作所为，以及从档案里搜集到的资料。至于他个人的烦恼和长期的焦虑，他的职责使他保持沉默。当他偶尔提到这些问题的时候，那只是为了让别人更好地理解他的市民朋友，并尽可能明确地把他们在很多时候隐约感觉到的东西表现出来。说实在的，他认为这种理性的努力一点都不难。每当他想在成千上万名受害者痛苦的呼声里加入自己的评论时，就会想到他自己的痛苦没有一种不是别人的痛苦，而在一个痛苦往往需要一个人孤独承受的世界上，这反而是一种好处，于是他就因此作罢。毫无疑问，他必须代表所有人讲话。

但是，至少有一个市民是里厄医生所不能代表的。有一天塔鲁曾这样向里厄说起他："他唯一真正的罪过是从心底里认可那种杀害男人、女人和儿童的事情。别的我都能理解，要不是这样的话，我会原谅他的。"这个人有一颗愚昧，也可以说是孤独的心，讲完他的事，我们的这篇记录就可以结束了。

当里厄离开人声鼎沸的大街，正要拐进格朗和科塔尔所在的那条街道时，被一排警察拦住了。这实在出人意料。远处的喧闹声更显出这里的寂静。他原以为这里一个人都看不到呢。他出示了名片。

"不行，医生，"一个警察说，"有个疯子正对着人群放枪。但是你最好留在这里，我们也许会需要你。"

这时。里厄看见格朗朝他走过来。格朗也不知道怎么回事。人家不让他过去，但他得知子弹是从他家所在的那栋房子里打出来的。事实上，在这个距离，他们能看到那栋被夕阳镀上一层金色的楼房。那栋楼房前是一片开阔的空地，一直延伸到对面的人行道。路中间可以看到一顶帽子和一块脏东西。更远处，在街道的另一头也有一排警察，几个本地区的居民在后面快步走着。仔细一看，还能发现一些警察拿着左轮手枪，躲在那栋楼房对面房屋的门道里。

那栋楼房所有的窗户都关着，只有三楼有一扇窗户半开着。这条街上鸦雀无声，只能听到市中心断断续续传来的音乐声。

突然之间，从那栋楼房对面的房子里发出了两声枪响，那扇半开的百叶窗碎片乱飞。然后周围又静了下来。站在这里，经过一天的喧嚣之后，这个场面让里厄产生了不真实的感觉。

“那是科塔尔家的窗户呀，”格朗突然显得非常不安，“但是科塔尔已经消失一阵子了。”

“他们为什么开火？”里厄问那个警察。

“他们在干扰他。我们正等着运装备的车来，因为不管谁靠近那座楼房的大门，他都会开枪。一个警察已经中了枪。”

“他为什么要开枪？”

“天知道。人们正在街上庆祝。第一声枪响的时候。他们还都不知道怎么回事。接着又是一枪，人们惊叫起来，有人受了伤，于是大家都逃走了。那个人是个疯子，就是这样。”

在新一轮的寂静中，时间似乎过得非常慢。街道远端突然有一条狗跑了出来，那是一条脏兮兮的西班牙猎狗，它一定是被主人一直藏起来的。这条狗沿着墙边小跑过来，在靠近那栋房子大门的地方停下来，蹲坐在地上，扭头舔舐身上的毛。几个警察朝它吹口哨。招呼它过来。它抬起头。然后慢慢走到路中间，闻了闻那顶帽子，这时三楼传来一声枪响，那条狗像翻煎饼一样在空中翻了个筋斗，四只脚在空中踢腾着，然后侧身倒在地上，一边抽搐，一边浑身颤抖。警察立即还击，对面大楼的门口又开了五六枪，那扇百叶窗被打得更烂。接着又平静下来，夕阳又下沉了一点，阴影正在爬上科塔尔家的窗户。医生后面的街道上传来轻轻的刹车声。

“他们来了。”那位警察说。

一些警察出现在他们身后，拿着绳子，一架梯子和两个用油布包起来的长方形的东西。他们走左侧的街道。绕到格朗所住那栋楼房对面的房屋背后。过了一会儿，那些房子门口出现了一些骚动。然后又安静下来。那条狗已经不再挣扎，躺在一摊暗红色的血泊里。

突然之间，从被警察占据的那栋房屋的窗户里，冲锋枪嗒嗒地响了起来。那扇百叶窗碎成一片片落下来，露出一个黑洞，但从里厄和格朗所在的地方什么都看不见。一阵射击停止后。另一支冲锋枪又从另一个角度开了火，从更远处的一栋房子里。子弹无疑是朝窗户里打的，窗户周围的砖被打碎了一圈。与此同时，三名警察跑过大街，消失在门里。同时另外三名警察也迅速冲了进去，枪声停止了。其他人原地等待。那栋楼房里传出两声爆炸声。接着又响起了越来越明显的吵闹声，一个穿着衬衣的小个子哀号着被拖了出来。就像变魔法一样，街道两边紧闭的百叶窗齐齐打开，窗户口挤满了好奇的观众，警戒线后也一下子冒出很多人。这会儿，那个小个子被拖到了马路中间，两脚着地，双臂被警察反剪在背后。他在叫嚷，一个警察跑上来，相当冷静地狠狠给了他两拳。

“是科塔尔，”格朗结结巴巴地说，“他疯了。”

科塔尔跌倒在地上。他们看见那个警察又朝他用力踢了一脚。接着一群人开始乱糟糟地朝医生和格朗这边走过来。

“别站在这里！”一个警察说。

那群人经过的时候，里厄把头转开了。

夜幕降临时，格朗和医生离开了。这场事件似乎打破了四邻的麻木状态，偏僻的街道上开始挤满了欢庆的人群。格朗在家门口向医生告别。他要去工作。不过正当他要上楼梯时，又回头对里厄说，他已经给让娜写了信，他现在很高兴。他已经重新开始推敲那个句子了：“我去掉了所有的形容词。”

他带着淘气的微笑举起帽子，做出一个隆重的姿态。可是里厄正在想着科塔尔，他一边朝老哮喘病人家走，一边回想着拳头打在科塔尔脸上发出的沉闷声音。也许想一个有罪的活人比想一个死人更令人难受。

赶到老病人家里时，天已经黑了。在老病人的卧室里，老人一边听着远处人们自由自在欢庆的声音，一边继续安然地整理着他的豆子。

“他们应该乐一乐，”他说，“什么苦头都吃过了。你的同事怎么没有来，医生？”

他们听见了爆炸声，不过是无害的那种，孩子们在放爆竹。

“他死了。”医生一边用听诊器听着病人胸膛的杂音，一边说。

“哎呀！”老人惊叫了一声，但不知道该说什么才好。

“他是患鼠疫死的。”里厄补充道。

“是啊，”过了一会儿，老人感慨地说，“好人先走。这就是生活。不过他是个有想法的人。”

“你这个说法是怎么得来的？”医生把听诊器放好。

“没有原因。他不轻易开口说话。我喜欢他。就是这样。别人会说：‘这是鼠疫呀，我们经历了鼠疫。’接下来，他们就想为自己要一块奖章。但是鼠疫到底是怎么回事？不过就是生活罢了。”

“你要确保定期使用吸入剂。”

“啊，别担心！我还有好长时间要活，我会看着他们都死在前面。我懂得怎么保命，我懂。”

欢快的叫喊声从远处回应着他。医生在屋里站了一会儿。

“我去天台上一下，你不介意吧？”

“一点也不！你想从那里看看他们吗？别客气。不过他们还和过去一模一样。”

里厄朝楼梯走去。

“告诉我，医生，他们打算为鼠疫中死掉的人树一座纪念碑，这事是真的吗？”

“报纸上是这样说的。纪念柱或者纪念碑。”

“我就知道！还会有人演讲呢。”

老人笑得气都透不过来。

“我都能听见他们说什么了：‘我们亲爱的……’接着他们就回去吃大餐了。”

里厄上了楼梯，冰冷辽阔的天空在房顶上闪闪发光，靠近山冈的地方，星星显得像燧石一样坚硬。这天晚上和那天没什么两样，那一次为了暂时忘掉鼠疫，他和塔鲁爬到了这个房顶上。不过，今天海水拍打崖壁的声音比从前更响亮，空气平静而透明，没有秋天空气里特有的海水的咸味。城里的喧闹声仍然像海浪一样一波又一波地冲击着平台的底部。但这个晚上是解放的夜晚，不是叛乱的夜晚。远处，一片暗红色标记出城里的大街和灯火通明的广场。这个自由的夜晚，欲望无拘无束，汇成了里厄耳边的声声洪流。

城外黑沉沉的港口升起了政府的第一批庆祝礼花。城里的人用一片悠长低沉的欢呼声迎接了这一刻的到来。科塔尔，塔鲁，那些里厄爱过而又失去的男男女女，所有这些人，无论是死去的还是有罪的，都被遗忘了。老头子说得对，人一直是这个样子的；但这也同时体现了他们的生命力和纯真，正因为这样，里厄忘却了痛苦，感到自己融入了这些人当中。在人们越来越持久，越来越响亮，响彻整个城区的欢呼声里，五颜六色，千姿百态的烟火争相在空中绽放。里厄医生正是在此时决定撰写这篇记录的，他的目的是不在事实面前保持沉默，为鼠疫的受害者作证，为他们遭遇的暴力和不公平留下一点回忆，也是为了记录一个人在这样的苦难中学到的东西：在人类身上，令人赞赏的东西总是多于令人鄙弃的东西。

然而，他也明白这篇记录并不是一个全面胜利的故事。它只能是一个记录，告诉我们应当如何抗争，以及在反抗恐惧及其无情进攻的没有尽头的战斗中，那些身为凡人但拒绝向瘟疫让步，不顾自身的困境，拼尽全力济世救人的人又一定会做些什么。

是的，里厄一边倾听城里的欢呼，一边想到，这样的欢乐终究是处在威胁之中的。他了解这些快乐的人们所不了解但可以在教科书上看到的东西，那就是：鼠疫杆菌决不会完全死亡或消失，它们能够在家具或衣物里休眠数十年。它们在浴室，地下室，行李箱，手帕和旧纸张里耐心地潜伏着，等候着冥冥中的指令或人类的不幸，到那时，鼠疫将再次唤醒它的鼠群，送它们去某座幸福的城市播撒死亡。